Les Châteaux de sable

©Editions Terres de l'Ouest
http://www.terresdelouest-editions.fr
email : jugieau.benjamin@orange.fr
ISBN : 979-10-97150-74-7

Crédits photographiques couverture :
Réalisation couverture Terres de l'Ouest Editions à partir d'un crédit photographique pixabay.com/fr/photos/l-homme-coucher-de-soleil.

Pierre Féry

Les Châteaux de sable

Roman

À Anne-Charlotte
À nos enfants
À Isabelle
À Suzanne
À Roger

Note de l'auteur

Si l'amorce de cette histoire m'a été lointainement inspirée par un fait réel, tout ici, de bout en bout, personnages comme situations, n'est que pure fiction.

Par conséquent, toute ressemblance avec des personnages existants ou ayant existé, ne pourrait être que parfaitement fortuite.

Tu as fait ton enfer de la terre heureuse.
Shakespeare, Richard III

Tout ce que vous avez construit est fragile et disparaîtra. Construisez malgré tout et donnez au monde le meilleur de vous-même.
Hedy Lamarr

1

Le conseil municipal

Nous ne savions pas grand-chose de lui. Longtemps après sa disparition – et en dépit de ce que nous avions découvert – nous nous demandions encore ce que nous connaissions réellement de sa vie. Il était, pour nous tous, *l'Écossais de la Pointe*. Un géant. Un original. Un fou. Un homme brave. Un danger public. Un regard illuminé. Un pauvre bougre aux prunelles perçantes et tendres. C'est en tout cas ainsi que le voyaient les habitants du village. Des petits clans divisés : quelques-uns ardents défenseurs de *l'étranger*, beaucoup d'autres apeurés par la présence de l'excentrique et qui auraient payé cher pour le voir décamper. En vérité, nous étions tous embarrassés. N'était-il pas plutôt un fantôme terrassé par ses erreurs ? C'est en tout cas ce que je dirais si on me demandait mon avis. Mais en dehors de la presqu'île jamais on ne m'a posé la question, bien que je figure parmi les rares personnes avec le curé, le maire et Henri Malbec – le correspondant local du quotidien régional –, à en avoir appris beaucoup plus à son sujet.

Il était probablement ce mélange de rumeurs qui couraient sur son compte. Il était arrivé un soir où le vent soufflait fort. Ici… au bout du monde. Il ne pouvait pas passer inaperçu : épaisse chevelure rousse, sourcils rouges, barbe broussailleuse, torse large et bras vigoureux tatoués de créatures antiques. Son regard vert semblait parfois apaiser son étrange apparence. Enfin, un peu. Aussi loin que je m'en souvienne, ce sont d'ailleurs les vents du large qui décidaient de ses apparitions. Le premier soir, le vent hurlait dans les pins de la presqu'île. Et un orage violent s'était abattu sur le Bassin. La dernière nuit, un vent encore plus fort poussait les arbres à terre. Des éclairs immenses illuminaient le ciel. Les vieux pêcheurs et ostréiculteurs, friands de contes à dormir debout, affirmaient sans rire que c'étaient les passes qui l'avaient fait échouer à la Pointe. Personne n'accordait le moindre crédit à ces sornettes. Mais nous étions, ma foi, de plus en plus nombreux à vouloir le croire. Au fond de nous. Sa silhouette baroque de colosse roux aurait pu hanter les rêves de nos enfants. À la place, il hanta nos vies. On n'aurait d'ailleurs pas trouvé meilleur décor que la presqu'île en hiver pour nourrir nos cauchemars et réveiller nos démons ; il était tombé au bon endroit. Un bout du monde de dunes et de pierres. Une langue de terre sombre et venteuse. De son plein gré, Sir Romuald Drummond était venu en enfer.

Les choses commencèrent ainsi…

Le maire avait réuni le conseil municipal un soir de septembre. Il avait fait savoir que la séance serait publique. Ce n'était pas dans ses habitudes. Il préférait, et de loin, les conseils à huis clos : dans les réunions publiques, *Chacun prend la parole pour ne rien dire*, estimait-il. Lorsqu'il ne pouvait pas les éviter, il jetait un œil peu discret à sa montre, comme pour signifier ouvertement sa lassitude. Pour autant, personne ne s'en plaignait, cet homme fin et grand prenait de bonnes et sages décisions pour la presqu'île. En ce sens, il était fort apprécié : au troisième mandat, il recueillait encore une confortable majorité.

Vint le jour de la séance publique. Cela se passait un vendredi en fin de journée. Ainsi le maire souhaitait-il s'assurer la plus large audience possible. Certains prirent les devants et fermèrent boutique un peu plus tôt. Les petites rues se vidèrent. Pour rien au monde on n'aurait manqué la séance. Quelques-uns peinaient à dissimuler leur questionnement : *pourquoi cette réunion exceptionnelle ? Ce n'est pas dans les habitudes de notre maire... Que va-t-il encore nous annoncer ?* On ne pouvait empêcher les esprits fiévreux de délirer. Je m'étais quant à moi promis de ne pas sortir de ma réserve. Je m'étais assis au fond de la pièce, me contentant d'observer les uns et les autres. La salle du conseil était un théâtre de nuit. J'étais plus à mon aise à l'orchestre. Le village m'avait accueilli trois mois plus tôt, un temps d'ancrage encore trop court pour monter sur scène, qui plus est dans un bourg arrimé au bout de la terre. Une parole mal interprétée aurait pu provoquer la méfiance des habitants à mon égard. J'étais venu pour écouter. J'assisterais au spectacle, muet et invisible.

La salle, de facture modeste, possédait de multiples fonctions : conseils municipaux, célébrations de mariages... Et, à l'occasion, secrétariat ou espace de réunion lorsque la place manquait cruellement dans les bureaux étriqués de l'étage. On s'étalait comme on pouvait entre les murs de couleur crème. Un plan de la presqu'île en noir et blanc tenait au mur grâce à quatre punaises fragiles. La photo officielle du président de la République penchait. Une Marianne au visage de Brigitte Bardot s'enracinait depuis des lustres sur une étagère branlante. Un poêle en fonte réchauffait la pièce, bien que pourvue de radiateurs allumés. Petit à petit, la salle du Conseil s'emplit. Pas de retardataires. Pensez donc ! Dans le silence du public, le vent du soir que nous infligeaient les passes déchaînées faisait diversion… là où les eaux apaisées du Bassin venaient se fracasser sur les courants furieux de l'Océan.

Le premier magistrat prit place sur le gros fauteuil de cuir au bout de la grande table en chêne qui trônait au milieu de la pièce. L'homme en imposait : sa généreuse crinière blanche dégageait un front bombé sur des sourcils fins, presque épilés. Des pupilles vertes, des mains soignées : une allure somme toute élégante et raffinée qu'il devait entretenir. Il était veuf depuis onze ans. On ne lui connaissait pas d'enfants, et nulle conquête officielle. En revanche, on lui prêtait volontiers une légion d'aventures officieuses, sans que rien n'ait jamais été confirmé. *Il est avec la femme du docteur, c'est certain… Mais non ! Il passe ses soirées avec la jolie caissière du 8 à Huit, on me l'a dit…* Chez nous, au bord de l'océan, les rumeurs sont des oiseaux migrateurs : elles se posent, picorent les esprits puis s'envolent avec les vents du large.

L'élu revint s'asseoir. La salle bruissait de discussions étouffées. Il toussota pour imposer le silence. Il ne manquait qu'un brigadier pour frapper en coulisses les trois coups et que s'ouvre enfin sur le premier acte un épais rideau écarlate. Je suspectais, méchamment je l'admets, tout ce petit monde de prier discrètement pour que rien ne vînt troubler un quotidien lisse et bien ordonné. Que soient préservés leurs intérêts personnels. Que rien ne change, que rien ne bouge !

— Voici la situation, annonça-t-il enfin d'un ton neutre : vous savez que la parcelle de la Pointe est à vendre depuis de nombreuses années et que ce terrain maudit est menacé par les eaux de l'Océan, lesquelles ne cessent de le grignoter aussi sûrement qu'un lion désosserait une carcasse. C'est, du reste, pour cette raison qu'aucun acheteur assez fou ne s'était encore présenté. Cette terre est perdue. Quant à la famille vendeuse, faute d'avoir pu en faire quoi que ce soit depuis des générations, elle a fini par se résigner. La situation vient pourtant de connaître un coup de théâtre inattendu : un inconnu a décidé de l'acquérir. Et c'est là mon étonnement… à un prix plus que généreux, de surcroît ! Bien au-delà de sa valeur réelle ! Si tant est, bien sûr, que ce *no man's land* puisse avoir une quelconque valeur, sinon celle d'offrir l'un des plus beaux points de vue sur nos passes et la grande Dune. Je ne dispose aujourd'hui d'aucune information sur les motivations réelles de cet individu. Seuls deux faits portés à ma connaissance peuvent vous être livrés en l'état. Tout d'abord, l'acheteur est écossais. Secundo : on prétend qu'il envisage d'y faire édifier sa propre maison. Et vous savez tous ce que cela suppose…

Nous le savions parfaitement. Cette queue de terre était éphémère. L'Océan en dévorait régulièrement de bonnes portions, surtout au moment des tempêtes, tandis que la lande de sable s'obstinait encore à lui résister, mais sans grand espoir. Aucun individu normalement constitué, qui aurait en tout cas pris soin de se renseigner, n'aurait songé à venir bâtir ici quoi que ce soit, pas même un poulailler. Celui qui déciderait de vivre là mènerait un combat inutile. S'il persistait dans une lutte perdue d'avance, il finirait probablement englouti par les vagues, ou à demi fou. C'est la raison pour laquelle personne n'était venu réclamer la parcelle de la Pointe… jusqu'à ce jour. Comment avait-on pu se porter acquéreur d'une terre condamnée ? Une autre question occupait les esprits : comment avait-on laissé faire pareille ânerie ? Inutile d'en blâmer le maire : il s'agissait d'un terrain privé et, même si la mairie et la préfecture l'avaient officiellement déclaré *non constructible*, n'importe quel original pouvait le posséder moyennant une bouchée de pain. Apprendre qu'un homme avait mis sur la table de considérables sommes d'argent pour en devenir le propriétaire ne faisait qu'épaissir un peu plus l'affaire qui venait soudain sortir le village de sa torpeur hivernale.

J'écoutais sans vraiment tout entendre. Je dévisageais d'abord, le plus discrètement possible, madame de Lange, la libraire du village, replaçant son châle sur ses épaules droites et solides. Regard de miel, cheveux courts précocement blancs qu'atténuait sa lumineuse soixantaine, elle n'était pas femme à hausser le ton. Cependant, nombreux étaient ceux qui redoutaient ses interventions sèches et acides.

J'observais ensuite le Père Mirande, assis sur une chaise en bois, non loin du maire et juste assez près du poêle, gardant ses mains jointes posées à plat sur son pantalon noir, et les paupières closes comme dans une constante prière. C'était un jeune curé habité par sa mission divine. On disait que sa foi était son seul repas, son seul habit, sa seule exigence. Exagérée ou non, l'image lui convenait à merveille : son visage était marqué par une bonté qu'exprimait son regard limpide, doublé d'un sourire aussi doux que bienveillant. Il avait le cœur fertile, contrairement à sa peau grêlée comme une terre aride. Tel le premier magistrat de notre village, il répondait avec grâce à sa fonction, ne s'économisant jamais pour venir en aide aux plus démunis. C'était selon moi l'un de ces rares hommes d'Église à ne pas trahir la parole du Christ, chère à nos paroisses oubliées. Le père Mirande, imperturbable, gardait les paupières fermées. Nous écoutait-il encore ?

Dans le nuage de rumeurs emplissant la salle du Conseil, une douce mais ferme voix se fit entendre.

— J'aimerais, moi, connaître l'avis de monsieur l'instituteur.

Marie-Claire de Lange se tourna vers moi, ne me laissant aucune échappatoire possible, n'en déplaise à quelques esprits chagrins qui me considéraient encore comme un étranger. La libraire avait décidé de me priver du silence que je m'étais imposé en venant m'abriter ici. Elle me plaçait au centre des débats contre mon gré. La gêne me gagna. Je tortillai ma cravate, cherchai un regard bienveillant mais ne vit qu'un kaléidoscope de pupilles immobiles. J'aurais voulu sauter par une fenêtre – elles étaient toutes fermées – ou me réfugier dans le poêle, au milieu des bûches, consumant ainsi ma honte. J'étais obligé de me rendre à l'évidence : rien ni personne ne viendrait à ma rescousse. En ultime recours, la mine déconfite, je cherchai le regard compatissant du curé, convaincu qu'il aurait pitié d'une brebis harcelée et prendrait la parole pour me sortir de ce gouffre. Peine perdue : dans son recueillement, le saint homme semblait lui aussi attendre mon avis. Quelle guigne ! Je me levai : je passai mécaniquement la main dans mes broussailles, comptant sur cette mise en scène ridicule pour retenir le temps. Mais l'épais silence m'écrasait et leurs regards vrillaient ma peau. Quelques-uns, bras croisés, ressemblaient à de petits procureurs qui m'auraient déjà condamné. Je posai mon poing fermé sur mes lèvres et fit mine de tousser. Puis les mots me vinrent, sans retenue.

— Nous avons probablement affaire à un original, dis-je d'un ton peu assuré, presque intimidé face à l'assistance muette… Ou alors, continuais-je sans me rendre immédiatement compte de la portée de mes paroles, il est possible, je dis bien *possible*, que cet homme soit venu ici pour se lancer un étrange défi, ou même, tiens ! pour s'infliger une épreuve et, qui sait… pour en mourir ! Car, après tout, il en connaît peut-être autant que nous sur le terrain rogné de la Pointe. Il a bien dû se renseigner avant d'acheter ce terrain-là plutôt qu'un autre. Toutefois, cela ne l'a pas le moins du monde découragé.

Le maire frappa de son poing sur la table. Le Père Mirande ouvrit soudain les yeux, fronçant les sourcils en signe de désapprobation. L'élu, quant à lui, ne retint pas sa colère.

— Enfin, monsieur l'instituteur ! Qu'est-ce qui vous autorise à proférer de telles absurdités ? Nous sommes prêts à tout entendre. Mais là… je pense que vous dépassez les bornes ! Notre presqu'île n'est tout de même pas devenue un sanctuaire pour baleines échouées attendant, avec fatalisme, leur trépas sur une bande de sable !

J'aurais pu me taire. Mais je repoussai une immédiate reddition. On m'avait demandé de m'exprimer. Je gardais mon idée en tête. Je m'obstinai, même sans preuve, refusant de passer pour l'idiot du village au prétexte d'une logique rassurante que je ne partageais pas le moins du monde avec l'ensemble du cénacle :

— Enfin quoi ? La chose est concevable ! insistai-je, haussant le ton pour m'imposer au milieu des bruissements. Précisément parce que cet homme est réputé riche ! Vous l'avez dit vous-même, monsieur le maire : il peut s'offrir tous les caprices. Alors… pourquoi n'a-t-il pas opté pour une île tout entière au large de son Écosse natale ? Ou un chapelet de plages paradisiaques aux Bahamas ? Non ! Selon moi, il a ouvertement choisi notre presqu'île et ce bout de terre. On pourra se contenter d'affirmer qu'il est fou. C'est la plus confortable des solutions. Mais il se peut tout aussi bien qu'il soit saint de corps et d'esprit et qu'il soit venu choisir ici le cadre de son destin !

Debout, les épaules relevées, les bras raides et les poings posés sur le dossier d'une vieille chaise en bois, j'allais poursuivre ma tirade, emporté par une emphase d'orateur qu'encourageait le silence religieux de l'assemblée. Tous les regards s'étaient tournés vers moi. Plus personne ne bougeait ni n'osait prendre la parole. Chacun s'observait du coin de l'œil. Le bougon Marcou, un pêcheur local se mordait la lèvre inférieure. Moulau, le pharmacien, fixait le plafond où pendait un vieux lustre, une antiquité qui devait être là depuis des siècles, avec ses branches en laiton dépoli et ses fines ampoules poussiéreuses. Je parlais devant un musée de cire. Mais je n'allai pas plus loin : ce silence de plomb, je le percevais, n'était que le reflet d'une profonde contrariété. Personne n'avait voulu envisager un pareil scénario. On avait jusqu'à présent mis l'insistance du maire pour cette réunion publique sur le compte d'une lubie. Pas sur l'annonce d'une calamité imminente. Quant à moi, qui étais venu chercher ici quiétude et oubli, faisant vœu de silence… voilà que j'avais failli à mon serment en tenant à ma vision alarmiste, démente pour certains. J'en voulais à madame de Lange de m'avoir interpellé ; et plus encore à moi-même de ne pas avoir su modérer mon propos.

Le Père Mirande se leva alors lentement dans le grincement de sa chaise et, d'une main sûre tendue devant lui, tel un prophète, imposa le silence.

— J'ignore quant à moi ce qui motive cet inconnu venu jusqu'à nous. Mais enfin ! nous n'avons pas autorité pour décréter qu'il est animé par la seule volonté de défier la vie. Du reste, qui peut asséner de telles vérités, ce soir ? Qui a pu le rencontrer et parler avec lui ? Personne ! Ce ne sont que supputations et tout ceci nous égare.

Sur un ton cette fois plus solennel qui nous rappelait son sermon dominical, il poursuivit, à l'attention du premier magistrat :

— Monsieur le maire, si vous en êtes d'accord, je suggère la suspension de notre séance. Nous ne savons rien de cet homme ni de ses motivations. Nous ne pourrons qu'avancer sur des terrains aussi glissants que celui de la Pointe. Ne nous laissons pas emporter par de mauvais courants…

Les mots du Père Mirande soulagèrent aussitôt la salle. Je me rassis dans mon coin, oublié de l'assemblée, ce qui ne fut pas pour me déplaire. Mes paroles avaient nourri, sans fondement, quelques craintes et de mauvais pressentiments, ce que le maire aurait voulu éviter. Le curé avait réussi à éteindre le début d'incendie qui se propageait dans le cœur de ses ouailles. Seule madame de Lange continuait à m'observer du coin de l'œil. Ses lèvres fines esquissaient un léger sourire. Et une sorte de satisfaction dans son regard me donnait l'impression d'être soudain devenu à mon insu le glaive de son étrange ressentiment. Le Père Mirande, s'il avait pu imaginer pareil stratagème, en eût désapprouvé l'absence de miséricorde et aurait ouvert son confessionnal à cette âme perverse.

Sans demander mon reste, je préférai quitter discrètement la salle de la mairie. Je marchai le long du Bassin, mains enfoncées dans les poches de mon pantalon, humant l'air frais du large qui épinglait mes jambes au travers de la toile trop fine. Une lune frêle éclairait la nuit. Je cherchai dans les nuages noirs aux lisières blanches le soutien d'une âme clémente. Je n'étais pas, d'ordinaire, étouffé par la foi. Mais, à cet instant précis, face à l'immensité du Bassin presque invisible au cœur de la nuit, j'avais envie de croire en quelque chose qui me dépasserait.

Je songeais maintenant à l'Écossais de la Pointe. Qui d'autre qu'une âme torturée pour venir affronter l'Océan invincible ? Bâtir une maison sur une terre rongée par les eaux ne rimait à rien. Et si personne, ici-bas, ne voulait prêter crédit à mon absurde théorie, je n'en démordais plus : quelque chose de déterminé animait cet étranger débarqué tout droit des Highlands. J'en arrivais à la conclusion poussive qu'il avait dû longtemps chercher l'endroit idoine pour mettre son plan à exécution. Avant de me demander jusqu'où m'entraînerait mon imagination débordante. Peut-être avais-je été trop loin ? Peut-être avais-je tricoté une histoire à dormir debout au risque de passer pour un dangereux affabulateur ? Je m'assis sur un banc devant la plage du centre. Je cherchai mon paquet de cigarettes, jurant, fidèle à mon habitude, que ce serait la dernière. Rituel stupide mais rassurant pour le faible d'esprit, prenant le bassin comme témoin discret de mon mensonge. Je sentis soudain une présence dans le vent. Une voix familière se fit entendre. Je n'avais pas encore allumé ma clope.

— Vous rendez-vous compte, monsieur l'Instituteur, du malaise que vous avez provoqué ce soir ? Ah ! c'est bien ma faute : je n'ai jamais aimé organiser ces séances publiques. Mais que pouvais-je bien faire ? Garder secrète cette information ? Non, bien entendu ! On m'en aurait tenu rigueur tôt ou tard. On peut dire en tout cas que vous avez réussi votre coup. Passez-moi donc une de vos blondes ! Et votre briquet ! Un peu de nicotine pour mes poumons : c'est le moins que vous puissiez faire pour moi ce soir.

Je ne me fis pas prier. Je tendis mon paquet au maire, dont la silhouette altière semblait à cet instant avachie. Une posture qui ne lui ressemblait guère. Il attachait d'ordinaire une solide importance aux apparences, tout à la fois puissance et séduction. Son emprise sur le village était indiscutable. Une majorité d'habitants l'acceptait. On le qualifiait volontiers de digue contre vents mauvais et marées nauséabondes de la politique. Mais ce soir, dos voûté face au noir Bassin, il fumait la cigarette qu'il avait arrachée à mon paquet. Il la tenait serrée dans ses doigts croisés, mains crispées sur ses genoux. Son visage avait les traits tirés. Son âge victorieux, si bien dissimulé par sa peau brune, laissait désormais apparaître les défaites du temps : des petites rigoles grises perçaient son écorce sèche. Sa belle toison blanche n'était que filaments épars. Je me demandais ce qui avait pu l'exténuer à ce point. Maire depuis tant d'années, il savait tout des épreuves qui l'attendaient. Il avait franchi bon nombre d'obstacles placés sur sa route par des ennemis et, plus souvent, par des amis peu scrupuleux. De l'avis général, l'homme était un animal politique. Mais ce soir, non ! Ainsi recroquevillé, il inspirait soudain la pitié. Tout ça pour un Écossais venu s'installer à la Pointe…

— Pensiez-vous ce que vous avanciez ? Je veux dire : est-il possible que cet étranger ait choisi notre presqu'île pour s'infliger un… quel mot avez-vous utilisé ? un châtiment, et peut-être même en mourir ?

J'acquiesçai en silence, d'un geste de la tête. Il ne m'aurait pas paru honnête de me défausser, même pour me rendre agréable au premier magistrat de la ville. J'avais en moi une intuition, bien plus qu'une conviction. Je n'avais jamais croisé l'Écossais. Je ne lui avais jamais parlé. Le Père Mirande avait raison : en de telles conditions, je n'étais pas autorisé à émettre un avis, du moins avec cet aplomb. Je proposais juste une fragile direction. Dans une enquête criminelle, on ne m'aurait prêté aucun crédit. On m'aurait même trouvé bien léger. C'était le reproche du maire à mon égard : avoir balancé une théorie infondée sans en mesurer les conséquences en public. On m'accusait, sans vraiment le formuler, d'avoir inoculé le virus d'une peur nouvelle dans le cœur désarmé des habitants de la Presqu'île, et dont le maire ne détenait pas l'antidote. Je baissai la tête, un peu honteux, tirant une bouffée nerveuse sur ma cigarette. Puis mon interlocuteur enchaîna.

— Je suis armé pour faire face à toutes les basses œuvres de la politique. J'ai laissé bon nombre d'imbéciles se fracasser sur les pièges qu'ils m'avaient tendus. J'ai su prévenir pas mal de saloperies pour assurer ma réélection. Mais là, je sèche. Que faire devant un homme qui serait venu ici pour se punir, pour mourir ou pour les deux ? Enfin, si je vous écoute... Je ne vais tout de même pas abdiquer ?

J'étais déconcerté. Il s'exprimait tel un suzerain soucieux de conserver son trône. Rien ne l'intéressait d'autre que son pouvoir, le fugace et pathétique pouvoir que lui procurait son siège de maire d'une presqu'île renommée, inondée à la belle saison par une vague de rats des villes et de vedettes. Voilà ce à quoi il s'agrippait : sa couronne, son trône et quelques photos prises en compagnie de célébrités d'un jour, piteux trophées épinglés sur les murs de son château. L'image du noble édile loué pour son intégrité brûlait devant moi dans un feu amer. Il se leva, écrasa son mégot sur le banc, l'emportant avec lui pour l'abandonner dans un cendrier public. Puis il se retourna et me lança d'un ton cette fois bien las :

— Bon… eh bien il faut tout faire pour empêcher cet abruti de parvenir à ses fins, si vous avez vu juste. Mais pourvu que vous vous trompiez car, sinon, Dieu sait ce qui arrivera s'il s'obstine à jouer les têtes brûlées, puisque vous persistez à le croire !

À cette heure de la nuit, je n'étais plus vraiment certain de rien…

2

Monsieur l'instituteur

Quand j'y repense, je me dis que par sa présence, ses apparitions soudaines et ses disparitions étranges, l'Écossais de la Pointe m'a tendu un miroir. Celui de mon âme.

Au fil du temps, j'étais devenu une absence consentie. Je me fichais des apparences et des victoires. Il était pratique de me cantonner dans la catégorie des ratés obstinés, un verdict que j'avais tant de fois deviné dans les regards ironiques qu'on me portait. Ne nous voilons pas la face, c'était une situation confortable. Ce jugement implacable me convenait : il ne m'apparaissait pas ou plus utile de m'expliquer. Et encore moins de revêtir un uniforme clinquant pour épater la galerie : j'ignore l'orgueil. Je me méfie des honneurs. Je fuis la reconnaissance. Je me suis, jusqu'à présent, contenté de cette sentence commode : elle me permet de m'effacer et de me délecter du vide. Je chéris les creux que propose çà et là la vie dans la mesure où ils m'autorisent à les remplir au compte-gouttes de mes envies. Je n'en manque pas. Mais je prends mon temps. Je suis prudent. Je ne connais rien de mieux qu'une vie apparemment insipide pour l'assaisonner à son propre goût : inutile de confier à quiconque le soin de faire de nos existences des conquêtes incertaines et vaines. Autant faire de sa vie une œuvre inachevée et maladroite. En un mot : humaine. J'ai cessé de m'inquiéter le jour où, très tôt dans ma vie, j'ai tenu à m'extraire du moule étroit et étouffant de nos sociétés tournées vers l'imminence des résultats gratifiants et l'obsession des triomphes grisants. Jusqu'à présent du moins. Jusqu'à l'arrivée de L'Écossais sur la presqu'île, ce lieu idéal et perdu où j'avais cru trouver refuge et oubli. Ce bout du monde où j'avais envisagé, de toute mon âme, une vie débarrassée de toute attente, nue et libre. Marie-Claire de Lange avait eu diablement raison de m'avertir un soir au café du Centre, avant que ne nous apparaisse l'Écossais en personne dans les hurlements des vents lointains : « Tout finit tôt ou tard par vous rattraper, monsieur l'instituteur ! » m'avait-elle froidement asséné. J'ai fini par arrêter de fuir. Ce n'est pas si mal. Notre ami l'Écossais, devenu dans la solitude de mes nuits ordinaires un confident virtuel, un merveilleux compagnon imaginaire et patient, était arrivé chez nous pour poser sa destinée sur la nôtre… faisant presque aussitôt ressurgir nos ombres, comme ces cargos géants et silencieux glissant la nuit sur l'onde et refoulant l'écume de nos mémoires vers nos berges amochées. Il est étrange de constater à quel point ce curieux individu nous obligea à nous dresser contre son funeste plan, à tout faire pour le convaincre de renoncer à sa terrifiante décision, à ne pas baisser les bras en somme… Et à quel point cet être fascinant a provoqué en moi une réaction inattendue : réveiller de nouvelles tentations face aux ambitions soustraites.

Je n'aime guère me raconter. Mais les évènements

récents survenus sur la presqu'île ont changé tant de choses… Que l'on me permette d'exposer ma plaidoirie. D'expliquer mon choix : celui des renoncements précoces et d'une vie en retrait… à quarante ans.

***

Ma courte expérience de reporter au rabais fut d'abord bien utile pour me permettre d'entrevoir certains aspects de la nature humaine. Et riche d'enseignements pour nourrir ma vision des choses au moment précis où je pénétrai sur ce nouveau territoire inexploré par les étudiants du monde entier qui en franchissent la frontière, emplis de courage et de témérité… Cette terre encombrée de crevasses obscures, de pentes glissantes, de fauves boulimiques : la vie active !

Je me rêvais grand reporter dans un prestigieux quotidien. Je battais le pavé parisien pour me faire embaucher, même sans salaire, au début en tout cas ! Je voulais intégrer une rédaction digne de ce nom et voir publier mes premiers articles dans d'illustres colonnes. Âgé de vingt-trois ans et armé d'une honorable licence de lettres modernes, j'étais dénué de toute expérience. Je trouvai porte close. Je dus mon salut à une journaliste d'un magazine people partie en congé maternité. Le rédacteur en chef, au bureau duquel je m'étais présenté au hasard de mes pérégrinations, me proposa sur-le-champ de la remplacer durant les mois de son absence. Il n'avait que cette offre à me faire. J'acceptai sans condition. L'hebdomadaire appartenait à un puissant groupe de presse. J'avais au moins un pied dans la porte. J'espérais surtout m'accrocher comme une moule à son quai !

Cinq mois de rencontres avec des vedettes de second plan (animateurs dépassés, chanteurs essoufflés, acteurs ignorés) provoquèrent en moi de copieuses allergies. Je ne m'étais pas vraiment remis par exemple d'un long papier consacré aux sosies de stars. J'avais touché du doigt un monde parallèle où l'on avait volontairement renié sa propre existence pour ne créer qu'un miroir factice et récupérer les particules d'une gloire éphémère. Je rencontrai ainsi le sosie d'une chanteuse populaire qui avait bâti sa carrière sur un répertoire de chansons burlesques dans une étroite caravane humide plantée dans un champ de l'Oise, non loin de la scène où elle devait se produire. Un public épars attendait dans la fraîcheur de l'automne, debout dans l'herbe humide, plantée dans le faible halo de sunlights fatigués, l'apparition de la copie officielle. Celle-ci se préparait dans ce qui lui servait de loge et, à n'en point douter, de véhicule et de maison occasionnelle. Quelle ne fut pas ma stupéfaction d'entendre son discours orgueilleux de vedette accomplie, parlant comme son modèle, gommant toute frontière entre la réalité et son revers, exigeant de voir ses photos avant parution et se plaignant de la mauvaise organisation qui la privait, ce soir-là, d'une coiffeuse et d'une maquilleuse ! Jouant devant moi les stars excédées elle se permit même de conclure, imperturbable, qu'il était de plus en plus difficile de travailler convenablement dans de pareilles conditions. J'entendis plus tard à peu près le même discours dans la bouche pulpeuse et refaite d'une actrice de films X me confiant, au cours d'une soirée dans une boîte de nuit, théâtre de mes fabuleux reportages, à quel point il était difficile de jouer décemment ses rôles avec si peu de préparation en amont. Elle m'affirmait le plus sérieusement du monde qu'il était souhaitable et même utile de prévoir des répétitions de mise en place sur les plateaux avant le tournage de certaines séquences délicates. De la même manière, elle déplorait de ne pouvoir bénéficier d'un répétiteur pour apprendre et maîtriser son texte. Hélas, se plaignait-elle, les productions avaient décidé de gommer ces artifices pour de stricts soucis d'économie. J'eus un instant de doute atroce. Une ambiguïté comique s'était installée : me parlait-elle bien de films de cul ?

Plus pathétique fut ma rencontre avec le sosie de cette ravissante chanteuse blonde dont les chansons évoquaient des univers énigmatiques et sensuels, et dont le succès était phénoménal au vu des ventes de ses albums et de la communauté de fans magnétisés qui lui collaient aux cuissardes, tant aux portes des salles de spectacle que sur les réseaux sociaux. Son sosie officiel – car il en existe d'officiels et d'autres qui le sont moins, mais qui s'échinent cependant à faire leur trou dans des salles blafardes au fin fond des campagnes oubliées – se prénommait Caroline. Même cascade de cheveux blonds que son modèle inondant ses épaules étroites, et mêmes cuissardes au rabais s'évasant le long de ses cuisses. Je l'avais surprise dans sa loge, à la fin de son honnête prestation sur la scène d'une salle des fêtes au trois quarts vide. Carrelage blanc et boule à facette pendouillant au plafond formaient l'unique décor de son théâtre des simulacres. Je l'avais d'abord observée se démaquillant seule dans un local à balais où l'on avait installé à la hâte un tabouret, quelques cintres sur un portant et un miroir fendu sur une table en plastique collée contre un mur. Je regardai en silence ses gestes si lents, cette main si lasse qui passait un coton noirci sur les couches de maquillage maculant son visage songeur. Puis elle s'arrêtait quelques secondes. Sa tête lourdement posée sur son autre bras, elle se regardait un instant dans ce fragment de miroir brisé : des ratures de rimmel s'écaillaient sur sa peau corrodée à force de barbouillages. J'aurais aimé savoir à quoi elle pensait. Peut-être à cette étrange destinée qui avait fait d'elle la pâle copie d'une autre vie ? Je crois avoir succombé à sa mélancolie plus qu'à sa beauté. Et même si je lui avais trouvé un charme réel, plus sincère que celle dont elle était le double appliqué tous les week-ends de l'année (sans compter les jours de l'an où elle était fort demandée) c'est, j'en suis certain, sa tristesse familière, comme le reflet immédiat de nos existences solitaires dans son miroir de fortune, qui avait provoqué mon émoi. Je toussotai pour m'annoncer, l'extirpant aussitôt de sa rêverie. Elle m'offrit un sourire forcé et effaça d'un geste ardent les dernières traces noires de son rimmel. À la fin de l'interview où une solide lucidité sur cette vie feinte affleurait dans ses réponses, j'osai l'inviter à souper. D'abord un peu surprise, elle accepta. Elle n'avait probablement rien de mieux à faire et m'avoua sans mal, un peu plus tard dans la soirée, dîner plus souvent seule qu'accompagnée à la fin de ses galas… J'admets avoir été un peu trop optimiste : dans ce bourg de campagne isolé, quel estaminet pourrait encore nous servir au-delà de vingt et une heures trente ? J'optai pour une négociation serrée avec le patron d'une auberge sur le point de fermer, non loin de la salle des fêtes. Lequel, à contrecœur accepta de nous servir quelques charcuteries grasses et des rogatons de fromage assoupis dans son frigo. Nous discutâmes principalement de nos vies. Elle de son identité effritée, moi de mes ambitions en friche. Je cherchais à la séduire avec mes petits sourires débordants d'une sincère compassion. Malgré la fatigue qui blessait ses traits sous la lumière vive du café, je l'écoutais avec le plaisir d'un homme séduit par chacun de ses regards de princesse écorchée. Je devinais sa solitude et le délice qu'elle trouvait à se sentir ainsi écoutée et comprise. Certains matins, elle ne savait plus qui elle était et cela perturbait son discernement. Oui… qui était-elle encore vraiment ? Rien qu'une inconnue insignifiante ? Ou l'hologramme d'une star adulée ? Laquelle des deux femmes aimait-on en elle au bout de la nuit ? Comment le deviner dans le regard indifférent des amants de passage sortant de son lit aux petits matins de sa vie dépouillée ? Je m'entendis prononcer une de ces atroces banalités dont se sent capable un homme décidé à ne pas finir sa nuit seul, au point où il en est, perdu dans un village lugubre face à une femme désirable par ses abandons : « Eh bien moi je vous trouve très belle telle que vous êtes, Caroline ». Je réglai l'addition. Nous sortîmes. J'osai lui prendre la main… l'attirer vers moi et l'embrasser doucement… en me demandant où nous pourrions, là, tout de suite, terminer la nuit sur cette terre délaissée. D'un geste brusque, elle me repoussa violemment. Ses prunelles me lancèrent des dagues de peur et de haine. Elle hurla des mots blessants. J'étais comme tous les autres : une petite queue en manque, pressée de passer la nuit avec l'autre… la star ! S'offrir un minable fantasme à peu de frais ! Mais pas la désirer, elle. Elle ! Tout le monde s'en fichait, n'est-ce pas ? Son corps crispé délivra un cri rauque qui déchira la nuit amère. Puis elle s'enfuit vers sa voiture, me plantant dans l'unique rue de ce village à l'écart du monde et dont je ne me rappelle plus le nom.

Sur ce calamiteux épisode, je mis fin à ma vie intense de brillant reporter et tournai, sans regret ni amertume, la page d'une vocation contrariée... Celle-ci m'avait offert le triste privilège d'observer ces fantômes de l'existence qui, faute de pouvoir être eux-mêmes dans le dénuement de leur vérité, se sont recouverts des oripeaux d'un autre, une vedette éclaboussée de lumière de préférence, pour exister du moins en apparence... fût-ce dans les coulisses de leur propre vie. Il m'est alors apparu essentiel de vouloir vivre sans artifice. J'étais disposé à gommer certaines ambitions devenues superflues au profit d'envies plus sincères. Je passerais peut-être bien pour un être médiocre dénué d'appétit. Mais au fond de moi, une petite voix patiente me répétait, aux heures brumeuses de ma vie, que je n'étais pas de cette engeance.

J'avais en vérité envie d'enseigner. Je le devais à mon professeur d'histoire durant l'année de troisième, au collège. Monsieur Collioure possédait ce don si rare de raconter de manière éloquente, démonstrative et même vigoureuse, les grandes étapes de l'Histoire de France. Les élèves avaient le sentiment vertigineux de remonter le temps et d'être les acteurs d'un glorieux passé. Ainsi étions-nous soudain courtisans à Versailles assistant au lever du Roi, à sa crotte souveraine, à ses différents repas, puis nous retirant dans une ultime révérence après son coucher. Nous parvenions même à humer, dégoûtés, les odeurs de merde et de pisse embaumant à l'époque le palais du Roi-Soleil. À Waterloo nous étions les fidèles grognards de Napoléon qui voulaient bien mourir pour l'empereur dans la poussière et la poudre, tandis que tombaient à nos pieds nos camarades transpercés par les baïonnettes anglaises, mais qui refusaient obstinément de se rendre ! Je m'imaginais ainsi tenant à mon tour en haleine des amphis complets. J'aurais deviné, dans le regard langoureux de certaines étudiantes enamourées, une irrésistible attirance pour le charmant maître de conférences captant leur attention volage. Je repris donc le cours de mes études abandonnées. Je franchis l'étape de la maîtrise. Je tentai ensuite, une année durant, pour le prestige que cela m'aurait procuré auprès de mon futur et fidèle auditoire, l'agrégation de lettres modernes. Mais, faute de concentration ou de conviction, je me plantai lamentablement. Sans doute manquais-je de méthode pour réussir une si rude ascension. J'aurais surtout dû, certains soirs, faire preuve d'un peu plus de discipline et rester chez moi au lieu de parcourir la nuit urbaine comme un chien enragé. C'est que j'avais découvert sur mon ordinateur un territoire de chasse encore inconnu, mais terriblement tentant, celui des escortes-girls. Il suffisait de me rendre sur un des multiples sites dédiés à ces plaisirs immédiats pour faire mon choix. Et ces sites pullulaient : ville par ville, quartier par quartier, rue par rue. Le petit coup volé de la nuit devint l'une de mes occupations favorites, m'éloignant un peu plus encore de mes cours. Du moins pendant un certain temps. Ce fut une période bénie où il me parut futile de faire le moindre effort pour séduire. Peut-on envisager un court instant que le recours aux putes soit en vérité bien commode à certaines périodes de sa vie ? Doit-on condamner la facilité comme la démonstration de nos faiblesses et célébrer la difficulté comme seule preuve tangible de notre valeur ? J'aimais ces moments de fébrilité où mon regard halluciné parcourait ces milliers d'annonces accompagnées de photos explicites : visages vulgaires et corps dénudés. J'adorrais me livrer à la ville honteuse, m'infiltrer dans ses arrière-cours sombres et invisibles, grimper le cœur battant, le cerveau échauffé, la queue fébrile, ces escaliers fragiles à l'assaut d'un palier grinçant où m'attendait l'inconnue tarifée. Découvrir enfin son visage et sa panoplie étudiée. Je savourais ces petits arrangements avec la vie où il m'était permis, l'espace d'un instant, de raconter tout ce qui me passait par la tête. De murmurer, par simple amusement, un roman à chaque fois différent à l'oreille de ces filles coûteuses postées derrière leur porte entrouverte et aussitôt refermée après m'avoir invité à en franchir le pas. J'ai longtemps raffolé de ces petites chambres sous les toits… de leur humidité se mêlant aux odeurs de sexe, de leur sueur s'alliant aux parfums capiteux bon marché. C'étaient les arômes d'une existence facile, mais exquise. Un fantasme idiot noua mes pensées : arriver dans l'appartement d'une de ces filles et tomber nez à nez avec l'une de mes camarades d'amphi ou mieux encore une amie de mes parents dont la vie aurait été un paravent habile. Tant de putes clandestines étaient en service chaque nuit ! En parcourant régulièrement sur la toile ce grouillement d'annonces, j'avais l'épouvantable sentiment que la ville entière se prostituait. J'arpentais cette cité de long en large, choisissant avec délectation les quartiers les plus éloignés de mon domicile pour me donner la plaisante sensation d'une aventure lointaine au cœur de territoires hostiles. Mon imagination galopait, mes quêtes de baises rudimentaires devenaient autant d'expéditions risquées et glorieuses. Une fois le coup réglementaire tiré, je dévalais quatre à quatre les escaliers de l'immeuble comme un prisonnier évadé jurant ses grands Dieux qu'on ne le reverrait plus de sitôt dans le quartier. D'autres terres menaçantes, d'autres tours fortifiées, d'autres guerrières harnachées m'attendaient dans les recoins brisés de la ville…

Puis l'excitation des préludes laissa place à la banalité de l'instant. Je n'appelai plus mes dorloteuses de la nuit. Je m'étais, au fil du temps, détourné de ces petits coups truqués. Le sourire factice de la fille en peignoir qui m'accueillait d'un « Entre vite, chéri ! » embusquée comme une taupe derrière la porte de son studio lugubre pour ne pas alerter ses voisins sur son activité, avait fini par m'écœurer. Je me souviens de cette soirée où j'avais mis un point final à ce chapitre de ma vie. J'avais grimpé l'escalier menant à l'appartement de l'escorte. La porte s'était entrouverte. Elle avait prononcé le fatidique « Entre vite, chéri ! » Cette phrase irritante. Ces odeurs de renfermé. Ces orgasmes feints. Fuir. J'avais pour la dernière fois dévalé les marches de l'escalier. Je sautais à pieds joints dans la rue, heureux de respirer à pleins poumons l'air pollué des avenues encombrées.

Je passai sans difficulté ni triomphe mon diplôme de maître des écoles. Un poste en école primaire se libéra quelques mois plus tard dans le XVIIe arrondissement de Paris, quartier des Batignolles. J'atterris dans un établissement public aux classes remplies comme des bombonnes de gaz prêtes à exploser. J'éprouvai au début un certain plaisir à transmettre un peu de savoir à ces gamins dissipés et de toutes origines, cultivant ainsi le rêve possible d'une éducation à la portée de tous et d'une égalité accomplie, comme l'exigeait ce mot sublime et illusoire inscrit aux frontons de nos écoles publiques. Mais avec le temps, l'exercice devint une routine que les inégalités flagrantes du monde rendaient morose. J'avais de plus en plus de mal à croire au caractère sacré de ma mission d'enseignant de la République. Cependant je la poursuivais le plus sérieusement du monde, gardant pour moi la sensation d'une étrange mascarade. Il fallait à tout prix me créer de nouvelles perspectives. Le vieil Ernest en personne m'en offrit une. Dès que je découvris son œuvre en lisant par hasard, debout dans une librairie, toute une après-midi, un recueil de ses nouvelles, l'évidence s'imposa. Barbe blanche, gueule d'ours : le cliché couleur sépia d'Hemingway m'envoûta. Je devins un lecteur reclus de son œuvre. Je m'enfermais chez moi le soir et me laissais porter vers des horizons lointains. Je quittais le confort de ma vie tiède pour défendre à l'autre bout du monde mes convictions les plus profondes, tel Robert Jordan plaçant l'idéal au-dessus de tout… Je respirais dans ces lignes cent fois lues les effluves d'une vie intense et inconnue, puisant dans ces passions exprimées, dans ce jusqu'au-boutisme exacerbé tout ce qui pourrait pardonner mes promesses oubliées et mes renoncements faciles ! Je ne ressemblais en rien à un vieux baroudeur à la barbe blanchie parcourant le monde en tous sens. J'étais plutôt l'un de ces chats à six griffes ronronnant du matin au soir dans son cocon et demeurant coûte que coûte sur son étroit et rassurant territoire. Et cependant c'en était assez ! Il était temps à mon tour de goûter aux arômes piquants de l'aventure. Mais pour aller où ? Sur les traces du vieil Ernest, pardi ! Je choisis un vol pour Cuba aux vacances de Pâques. Quand avais-je pris l'avion pour la dernière fois ? Quinze ans plus tôt : une semaine à Rome avec mes parents. Balades interminables, à s'en user les semelles, à la découverte de ses vestiges. Souvenirs brouillons de vieilles pierres et de trattorias enfumées. Pas folichon pour un ado de quinze ans.

Me voici donc à La Havane parti visiter la maison du vieil Ernest. Laquelle ne se visitait pas vraiment : les touristes devaient rester en rang d'oignon derrière des cordons entourant les différentes pièces de plain-pied, ouvertes aux vents et gardées par des matrones intraitables en uniforme bleu. Tous ces kilomètres parcourus pour apercevoir de loin l'antique balance blanche du maître sur laquelle il se pesait chaque matin avant de noter scrupuleusement son poids encore gravé en noir et de sa main sur le mur de la salle de bain. Petits tracas ordinaires pour un Nobel. Rassurant tableau en vérité. Je fis un pèlerinage à l'hôtel Ambos Mundos, dont les façades roses se dressaient dans une ruelle criarde, là où il avait commencé la rédaction de *Pour qui sonne le glas*. Chambre 511, en coin, avec vue plongeante sur la cathédrale de La Havane… Une feuille du manuscrit original était glissée dans la machine à écrire sous cloche, posée sur la table de travail. Ce petit théâtre figé se visitait tous les jours… Je pouvais bien finir mes soirées à la Bodeguita del Médio, à quelques pas de l'hôtel, pendu au comptoir, en ingurgitant des litres de mojitos comme lui, les muses n'accouraient pas pour autant. M'accorderaient-elles jamais leur grâce ? Je l'avoue, j'envisageais d'écrire. Un roman. Quoi d'autre ? Puisque j'avais refermé sans regret les portes d'une presse calamiteuse, j'ouvrais, enflammé, celles d'une œuvre romanesque qu'il me restait à écrire. Un détail ! La nuit, grisé par les vapeurs de rhum flottant au-dessus du zinc fréquenté par l'écrivain, je l'implorais de m'inspirer comme on quémande la puissance des Dieux. Puis je regagnais l'hôtel, éméché. Je me couchais habillé. Je me contentais de ronfler deux étages en dessous de sa chambre, mon sanctuaire. Je rêvais de faire à mon tour l'acquisition d'une antique balance et de surveiller mon poids chaque matin de ma vie ordinaire pour accéder au génie.

En dépit de l'appel du large que m'inspirait le vieil Ernest, je restai à quai ! Trop longtemps ! Dix ans de cette vie parfaitement réglée, suave et plate, s'écoulèrent sans que je m'en aperçoive : j'étais bien à l'abri dans mon école, dans mon petit appartement des Batignolles… dans mon petit quartier grisâtre. Dans mes livres, surtout. Après tout, ne partais-je pas chaque nuit à l'aventure, traquant les fauves au pied du Kilimandjaro, débusquant les truites dans des rivières fraîches et ombragées du Michigan, provoquant d'immenses taureaux dans les arènes bondées d'Espagne sous le sourire enflammé de señoritas au regard ombrageux ? Sans bouger de mon salon étriqué… Sans désir particulier. Vieil homme de l'amer.

Ma vie sexuelle était cependant correcte. Trois aventures – celles dont je veux me souvenir – épicèrent mes heures lentes. Ce fut d'abord une assistante maternelle tristement mariée. Son métier la lassait et son couple l'emmerdait. Une malchance ! J'étais devenu son aimable distraction. Une chance ! Car cela me convenait. Je restais en périphérie de sa vie, et elle de la mienne. Parfait équilibre. Elle paraissait quelconque au premier regard, avec son visage morne comme un matin pluvieux. Mais en l'observant un peu plus attentivement, on découvrait de beaux traits fins et réguliers, des narines avides et sensuelles, des prunelles rondes et argentées, des pommettes relevées que les peines, creusant des rides anciennes, n'étaient pas parvenues à effacer. Nous ne collectionnions que d'expéditives culbutes dans la chambre d'un modeste hôtel du quartier. J'eus du mal à m'habituer à ses petites manies carnassières : me mordre le bout du lobe de l'oreille ; me mordre la lèvre inférieure ; mordre le haut de ma cuisse. Un vrai caniche. À force de nous voir passer la porte de son établissement trois soirs par semaine, le réceptionniste espagnol était devenu en quelque sorte un camarade bienveillant. Il nous saluait d'un clin d'œil complice, nous tendant notre clef sans discussion. D'un seul regard sur les clients passant la porte de son établissement, il comprenait immédiatement à qui il avait affaire, devinait quel vaudeville se donnerait à l'étage. Notre petite affaire se liquidait rapidement après la sortie de l'école et avant que ma maîtresse morose ne rallie en toute hâte le domicile conjugal en grande banlieue sud. Elle : momentanément apaisée et rassurée à l'idée de plaire encore, de surcroît à un maître d'école. Moi : pleinement satisfait de cette légèreté que m'offrait une aventure dérobée. Elle me signifia pourtant un soir mon brusque licenciement. S'en excusa. Son mari se doutait de quelque chose. Elle préféra sauvegarder ses acquis. Je n'aurais su l'en blâmer.

Puis je croisai la route d'une piquante généraliste brune, divorcée cette fois, qui avait réussi à terrasser ma toux. Je crois l'avoir fait rire en exagérant opportunément mon personnage maladroit de jeune ermite, égaré dans les marées urbaines. Sans hésiter, à la troisième consultation, elle proposa de me servir de boussole et me garantit en riant très fort, sans doute pour se rassurer devant son soudain aplomb, qu'auprès d'elle je retrouverais mon chemin, quoi qu'il arrive. À vrai dire, dès notre deuxième rendez-vous, elle me guida directement chez elle. Un détail cependant m'intriguait : elle gardait ses chaussettes, même lorsque nous faisions l'amour. Inutile de lui demander de les retirer, elle ne supportait pas ses pieds. Et ne voulait que personne, je dis bien personne ! ne les voie. Heureusement, je n'étais pas fétichiste des orteils… Probablement aurait-elle désiré, au bout de quelques semaines, que notre histoire se prolongeât au-delà d'une simple aventure. Elle tenta deux ou trois fois d'en émettre le souhait avec élégance, évoquant ainsi ces petits week-ends que nous pourrions partager, ces rencontres que nous pourrions faire au lieu de rester enfermés invariablement chez l'un ou chez l'autre devant un plateau télé, après notre galipette administrative. De guerre lasse devant mon inertie, elle finit par s'inscrire aux abonnés absents.

Je fus cependant à mon tour le dindon d'une farce toxique. Ce que j'avais cru être une romance sincère ne fut, au bout du compte, qu'un divertissement cruel qui enterra certaines de mes illusions et ralentit un peu plus ma molle progression. La mère d'un de mes élèves m'avait épouvantablement séduit. Je me souvenais de nos week-ends volés à Florence ou à Venise. Florence avait été une extase. Venise, un naufrage. Cette image collait parfaitement à la cité s'enfonçant dans la vase de la lagune. Nous avions passé quarante-huit heures à nous faire la gueule. Je ne me souviens pas de ce qui avait mis le feu aux poudres. Elle possédait une petite fortune léguée par un mari puissant et indifférent qu'elle avait quitté, lassée. Un vaste et luxueux appartement sous et sur les toits aux Batignolles, à deux pas de l'école de son fils, abritait sa vie détachée. Son envie intense de liberté conquise, après un traditionnel chapitre consacré aux conventions sociales et aux mensonges bourgeois, n'apparaissait pas immédiatement. J'avais d'abord été aveuglé par sa beauté violente. Ses chemises blanches cintrées, ses bottines à lacets, ses longs cheveux noirs retenus en queue de cheval fouettant ses reins à chaque pas, ses lèvres épaisses et sensuelles, ses mains délicates et manucurées, son nez arrogant long et fin, ses grands cils noirs, ses seins vaniteux, son regard lumineux m'avaient égaré. J'aurais dû me méfier de cette lumière brûlante que lançaient ses prunelles marron comme les dards d'un soleil ombrageux. Combien de chances un modeste instituteur avait-il de captiver une divine créature ? Nous échangions de doux sourires à chacune de nos rencontres à l'école. Je lui avais parlé de son fils un peu turbulent. Elle m'avait stoppé net, s'excusant du peu de temps qu'elle pouvait, là, tout de suite, me consacrer. Elle m'avait suggéré d'un regard envoûtant, et si cela ne me dérangeait pas, de poursuivre notre discussion le samedi suivant chez elle autour d'un verre. « Le petit sera chez son père. Nous serons plus tranquilles pour parler. » Dérouté par la simplicité de sa proposition, j'avais bredouillé un : « Oui, bien sûr ! Nous serons bien plus tranquilles. » Quel nigaud ! Je me présentai chez elle aussi dégourdi qu'un adolescent. Je n'en étais pas si loin : mon passé comptait bien peu de conquêtes. J'avais cinq minutes d'avance. Je préférai attendre, restai immobile devant sa porte comme un abruti priant pour qu'aucun voisin fouineur ne s'étonne de mon étrange présence, statique et silencieuse, sur la palier d'une femme seule. Je sonnai enfin. Elle m'ouvrit en frottant ses cheveux défaits encore humides. De longues mèches lui collaient au visage, augmentant sa sensualité et proclamant sa liberté. Elle me pria de m'asseoir dans le salon tandis qu'elle nous servait un verre. Il devait être pas loin de 19 heures et nous carburions au bourbon. Ce qui se passa ensuite aurait pu loger dans le scénario d'un médiocre film érotique et, cependant, les images furtives de ces instants magiques restent encore vivaces dans mon esprit. Elle s'était d'emblée assise à côté de moi avec un naturel inouï. Nous avions parlé de son fils, banal alibi, puis enfin de tout et de n'importe quoi, sans oublier nos vies amoureuses. La sienne était sereine mais elle n'en demandait pas plus, disait-elle. Fallait-il la croire ? La mienne : intéressante et libre. Mensonge éhonté. Elle s'exprimait avec ferveur, guidant ses paroles de gestes amples et animés comme certaines Italiennes enflammées. Jusqu'au moment où elle frôla ma main et la prit dans la sienne sans en avoir conscience, ou faisant mine de ne pas s'en être aperçue. Découvrant enfin nos deux mains enlacées, elle plaqua d'un coup sec son autre main sur sa poitrine comme si elle ne pouvait plus contenir les emballements de son cœur. Magnifique tragédienne. Elle me demanda de lui pardonner cette légèreté inhabituelle de sa part… mais ne lâcha pas pour autant mes doigts engourdis. Le baiser qu'elle me donna ensuite, étrange conception du pardon, fut une expérience fabuleuse et insolite : j'en ressentis toutes les émotions. Était-ce bien moi qui posais mes lèvres sèches sur celles sucrées d'une déesse indocile ? Soudain, elle recula à l'autre bout du canapé. M'observa d'un air faussement indigné. Et prononça ces mots lui garantissant sa victoire : « Ou vous restez ici cette nuit, ou vous partez maintenant ! » A-t-on jamais connu sommation plus délicieuse ? Dans un écho tout proche me parvenait la voix éblouissante de Robin des Bois promettant de toutes ses forces au Roi Richard Cœur de Lion : « Puissé-je à jamais obéir à tous vos ordres avec autant de plaisir, Sire ! » J'aurais aimé, moi aussi, le lui crier.

Mais je n'étais pas préparé à une telle pagaille... Un carambolage ! Deux mondes contraires venaient de se télescoper. L'un d'aisance et d'insouciance. L'autre de prudence et de valeurs sociales. Sa liberté me rendit fou. Elle pouvait disparaître sans un mot, revenir sans explication. Je lui en demandais. En vain. Au début, elle en souriait : « Inutile de t'inquiéter… » ne cessait-elle de répéter. Mais au fil du temps, mes impatiences provoquèrent sa lassitude. Je m'imaginais en couple avec une femme fabuleuse. Je n'avais pas su comprendre mon rôle plus limité : une collation à la table d'une ogresse ! Pour autant, rien ne pourrait pardonner cette ultime soirée où, à bout de colère et de dépit, j'osai porter ma main sur son visage… Une première gifle ! Puis une seconde… La marque infâme de nos provocations. La jalousie m'irriguait. Elle claqua la porte et disparut dans la ville. Je n'entendis plus jamais parler d'elle. Elle aurait pu porter plainte. Je l'aurais mérité. Je ne devais pas en valoir la peine. J'en conçus une navrante mélancolie. Je n'avais aucune excuse.

Ma mère décida alors de m'offrir un chagrin bien plus légitime : elle fut emportée en trois courts mois par un cancer vorace. La petite bête était venue doucement grignoter ses ovaires, sans avoir eu la décence de prévenir, avant de prendre d'assaut ses intestins et son foie dans une ascension vertigineuse qu'aucun médecin n'avait su stopper à temps. Je passai ces trois mois auprès d'elle, fonçant à l'hôpital dès la sortie de l'école, tenant sa main famélique, ses phalanges à l'étroit sous sa peau si fine, lui racontant mille petites histoires banales et envisageant des idées d'excursions lointaines par-delà les océans que nous n'avions jamais eu l'occasion de traverser ensemble. Mon père l'avait laissée choir cinq ans plus tôt pour une contorsionniste de cirque croate rencontrée dans le secret de son cabinet de médecin. Il avait expédié ses ultimes patients et vendu sa clientèle à un confrère roumain installé depuis peu en France. Aux dernières nouvelles, glanées du côté d'un cousin éloigné et détaché, il vivait au fin fond de la pampa argentine. Lui qui nous certifiait préférer de loin les grandes cités vivantes aux campagnes isolées… Quelle ironie ! Ma mère et moi avions en tout cas d'un commun accord décidé de le porter officiellement disparu de nos existences puisqu'il ne nous donnait plus aucune nouvelle. Elle s'était depuis repliée petit à petit sur sa vie, jamais vraiment remise de cet abandon. Je n'avais pas été assez vigilant, bêtement rassuré par sa seule présence, sans me soucier du reste : de sa vie réduite, de ses lassitudes, de ses chagrins… encore moins du temps qui passe. Funeste erreur : le temps et un ogre indifférent… J'étais sur les rotules. Toujours vivant, certes, à la différence de ma mère, mais épuisé par ce marathon de quatre-vingt-douze jours. Combat inutile, perdu d'avance malgré nos faibles espoirs de voir se produire un miracle. Le tenace chirurgien qui avait opéré ma mère deux fois, tentant à tout prix d'enrayer la progression des métastases, fouillant son ventre de fond en comble, cherchant à raccorder ses canalisations endommagées, me suggéra vivement de prendre sans tarder rendez-vous avec la psychologue de l'hôpital : « Parlez ! Déversez tout, me dit-il d'un ton presque cérémonieux. Vous ne cicatriserez pas complètement… mais ça vous fera du bien. » Je suivis son conseil, incapable de toute façon de prendre seul la moindre décision me concernant. J'étais un pantin sans fil. Une séance suffit à ouvrir les vannes : dans un flot de larmes ininterrompu, j'avouai mon étrange soulagement. J'avais tant veillé sur elle ces derniers mois, écrasé par l'étau des espoirs fous et des angoisses sourdes, que sa disparition me permettait enfin, oui, je l'avoue, de respirer un peu. J'endurai ainsi une réelle souffrance lorsque je m'entendis affirmer que ma mère comme moi étions en somme tous les deux apaisés. J'avais honte de ces mots déplacés. De ces aveux inconcevables. Honte de ma douleur amortie par cette violente et nécessaire respiration. Je revenais à la surface après des semaines d'apnée… J'étais inconsolable et libre ! La psychologue se leva, me serra la main et me balança d'un ton sec avec un demi-sourire : « Vous n'avez plus besoin de venir me voir, cher monsieur. Vous savez où vous allez ! »

Je n'en étais pas aussi sûr qu'elle.

J'aurais voulu prévenir mon père par simple respect. Ou peut-être avec l'envie de me confronter à lui. Mais une fois encore, je fis chou blanc : j'avais bel et bien perdu sa trace. Je devais m'habituer à cette idée. Passer à autre chose, là aussi. Je décidai alors, comme une évidence, de quitter la ville oppressante qui avait effacé mes rêves, mon père et ma mère. J'avais l'idée fixe de me dégoter une terre oubliée où l'éducation nationale accepterait, par compassion, de m'affecter. Ce n'était pas l'impétueux coup de tête d'un citadin s'échappant de la cité furieuse pour une campagne paisible, en quête illusoire d'un bonheur perdu. C'était plutôt la renaissance d'un homme de quarante ans enfin débarrassé des besoins inutiles que la ville et la vie ne cessent de nous prescrire. Je débarquai ainsi un matin de septembre sur la presqu'île, au bout de la Terre. Résolu à demeurer en retrait. À ne me mêler de rien, et surtout pas de la vie des autres. À demeurer un observateur discipliné, curieux mais muet. À me contenter de récréations fugaces. À ne vivre que d'aventures puisées dans mon imagination fertile et dans les pages du vieil Ernest. À ne remplir mes vides que d'envies égoïstes. À n'être qu'une apparence douce et sage. Encore aurait-il fallu, pour être en mesure de tenir de si belles promesses, que l'Écossais de la Pointe ne croisât jamais ma route, m'obligeant à sortir de ma coque, malgré tous mes petits principes scrupuleusement établis.

3

Un pacte

Pour nous, l'Écossais fut d'abord une ombre. Il alimentait la chronique sans que quiconque ait pu l'apercevoir. Un spectre immatériel et cependant partout dans le village. L'hiver naissant n'arrangeait rien à l'affaire, isolant un peu plus la presqu'île. Si bien que nous n'entendions plus, dans le silence de nos nuits glaciales, que l'écho de nos consciences mêlé au bouillonnement de l'Océan. Nous n'en menions pas large. Le maire avait, semble-t-il, disparu. Du moins se faisait-il plus discret depuis ce tumultueux conseil municipal. Quelques-uns osaient avancer l'idée qu'il avait quitté le village pour se mettre au vert et méditer sur la situation. Rumeur sans fondement. En réalité, nous pensions tous à l'étranger, futur cadavre dans nos imaginations délirantes. Mais que faire ? Personne n'aurait su dire à quoi ressemblait celui qui, tôt ou tard, s'invitait dans nos conversations. Cette absence ne faisait qu'épaissir l'énigme de la Pointe. Quant à moi, je fus étonné de ne point devenir le paria du Bassin. Bien au contraire, on venait me consulter tel un oracle ! Ma version supputée des faits m'avait offert une popularité inattendue. Le scénario était peu ou prou le même : les parents d'élèves sollicitaient auprès de moi un rendez-vous afin d'évoquer le travail de leur progéniture, puis laissaient glisser la conversation sur l'affaire pour recueillir mon avis. Alibi fumeux, mais démarche flatteuse ; j'avais tant craint pour mon poste, pensant avoir polarisé la fureur du village. Oui, je respirais. Si ce n'est qu'au bout d'un certain temps, à force de me répéter, je n'avais plus grand-chose à dire… Ces pseudo consultations au cœur de notre petite école, maintenant me lassaient. Ce n'était ni le lieu ni le moment. Je n'avais aucune légitimité. Je maudissais le fantôme des Highlands. Je maudissais Marie-Claire de Lange. Je maudissais toutes les saintes dames patronnesses de toutes les villes du monde qui n'étaient saintes qu'en apparence.

Un mercredi matin, arpentant la rue principale du village, je vis au loin Moulau, le pharmacien, qui me faisait de grands signes de la main. Je craignais qu'il fût encore question de l'Écossais… La pharmacie se trouvait après l'église, sur le même trottoir. Dans un réflexe de survie, je me faufilai dans la maison de Dieu que je fréquentais peu. Ma foi était en berne. J'avais pourtant grandi au milieu d'une famille de pratiquants exemplaires : on m'avait élevé dans l'amour du Christ. Je reconnaissais en Jésus un homme éclairé. Je songeais que, si l'humanité avait pris soin de mieux l'entendre, nos désarrois auraient fait place à une profonde sérénité. Mais de ténébreuses questions m'envahirent dès la fin de l'adolescence : Jésus fut-il jamais fils de Dieu ? Dieu fut-il jamais une vérité ? J'aurais aimé que l'épouvantable doute ne gouvernât jamais mon esprit. Je m'en voulais : cette vision simpliste des choses avait ébranlé mon rapport à la vie. Si Jésus n'était pas le Messie, que pouvais-je bien espérer de l'existence ? La paix de l'âme avait abandonné mes nuits. L'idée même de la mort s'invitait au cœur de courtes insomnies, de plus en plus fréquentes, provoquant de saisissants vertiges. Et si, maintenant, ce curieux Écossais appliquait à la lettre son plan à l'issue fatale… à quoi tenait la vie dans nos cœurs indécis ?

L'église dans laquelle je m'étais réfugié m'offrit un silence salutaire et une planque parfaite. Elle était quasiment vide, exception faite de la vieille Marguerite Guadet, cramponnée au même prie-Dieu auprès de la Vierge. Le visage enfoncé dans ses mains osseuses, elle ne destinait ses prières qu'à la Mère de Dieu. Je m'assis non loin d'elle sur un banc, prenant soin de ne pas faire de bruit. J'observais avec une certaine admiration teintée d'espérance cette veuve de pêcheur qui n'aurait manqué pour rien au monde son rendez-vous avec Marie. Qu'il pleuve ou qu'il vente, rien ne faisait obstacle à sa promesse, pas même son corps voûté qui résistait aux intempéries lorsqu'on l'apercevait, résolue, se diriger vers l'église : aïeule intrépide bravant les bourrasques pour l'amour de Dieu. J'aurais aimé toucher un peu de son inébranlable foi et reprendre ainsi le chemin de l'espérance. Elle murmurait dans ses mains longues et maigres d'impénétrables prières. Elle se parait toujours de ce même châle usé en cachemire ocre et rouge qui recouvrait ses vulnérables épaules pour s'adresser à sa divine confidente. On pouvait apercevoir, au-dessus de ses mains, un vacillant chignon gris retenu par quelques barrettes en plastique orange. Ultime coquetterie du bout de la vie. Je sentis son eau de violette. En la regardant prier la Sainte Vierge, l'homme en moi qui doutait aspirait secrètement à parcourir à nouveau le chemin exquis des certitudes.

— Je vous vois à l'église, mon fils ! Quelle joie si rare vous nous offrez en ce lieu de prière et de réconciliation !

Le ton du curé suait d'ironie. C'était de bonne guerre. Le Père Mirande ne m'avait jamais reproché cette négligence, nous évitant ainsi le dégoulinant cliché de l'abbé houspillant l'ouaille trop souvent absente de son église. J'avais du mal à considérer les prêtres. Leur grâce apparente ne pouvait selon moi dissimuler les failles de l'homme. Certains curés, à la rigueur, plaidaient leur foi d'un cœur honnête et audacieux. Mais ma religion était faite : depuis des siècles, on divulguait des messages divins transmis par des êtres de chair et de sang à d'autres du même métal. Sans doute cette sentence barbare était-elle à l'origine de mon malaise. Mais elle était aussi la source d'une incurable solitude intime. Je m'éloignais de Dieu. Je m'éloignais des hommes. Je marchais seul dans une vallée de larmes et de rires… de haine et d'amour. Je me refusais toutefois à endosser la panoplie grotesque de l'infâme agnostique. J'aurais voulu me contenter de gommer ces peurs naissantes. J'aurais aimé que mes nuits ne fussent plus jamais entrecoupées de ces intermèdes m'expédiant, terrorisé, dans les contrées du néant. J'espérais une rémission. Je me posais cette prétentieuse question : *comment étais-je en mesure d'apprécier le bonheur sur ma terre aride où ne pouvait éclore le moindre espoir ?* L'ironie voulut que je trouve refuge dans une église et que le curé en personne vienne à moi dès qu'il aperçut l'instituteur au centre des commérages. J'avais voulu éviter un importun ; je me retrouvai face à mon spirituel contradicteur.

Le prêtre s'adressa à moi sans pour autant se détourner de l'autel au-dessus duquel trônait un gigantesque crucifix se détachant sur un mur de vitraux rouges, jaunes et bleus :

— Je dois dire, mon fils, que vous avez fait forte impression dans notre village. Parler ainsi d'un inconnu en l'expédiant à une mort certaine : quel sens inné de la tragédie ! Je sais que notre maire vous en tient rigueur. Mais ce n'est pas mon cas, ni même celui de bien des habitants de notre presqu'île, quoi que vous puissiez en penser. Beaucoup passent désormais le plus clair de leur temps à se poser les questions que vous avez soulevées. Je ne pouvais faire autrement, l'autre soir à la mairie, que de me détacher de votre approche pour le moins abrupte des choses. Calmer les esprits. Il n'est pas aisé d'en appeler à la Miséricorde de Dieu quand les âmes se troublent. Et on ne peut pas dire que vous m'ayez facilité la tâche. Cependant, regardons ensemble vers demain, si vous le voulez bien. Puisqu'une étrange pièce s'écrit au cœur de notre village, imaginons ce que nous pourrions faire, main dans la main…

Ce discours n'était pas celui d'un curé garrotté par la foi… plutôt celui d'un homme curieux de la vie. Je n'avais pas envie de refuser une telle offre, l'idée de me plonger dans la résolution de cette énigme n'était pas pour me déplaire. Que le curé en personne me propose d'en baliser le terrain avec lui était une aubaine ! Pas question de me soustraire à une savoureuse provocation : placer l'homme de Dieu devant les contradictions de sa foi face aux errements d'un étranger défiant la mort. Du moins continuais-je à m'en convaincre : l'Écossais de la Pointe était un suicidaire. Je profitai de la trop belle occasion offerte par le Père

Mirande pour dévoiler ma fourberie et lui demandai tout de go :

— Si l'Écossais de la Pointe désire se suicider (j'insistai sur ce mot honni par la foi chrétienne), que peut-on attendre du dogme dont vous êtes le porte-parole ?

L'homme de Dieu s'amusa ouvertement de cette pique grossière glissant sur sa soutane, son armure céleste. Il me rétorqua qu'avant de tirer des conclusions hâtives, nous serions plus inspirés d'aller sonder l'âme de l'étranger. Cet homme qui, prétendument, convoquait la mort, n'avait pas encore été effacé du tableau des vivants. Notre conscience devait nous permettre de concevoir le désarroi dans lequel se trouvait cet enfant du Seigneur. Puis il ajouta, dans un rire franc, que cet Écossais était décidément culotté : acheter le terrain de la Pointe ! Depuis longtemps, une légende tenace avait transformé cette terre en malédiction… Qui pouvait ne pas en avoir entendu l'écho lointain, bien au-delà de la presqu'île ?

— Un sourd, probablement ! ajouta-t-il, ravi de sa blague facile.

J'aurais pu lui en tenir grief et même lui signifier son absence de charité. Mais l'idée de voir un prêtre rire de si peu me plut. J'en étais quitte pour remettre à plus tard mon petit conflit avec Dieu et son Église.

Restait un problème : où et comment croiser l'Écossais de la Pointe ? Ni le père Mirande ni moi n'avions évoqué l'évidence : l'étranger demeurait invisible. Il n'était pour l'heure qu'un conte à dormir debout. Pis : les anciens du village allaient jusqu'à dire que l'existence même de cet homme des Highlands restait encore à prouver. Quelques-uns prenaient au sérieux les prédictions des vieux matelots se réunissant le soir dans les cabanes de pêcheurs situées au bout du village : on délivrait là toutes sortes de légendes. Une surenchère de récits fantastiques échauffait les esprits et réchauffait les âmes. J'en avais été le témoin un soir où j'avais poussé la porte d'une de ces petites maisons de bois.

L'Écossais, affirmait-on là-bas sur le ton du décret, est un esprit mauvais déposé par les vents du Nord. Alphonse Cantenac, un ostréiculteur réputé et écouté sur le Bassin, le confirmait. Il se souvenait d'avoir jadis navigué aux abords des côtes celtiques et avait rapporté dans ses filets, outre de généreuses prises, quelques mythes tenaces. Il évoquait ainsi une créature nommée *Death Bogle*, un spectre menaçant aux mains blanches et froides. Quiconque croisait sa route et se laissait imprudemment toucher par le fantôme, était promis à une mort certaine. Cantenac en était certain : l'Écossais de la Pointe était ce revenant. Puis, mordillant l'embout usé de sa pipe d'un air satisfait, il buvait son verre de vin blanc d'une seule lampée. Les antiques conteurs rivalisaient alors de connaissances, faisant appel à leur mémoire encore vive. Ne s'agissait-il pas plutôt d'un *Each Uisge*, avait osé Robert Bardès, ancien patron d'un petit chalutier. Ses compagnons avaient fait silence et attendaient d'en savoir plus sur cet imprononçable label occulte. De quoi, de qui parlait leur ami ?

— D'un cheval d'eau blanc et maléfique capable de prendre l'apparence d'un homme séduisant pour courtiser d'adorables femmes esseulées, ceci afin de les entraîner dans les eaux profondes des lochs avant de les dévorer vives, expliqua Bardès.

Cantenac lâcha sa pipe dans un rire glouton :

— Qui a vu l'Écossais ? demanda-t-il. Qui peut

nous dire si cette créature est aussi séduisante que ton cheval blanc à figure humaine ? L'Écossais a peut-être bien les traits d'un monstre écœurant et aucune de nos femmes ne se laissera attraper par ses filets… Hélas pour nous !

Un fou rire général se propagea aussitôt dans toute la cabane. Les légendes les plus tenaces s'étiolaient face à la bonhomie du cénacle. J'aimais ces assemblées. On aurait pu les comparer à un culte. Mais Dieu était ici rarement convoqué : seuls les démons avaient droit de cité. Tellement plus amusant. Je le confiai sans honte à notre curé. Il me répondit, sans détour et à mon grand étonnement, que lui-même avait participé à ces savoureux débats. Il lui arrivait de remplir le pot commun de ses propres histoires quand les vieux insistaient. Il se prêtait volontiers à ces joutes. Il ajouta doctement : sans démons, point de Dieu. Il avait osé à présent me servir la grossière théorie des contraires.

— Oui, lui répondis-je. Point d'amour sans haine et point de lion sans gazelle.

— Et point de foi sans doute, mon fils, s'amusa-t-il.

Il m'agaçait.

Rien de tout cela ne répondait pourtant pas à notre question : où trouver l'Écossais ? Fantôme ou créature, mauvais génie ou être de chair et de sang, nous n'avions aucune idée de la manière d'entrer en contact avec lui. Le curé se montra serein. Il suggéra d'attendre la première manifestation de cet inconnu. Inutile de courir après une rumeur. Il avait raison. Marguerite Guadet avait quitté l'église. Son assidu dialogue avec la Vierge se poursuivrait le lendemain à la même heure. Je sortis à mon tour. Je pris soin de jeter un œil prudent du côté de la pharmacie : Moulau avait disparu. Je préférai cependant emprunter le chemin opposé. L'apothicaire aurait bien été capable de me guetter à travers sa vitrine, planté derrière son comptoir, en vue de m'asséner ses suffisantes vérités. Je poursuivis ma route le long de la plage, dos courbé pour mieux résister aux bourrasques. Je songeai à cette association baroque avec le curé. J'étais si loin de son Père… si loin de ses Cieux. Je n'aurais jamais imaginé former un tel attelage autour d'une pareille énigme : celle dite de *L'Écossais de la Pointe*. J'étais venu ici avec le sombre vœu de prendre mes distances avec la passion. Je me voulais neutre et lisse. Jusqu'à la fin des temps. Cependant, l'idée désormais m'inspirait. Notre pacte m'enchantait.

Une exaltation inconnue animait mon cœur endormi.

4

Premier contact

Les semaines passèrent, semblables les unes aux autres : moroses au cœur d'un hiver solitaire. Rien ne vint troubler nos vies lentes. Le fantôme nous hantait moins. L'idée folle d'un Écossais achetant le terrain de la Pointe s'évaporait. Tout cela n'avait peut-être jamais existé. Quelques-uns en faisaient grief au maire : ne nous avait-il pas alertés pour rien ? Ne lui avait-on pas joué un vilain tour ? L'édile jurait ses grands Dieux que non ! Il tenait l'information de l'agence immobilière à l'origine de la transaction. Il s'était rapproché du notaire de la famille vendeuse et l'affaire avait bel et bien été conclue. Moulau affirma de son côté que le bonhomme avait tout simplement renoncé. Ça tombait sous le sens : il s'était renseigné. L'Écossais avait admis avoir réalisé un bien piètre achat. Mais qu'importe, puisqu'on le disait riche comme Crésus ! Cela ne devait pas l'empêcher de dormir sur son tas d'or… Les observations du pharmacien étaient décidément un ramassis de pénibles clichés. Marie-Claire de Lange n'adhérait évidemment pas à cette expertise. Moi non plus, mais je me gardai bien d'en faire part à quiconque. Je tenais à ma tranquillité retrouvée. J'éprouvais cependant une méprisable et secrète déception : c'en était fini de ma fabuleuse enquête sur le *suicidaire de la Pointe* en association avec le curé ! Je regrettais déjà cette expérience qui s'annonçait pleine d'enseignement. Je retrouvai l'isolement de mon âme. Je ferais classe chaque jour, simplement habité par le frêle sentiment du devoir accompli.

Je sentais bien que la petite caissière du Huit à 8 s'intéressait à moi. J'avais fait le deuil – hideuse expression quand la personne aimée est encore vivante – d'un bref épisode, comme l'aurait chanté le mélancolique Sinatra au lendemain de sa rupture avec Ava Gardner. J'avais, disons, neutralisé mon cœur écorché pour cadenasser les ruines de cette piteuse affaire parisienne. L'amour avait coulé dans mes veines tel un fleuve poisseux…

Je m'étais donc aperçu de l'attention que me portait la charmante Charlotte aux fins cheveux blonds, au regard espiègle et au petit nez étroit. Son délicieux manège ne m'avait pas échappé. Elle me mitraillait de questions anodines sur mes achats : mes paquets de pain de mie américain l'autorisant, par exemple, à me demander si je n'en avais pas assez d'ingurgiter chaque soir des sandwichs, « seul devant la télé ». D'autres fois, elle s'inquiétait de mon régime : *à engloutir n'importe quoi seul chez moi*, je menaçais ma santé. Je me contentais de lui sourire, sans prêter le flanc à ses vaines tentatives pour percer l'énigme de mon petit train-train. Pour le moment, elle n'en saurait rien. C'était mieux ainsi. Je n'étais pas prêt à vivre une nouvelle histoire. À mettre en péril un cœur fragile. Cependant, j'étais malhonnête : mes sourires tenaient plus d'une séduction sournoise que d'une élémentaire politesse. Je me faisais l'effet d'un charlatan. Que le Père Mirande ne m'espère surtout pas à confesse ! Charlotte poursuivait son interrogatoire dès que j'arrivais en caisse. Combien de temps saurais-je esquiver ses assauts, moi qui me refusais à changer de supérette ? Ce petit divertissement réveillait mon corps en hibernation et attisait un désir capricieux.

La nuit, seul chez moi, je songeais à l'image de l'Écossais de la Pointe, qui poursuivait mon esprit démoniaque. Impossible de me le figurer nettement, en dépit de sa fidélité à nos rendez-vous nocturnes. Je regrettais son absence sur la presqu'île. J'avais entrevu la possibilité d'un séisme dont j'aurais été le spectateur gâté. Observateur pervers et rassasié par l'éruption des secrets enfouis. Notre village était un parfait concentré de la comédie humaine, l'air vicié de la ville en moins. Chacun semblait y être venu cacher une honte, un secret, une faute. Je n'en avais pas la preuve formelle, je le ressentais. Il m'arrivait de parler à l'Écossais, sans même le nommer. Je l'appelais tout simplement *l'Écossais*. Je lui disais : « Qu'attends-tu pour te pointer, l'Écossais ? Pas chic de ne pas tenir ta promesse : tu aurais pu crever les abcès... démonter toute cette mascarade... vider le bain des médiocrités... On aurait bien ri, toi et moi... » Le Père Mirande, s'il avait entendu mes ignobles soliloques, en eût été chagriné. Mais pour moi, la disparition de l'Écossais sifflait à coup sûr la fin d'une récréation.

Une nuit où l'Écossais et moi *bavardions* loin des oreilles indiscrètes, on frappa violemment à ma porte. Je descendis quatre à quatre les marches de ma petite maison, tout en enfilant une chemise froissée, un peu inquiet que l'on vint ainsi me déranger à une heure si tardive. J'ouvris et vis le curé haletant. Il m'intima l'ordre de le suivre. Je me faufilai dans ses pas sans lui poser la moindre question. Quelle légèreté ! Tout en courant, Dieu sait où, je sentis la terre trembler sous nos pieds. J'entendis le rugissement de mille moteurs. Les lumières aux fenêtres des maisons commençaient à s'allumer comme des étoiles dans le ciel au crépuscule. On se penchait aux balcons. On se demandait qui osait un tel tapage en pleine nuit. Les râleurs s'époumonaient derrière les volets entrouverts. Le village tout entier venait d'être extirpé de sa torpeur. Nous débouchâmes enfin sur l'artère principale du bourg. Ce fut un spectacle dantesque, comme si l'enfer avait choisi d'embraser la presqu'île. Les phares immenses de gros camions de chantier aux roues épaisses et surélevées venaient de perforer la nuit. Ce furent d'abord de grands jets étincelants qui nous aveuglèrent, on aurait dit d'irréels ogres de lumière dévorant l'obscurité. Puis on devina la masse menaçante des poids lourds déchirant le village sur son passage. Des nuages de fumée s'élevaient dans l'air. Nous suffoquions dans cette poussière arrachée à la terre. De fines vagues blanches restaient suspendues, provoquant un brouillard de cendres, avant de retomber sur nos corps engourdis. Les particules de poussière ruinaient nos prunelles. C'était un débarquement. Une armée en marche. Sans chars. Sans canons. Le village était envahi ! Le Père Mirande me pinça le bras, m'indiquant une direction. J'aperçus, dépassant des bennes ouvertes, de longs troncs en bois, tous taillés sur le même modèle. Une escouade de robes de chambre et de chemises de nuit figurait une haie immobile le long des trottoirs du centre-ville. Je vis le sourire narquois de Marie-Claire de Lange, postée sur le pas de sa librairie au-dessus de laquelle elle vivait. Je vis au loin Marcou, un pêcheur du coin, écrasant sa longue bouche sans lèvres sur un mégot moribond, tout en s'animant d'étranges mimiques : il ressemblait au personnage grimaçant d'un film muet. Je vis Moulau donner son avis à tous ceux qui ne l'écoutaient pas, envoûtés par le spectacle titanesque auquel ils assistaient. Je vis le maire et son visage effaré, les bras en suspens au-dessus de sa tête, les mains enfoncées dans sa belle tignasse blanche. Il devinait ce que serait son lendemain : une vague de plaintes. Son impuissance lui serait reprochée. Il n'avait rien vu venir, ignorant tout de celui qui avait provoqué cette fournaise. Du moins son cerveau pétrifié était-il incapable de saisir l'évidence : l'Écossais de la Pointe venait se présenter, à sa manière, aux habitants de la presqu'île.

Le Père Mirande refusa d'en rester là, de n'être en somme qu'un simple spectateur au bout de la nuit. Avec ferveur, il me proposa de le suivre. Il voulait en savoir plus, là, maintenant ! Moi aussi, évidemment. J'acceptai à nouveau de lui emboîter le pas. Je l'avais attendu, espéré, l'Écossais. On n'allait pas, lui et moi, se quitter si vite. Pas après un tel boucan. Mais qu'envisageait le curé pour poursuivre notre quête ? D'un sourire enfantin, se délectant de sa soudaine hardiesse, il me proposa de nous conduire à la Pointe dans sa voiture, car c'était bien cette direction que prenait la monstrueuse colonne de camions. Notons que le véhicule du prêtre était un élément à part entière de la presqu'île. Jusqu'au râle distingué de son moteur. C'est que ce gredin de curé possédait une antique Porsche 911 vert pomme d'occasion. Quel attelage inattendu entre les mains d'un vicaire en mission pour le Seigneur ! Je le taquinai, lui demandant si ce choix était en accord avec son vœu de pauvreté. Il me rétorqua que Dieu n'interdisait pas à ses humbles serviteurs d'utiliser les outils nécessaires à l'exercice de leur fonction. Surtout pour les urgences de la foi : donner les derniers sacrements ou secourir une âme perdue. C'était peut-être le cas ce soir. Puis il ajouta, espiègle :

— Un âne ou une Porsche… Quelle importance, mon fils, tant que l'âme n'est pas corrompue ?

Cet original avait fini par se faire accepter : il s'était fondu dans les mœurs locales. Les paroissiens le savaient : leur curé ne ressemblait à nul autre et le village en tirait quelque fierté. J'imaginais alors ses brebis égarées se ralliant, rassurées, à son bolide dès qu'elles l'entendaient rugir au loin. Le beau coupé vert était le repère de leur foi isolée… Cependant, demandai-je inquiet, ne roulions-nous pas vers la Pointe de façon un peu cavalière ? Nous n'avions pas prévenu de notre arrivée ! « Prévenir qui ? », me demanda le curé, téméraire. Il n'avait pas tort. L'Écossais demeurait un spectre. En outre, le terrain maudit restait une lande ouverte à tous les vents mauvais. C'est, je crois, le vent qui m'inquiéta d'abord. Il se leva doucement mais ne cessa de se renforcer au fur et à mesure qu'avançait la nuit. Or, nous savions les tempêtes du large bien plus périlleuses à affronter sur la Pointe qu'à l'abri dans nos terres. Mais pas de quoi repousser notre curiosité avide. Tomberions-nous enfin sur l'étranger ? Nous préférions faire fi de la tempête non sans avoir conscience qu'une fois sur place, le moindre éboulement pouvait nous entraîner à jamais dans les flots déchaînés des passes.

Le prêtre démarra sa Porsche. Il actionna son lecteur de CD intégré. Je n'étais pas au bout de mes surprises avec l'extravagant abbé de la presqu'île : je reconnus la musique trépidante de la série *Magnum*. Ce feuilleton des années 1980 contait les aventures d'un détective privé moustachu sévissant à Hawaï au volant d'une Ferrari rouge et entouré de plantureuses héroïnes. Nous étions loin des orgues célestes. Mirande ne doutait de rien… ne redoutait rien… pas même le ridicule ! J'amorçai à son égard un virage personnel : ce curé-là m'incitait à lui accorder une certaine clémence.

Sur la route, nous fumes malmenés par la bourrasque. La voiture tanguait : nous étions coincés dans cette armure de tôle ivre. L'orage et la pluie se mirent de la partie. Quelques éclairs zébraient l'horizon. On apercevait dans la lumière vive les grands pins faisant pénitence, leurs longues branches semblaient vouloir érafler le toit de notre véhicule. Nous nous demandions si nous avions eu raison d'agir avec autant de légèreté. Et il était un peu tard pour faire notre examen de conscience. Le Père Mirande, sans détacher son regard de la route, posa alors fermement sa main sur mon bras.

— Je crois que le moment est parfaitement choisi pour faire une prière, mon fils. Nous aurons bien besoin de la présence de Dieu.

— Pensez-vous que cela nous sauvera, mon Père ? Pouvez-vous ici m'assurer que Dieu se dérangera pour nous sortir de cette mélasse ?

— Je n'en sais rien, poursuivit-il. Je n'apporte pas de certitude ; juste de l'apaisement.

Sa réponse était mue par une logique spirituelle contre laquelle je ne cherchai plus de parade. Je n'éprouvai pas le besoin, en cet instant précis, de mener ma fronde. La Porsche continuait de rouler vaille que vaille sur son chemin de croix, secouée par des vents furieux. Quand je lui demandai s'il fallait voir dans cet orage la colère de Dieu, Mirande ironisa sur mon engouement pour les clichés défraîchis.

— Il faut surtout redouter l'orage, me dit-il. Si Dieu était en colère, mon fils, votre cœur en serait ravagé, car Dieu est en vous. Il n'est pas planqué derrière un nuage à lancer la foudre comme un garnement mal élevé.

Je décidai sagement de mettre de côté mes doutes spirituels pour me concentrer sur cette route infernale qui semblait ne mener nulle part. J'étais déjà allé traîner du côté de la Pointe. J'avais arpenté, par une douce journée de printemps, le fameux terrain dont tout le monde parlait avec crainte. Le panorama et la lumière éclatante étaient splendides : l'immense Dune se dressait juste en face. Les bancs de sable alanguis sur le Bassin en délimitaient la frontière avec l'Océan. Les traditionnelles pinasses voguaient, flegmatiques, conférant au lieu son empreinte particulière… Mais, cette nuit, nous n'avions guère l'âme de promeneurs éblouis. Nous étions plutôt dans la peau d'aventuriers désorientés. Mirande invoquait l'aide de Dieu. Je n'avais personne en particulier vers qui me tourner et encore moins une présence spirituelle. Un ange disponible, ou même un démon sans emploi, auraient fait l'affaire. Soudain, nous aperçûmes le cul d'un gros camion qui roulait devant nous. Nous avions rattrapé le convoi. À cet endroit, la route devenait plus étroite. L'asphalte laissait place à un chemin de terre. Les roues des poids lourds projetaient des monceaux de boue, dont des fragments entiers venaient s'écraser sur notre bel esquif. Notre pare-brise en était maculé, si bien que le curé décida de stopper sa voiture. Il redoutait l'enlisement sur cette terre meuble. Finir à pied s'imposa comme la seule solution. Je commençais à regretter cette expédition. La tempête avait failli nous emporter ; voici que la boue allait nous avaler. Ne manquait plus que l'Océan pour nous digérer.

Nous sortîmes avec peine du véhicule : le vent bloquait les portes, pourtant lourdes, de notre coupé. Une fois dehors, nos corps durent trouver un axe de résistance favorable tant la tempête s'acharnait à empêcher notre progression. Nos chaussures et bas de pantalons étaient recouverts de gadoue. Le fracas du vent était assourdissant. Nous marchions tête baissée, parvenant tout juste à respirer. Les éclairs nous offraient une timide visibilité, mais nous étions assez inconscients pour continuer cette marche démente sous les arbres menacés par la foudre. En effet, notre quête obsédante de l'Écossais avait expulsé nos peurs. Quelle cause, cette nuit-là, méritait de mettre ainsi nos vies en péril ? Mirande s'en fichait, Dieu l'accompagnait. Il était convaincu de conduire une mission divine, une âme devait être sauvée sur-le-champ ! Si je m'étais attendu à pareille expédition, j'aurais mesuré mes paroles l'autre soir au conseil municipal. Je ne méritais pas l'absolution.

Après un moment, nous vîmes enfin apparaître, au bout du chemin, la terre damnée. Cette nuit furibonde la rendait encore plus terrifiante. Des esprits malins avaient dû en faire leur cour de récréation. Les camions s'étaient prudemment garés sur la partie la plus large de l'esplanade, le plus loin possible du bord. Je compris bien vite l'intérêt vital de ne pas s'aventurer au-delà d'une certaine limite : assailli sans répit par les courants enragés, un pan entier du terrain de la Pointe s'écroula mollement sous nos regards sidérés. Les vagues immenses n'en firent qu'une bouchée. Il fallait être fou pour envisager de bâtir sa maison dans un pareil endroit ! Mirande me tira par la manche et articula quelque chose. Malheureusement, le bruit infernal de la tempête m'empêchait de l'entendre. Il finit par me hurler à l'oreille :

— Le bois, c'est pour la maison !

— Quelle maison ? demandai-je.

— La maison de l'Écossais !

— C'est un fou !

— Vous avez hélas peut-être eu raison à son sujet, mon fils. Que Dieu le tienne en Sa Miséricorde !

Je me demandais en quoi la Miséricorde de Dieu pouvait en cet instant précis être utile à un homme déterminé à bâtir son refuge sur des sables mouvants. Dieu était sans doute patient avec les âmes égarées mais ici il perdrait son temps, l'Écossais était une âme damnée s'il persistait dans son entreprise désespérée. J'en arrivais à douter de ma théorie sur l'étranger, on connaissait bien des dispositions pour en finir avec la vie, mais passer des mois à construire pour accepter d'être ainsi détruit… quelle crânerie ! La présence de cet homme sur notre presqu'île m'avait paru être l'opportunité d'une formidable purge des âmes. D'un théâtre cruel que j'approuverais. J'en redoutais maintenant les conséquences. Personne n'était prêt à accueillir le diable à sa table. Si le curé m'avait entendu penser cela, il en aurait souri, le merle moqueur. Et ne m'aurait pas épargné un de ses dictons favoris : *Point de diable sans Dieu…*

C'est alors qu'il nous apparut. Du moins sa silhouette, sous un éclair qui venait de frapper le ciel. Il se tenait de dos. Nous eûmes à peine le temps d'apercevoir un colosse dressé au bord du Bassin. Corps robuste et immobile que le vent du large ne parvenait pas à faire vaciller. Mains sur les hanches. Tête haute sous une pluie diluvienne. Couronne de longs cheveux roux et frisés dégoulinante d'eau. Statue antique défiant l'Océan. Hercule prêt à affronter Zeus. Ou mille autres légendes pour ravitailler nos soirées baroques et nos discussions insolites dans les cabanes de pêcheurs. Nous le vîmes lever lentement le poing vers le ciel noir… Et puis plus rien ! Il avait disparu. Le fantôme qui hantait la presqu'île s'était matérialisé devant nous quelques secondes à peine. Le bon curé et moi, chiens mouillés et transis, pourrions en tout cas affirmer l'avoir bel et bien vu, cet Écossais de la Pointe.

De retour dans la voiture, Mirande m'interrogea avec un empressement quasi enfantin : il voulut connaître, là, tout de suite ! mon sentiment à l'instant où cette silhouette irréelle, se détachant sur un ciel d'encre dans la lumière de l'orage, nous était apparue. Je répondis avoir été impressionné, presque écrasé par la puissance qui émanait de cet homme. Mais le prêtre insista. Quelque chose d'autre l'avait intrigué, ou plutôt tracassé. En l'occurrence une détermination folle. Une envie prodigieuse d'en découdre avec la nature indomptable. Un combat arrogant qu'aucun mortel n'aurait voulu livrer. Notre prêtre parlait de l'Écossais comme d'un être légendaire venu sur nos terres pour semer fureur et désespoir. Pour mener une lutte perdue d'avance. Nous en étions à interpréter une image furtive sans certitude. Mais ce singulier curé et moi partagions au moins un sombre pressentiment : les vents du large avaient trouvé leur émissaire. Nous n'étions plus à l'abri d'une nouvelle et puissante bourrasque bien plus fâcheuse que celles qui venaient habituellement frapper nos côtes écorchées.

5

Monsieur le Curé

« À quoi sert Dieu ? », lui avait demandé du haut de ses six ans la petite Adèle à la fin du catéchisme. Il avait d'abord été saisi par la brutale question émanant d'une si frêle enfant. Depuis plusieurs mois, il invoquait à chaque cours l'essence de Dieu dans les vies humaines. La création du monde et de toutes choses. Le pardon des fautes commises puis avouées. La miséricorde face au péché. L'histoire du Fils acceptant son sacrifice au nom des hommes. Sa résurrection, enfin. Mais voici que la petite Adèle, si hardie, plantant son regard dans le sien, s'était approchée pour se camper face à lui ce vendredi soir et l'avait interrogé sur l'utilité de Dieu. Sa mère venue la chercher avait soudain rougi, gênée par l'aplomb de sa fille, lui demandant de bien vouloir se taire et de ne pas offenser monsieur le curé avec ses questions idiotes.

— Mais maman, lui avait répliqué l'enfant têtue. C'est important de savoir. À quoi sert Dieu ? Je ne le vois pas, moi, dans le ciel. Où il est ? À quoi il sert, Dieu, monsieur le curé ?

Le Père Mirande avait aussitôt rassuré la mère

confuse. Se poser des questions sur Dieu, quel que soit l'âge, n'était pas une offense ; plutôt un espoir. Il se tourna vers l'enfant et lui dit doucement :

— Vois-tu, Adèle, je ne me suis parfois posé cette question, moi aussi. Et tu as raison, toi, de la poser maintenant. Je vais te dire mon avis : Dieu est une force invisible. Nous n'avons pas besoin de le voir. Il est là. Tout simplement là… autour de nous (il accompagnait chacune de ses paroles de gestes amples). Il est avec nous. Il est avec toi. C'est comme quelque chose de merveilleux qui nous protège et qui nous guide. Tu le sentiras en laissant parler ton cœur. Alors, tu seras très forte. Dieu nous rend forts, Adèle. Il ne nous abandonne jamais !

Ce soir-là, au presbytère, Mirande dîna d'une soupe de légumes. Il songea à nouveau à la question si directe de la petite fille. Il ne fut pas certain de l'avoir convaincue. Cependant, il s'était refusé à imposer Dieu comme un dogme. Il avait parlé de toute son âme. Et tout au moins espérait-il que ses paroles seraient reçues bien plus pour ce qu'elles portaient en elles que pour ce qu'elles signifiaient. Adèle prendrait le temps d'en comprendre le sens et d'en ressentir l'opulence. Telle était son existence, vouée à une longue plaidoirie. À la défense de l'Invisible. À la transmission de l'espoir. Avant d'invoquer enfin la Miséricorde du Seigneur, agenouillé devant l'autel de son église aux aurores des cœurs incrédules. Car comment leur faire admettre, à tous, que Dieu n'était pas une bouée de sauvetage ? Que le Tout-Puissant n'était pas leur serviteur en ce bas monde ? Mais que notre amour, si nous étions capables de le mettre au-dessus de tout, était à son service pour la sauvegarde des hommes.

Ce soir-là, après le dîner, il s'assit dans un vieux fauteuil au coin de sa cheminée. Il prit les Évangiles et commença à lire le texte de Jean consacré à la résurrection du Christ. Le Christ, mort et ressuscité, vainqueur de la mort par l'amour… Tel était le message du Messie : nous sentir enfin délivrés de cette peur et emprunter sans crainte le chemin du bonheur véritable. Il posa le livre saint sur ses genoux, plaça ses mains sur la couverture en vieux cuir… ferma ses paupières comme il aimait le faire en signe de recueillement ou d'écoute, pinça le haut de son nez avec le pouce et l'index et songea aussitôt à l'Écossais de la Pointe. N'était-il pas possible de le ramener sur le chemin de la vie ? Mais que dire à un homme qui n'a peut-être plus peur de la mort, comme semblait l'affirmer le tout nouvel instituteur du village ? Quel sens donner à la vie quand on s'est soi-même condamné pour Dieu sait quelle faute ? Le Père Mirande mesurait alors tout ce qu'il lui faudrait comme patience et comme amour pour s'opposer au noir dessein de Drummond, s'il se révélait exact. Pour espérer se faire entendre. Mais pouvait-il agir autrement ? Avait-il le droit de détourner son regard ? De se contenter de prier et d'attendre un matin pâle qu'on le réveille pour lui annoncer la disparition de l'Écossais emporté par la houle ? Qu'aurait-il fait alors ? Implorer le pardon de Dieu pour avoir immanquablement péché par son absence ? Ce n'était pas ainsi qu'il envisageait son ministère. Pas comme une fuite indigne. Pas après avoir été lui-même sauvé des enfers par l'amour de Dieu… et d'un vieux prêtre exemplaire…

***

Ses paupières restaient closes. Son esprit le ramenait aux heures sombres de sa vie. Celles qu'il avait tout fait pour chasser de sa mémoire. Ces heures impures réparées au pied de la Croix du Christ. D'une messe à l'autre. De sermons en absolutions. Les heures souillées d'un garçon de bonne famille sniffant de la coke avec des amis bien éduqués. Claquant le pognon de parents fortunés. Baisant de-ci de-là quelques demoiselles de la haute société, princesses sans couronne en quête de bras prospères pour une vie mensongère, bien à l'abri du monde et lovées dans un bunker conjugal. La sienne se prénommait Adélaïde. Une fille de banquiers d'affaires qui se languissait dans sa chambre au fond du vaste appartement de ses parents, au dernier étage d'un immeuble haussmannien, dans un quartier chic de la capitale. Adélaïde était une grande perche blonde dont l'univers se résumait aux boutiques de luxe, aux portefeuilles bien garnis de prétendants aux âmes vides et, Mirande l'apprit plus tard, à un long godemiché rose qu'elle gardait précieusement enfermé dans un tiroir secret. De quoi dérider son corps et distraire ses lassitudes. On ne pouvait dire qu'elle était jolie fille avec son menton en galoche, son long nez aux arrêtes étroites planté au milieu d'un visage creusé sous un regard aussi intense que celui d'un veau épuisé. On ne distinguait aucun charme dans cette enveloppe dénuée de grâce. Mais elle était ce que l'on nomme un beau parti. Les familles s'étaient rapprochées. La fille d'un banquier d'affaires et le fils d'un baronnet, voilà bien une union flatteuse. Augustin de Mirande (tel était son vrai nom), et Adélaïde de

Lartigues-Mirac, se connaissaient de vue. De soirée en soirée, ils se croisaient sans vraiment s'adresser la parole. Par un instinct grégaire, ils avaient admis leur incompatibilité. Dans cette branche molle, Mirande ne détecta qu'une source de désœuvrement. De ce corps plat n'émanait ni sensualité ni volupté. Et lorsqu'il comprit enfin, en la connaissant un peu mieux, qu'elle n'éprouvait de plaisir qu'avec son outil rose en latex, il admit soulagé que mademoiselle de Lartigues-Mirac se passerait de contact charnel. Cependant, ces deux-là surent se taire lorsqu'on les en informa : on souhaitait les marier. Comme si, sans s'être concertés, cet arrangement leur offrait la perspective d'une vie commode. Il suffisait de sauver les apparences exigées dans leur milieu artificiel. Cette union sans intérêt devenait le parfait paravent qui dissimulait leurs petits travers aux ligues vertueuses de leurs familles respectives. Ironie de l'affaire : c'est à partir de ce moment que Mirande commença à apprécier Adélaïde. Il lui trouva même ce charme improbable qu'offrait une demoiselle d'apparence oisive mais comprenant remarquablement la mascarade des unions factices, des amitiés obligées et des amours maquillées, si fréquents dans leur milieu aisé. C'est en venant pour la première fois chez elle qu'il découvrit le caractère résolu de cette grande fille prétendument sans saveur. Elle le guida dans sa chambre tandis que leurs parents, dans de longs palabres au salon, mettaient au point le concordat du mariage, négociant en somme un amour prescrit. Puis elle en verrouilla la porte. Elle lui intima l'ordre de s'asseoir, d'un ton nouveau qui le surprit. Elle se dirigea vers sa penderie, en ouvrit les battants, s'agenouilla pour évacuer des montagnes de pulls en cachemire balancés sur le sol. Elle tira vers elle un tiroir escamotable pour en sortir l'ustensile rose qui lui servait, disait-elle, de « seul et unique confident ». Elle n'attendait rien de lui de ce côté-ci. Mais ne s'opposerait pas à quelques soirées d'amitié et, pourquoi pas, de rires partagés. Le programme plut d'emblée à l'insouciant Mirande, loin d'envisager un emprisonnement immédiat sans avoir goûté au festin de la vie.

Un soir, il ouvrit une petite enveloppe crème contenant une poudre blanche. Il lui suggéra de la savourer, lui assurant que l'existence lui paraîtrait moins chiante. Adélaïde n'était pas une farouche, une expérience nouvelle ne la rebutait pas. Elle avait entendu parler de la cocaïne, mais n'en avait jamais sniffé. Et s'amuser l'enchantait car, oui, elle s'emmerdait et tout lui semblait fade. Ils absorbèrent des petits rails parallèles sur un buvard noir posé sur son bureau en verre, en se servant de pailles multicolores. Adélaïde n'était pas encore très au fait de ces étranges coutumes. Elle se sentait godiche. Il l'aida à bien positionner sa paille, pas trop profondément dans le nez. À tracer des lignes parfaites sur le buvard en se servant de sa carte gold, d'un geste rapide et sec. Ainsi commença une relation complice fondée sur l'opulence et l'insouciance, d'où était exclu tout sentiment amoureux. On ne pouvait rêver mieux pour une entrée dans la vie sérieuse quand on appartenait à l'ethnie des frivoles. L'addiction d'Adélaïde se renforça aussi vite que son besoin d'évasion s'amplifiait. Elle jugeait son quotidien morose. Les petites filles riches s'ennuient si tôt. Elles se trouvent des mélancolies obscures. Elles en veulent à leur naissance aisée. Maudissent les fées qui se sont penchées sur leur berceau doré. Ne croient plus, de toute façon, aux fées. Convoquent leurs démons. Se lassent des facilités. Réclament une épreuve. Puis, font tout pour l'esquiver. Leur vie est un gouffre d'or et de mépris.

La cocaïne et l'alcool se consommaient dans le secret des fins d'après-midi volées. Adélaïde muait. Sortait tard le soir et rentrait à l'aube. Ses parents ne songèrent pas à le lui reprocher. Il fallait à tout prix éviter le scandale. Ne rien dire. Ne rien montrer. Préserver une dignité chimérique. Ils s'étaient persuadés que le mariage mettrait un frein à cette escalade. Il aurait plutôt fallu parler de dégringolade : Adélaïde s'étiolait. Maigrissait. Se creusait. Tombait. Mais s'amusait follement dans ces boîtes à la mode, fréquentées par des stars, accompagnée de son escorte maritale : Augustin la fournissait en poudre, ils la sniffaient ensemble dans les toilettes des lieux de fête.

C'est la nuit où Adélaïde mourut devant lui qu'il trouva enfin l'entrée des enfers. Ils étaient rentrés tôt le matin d'une énième excursion excessive. Ils se dirigèrent doucement vers la chambre d'Adélaïde en prenant soin de ne pas réveiller ses parents. À travers leurs rires étouffés, ils se moquaient en vérité d'une vie où tout leur était dû et où ils se servaient avec morgue. Se moquaient des apparences. Se foutaient de la mascarade qu'on leur demanderait de jouer. D'un geste plus sûr qu'à ses débuts, elle dessina plusieurs rails de coke sur un buvard propre. Elle sniffa l'intégralité. Puis s'écroula au sol. Deux filets de sang s'enfuirent paisiblement de ses narines dilatées. Mirande était allongé sur le lit. Il riait bêtement. Puis, dans un silence inhabituel, il l'appela plusieurs fois. Se leva enfin. Et la trouva inanimée à terre, ses lèvres tristes maquillées de sang. L'effet de la cocaïne se dissipa d'un coup, comme les nuages s'évanouissent à l'horizon, chassés par le vent. Il voulut appeler à l'aide. Tenta de crier. Mais aucun son ne sortit de sa gorge nouée : ses poumons implosaient. Sa respiration s'accéléra. Tout restait bloqué au fond de son âme coupable. Des larmes silencieuses coulèrent. Il s'agenouilla devant le corps inerte d'une fille de vingt ans. Serra sa main froide. Et resta ainsi prostré... Jusqu'au moment où Madame de Lartigues-Mirac entra pour réveiller son ange...

La police fit les premières constatations. Adélaïde était morte d'une banale overdose. Mirande, presque absent, répondait mécaniquement aux questions d'un enquêteur au milieu des flics de la scientifique qui allaient et venaient dans un ballet ordonné. Il se contenta de dire qu'on leur avait vendu de la coke dans la pénombre d'une impasse, à proximité de la boîte de nuit. Mais il serait incapable de reconnaître son dealer, il portait une capuche et la rue n'était pas éclairée. Mirande devait parler avec prudence : ne pas donner trop d'indications précises. Il passerait, sinon, pour un consommateur régulier abonné aux revendeurs de la ville. Ce qu'il était. Un enquêteur le fixa et l'informa sans protocole : « Quoi que tu dises, mon bonhomme, tu as consommé de la poudre et tu as entraîné cette pauvre fille avec toi... Tu ne t'en tireras pas aussi facilement ». Il le savait. Ne le niait pas. Son corps était vide. Son âme brûlait. Une part de lui était morte, cette nuit-là... disparue avec Adélaïde. Lui-même ne méritait plus de vivre.

Les policiers se préparaient à poursuivre son interrogatoire au commissariat. La consommation de drogue était de toute façon un délit. Mais il risquait, en plus, une accusation de complicité dans la mort de sa future épouse. Il avait acheté la poudre. La lui avait fournie. L'avait laissée s'en mettre plein les narines. Devant lui. Sa part de responsabilité ne pouvait être écartée. Il traversa l'appartement encadré par deux agents en uniformes. Dans le salon, il aperçut les parents d'Adélaïde : ils étaient debout, lui dans sa robe de chambre en soie pourpre, elle dans une chemise de nuit blanche en dentelle. Leur visage était impassible. Glacé. Dans ce tableau parfait, quelque chose ne collait pas. Ils ne se tenaient pas la main. Ne se regardaient pas. C'était comme si tous les pores de leur peau soignée suaient d'une dignité trafiquée. Ils l'écœuraient... Ses parents prévenus le retrouvèrent au commissariat. Eux aussi ne prononcèrent pas un mot. Qu'ils étaient étranges, ces silences appliqués dans la haute société. Qu'elles étaient atroces, ces postures arrogantes. Les grandes familles récusaient les mélodrames médiocres réservés aux petites gens. Elles taisaient leurs égarements derrière des murs étanches de raffinement et de distinction. Mais combien en cet instant il eût souhaité, de toute son âme damnée, la manifestation d'un sentiment. Même de haine ! Au commissariat il aurait voulu que son père l'engueule. Déverse toute l'horreur que lui inspirait le comportement de son héritier. Qu'il prenne sa mère à témoin devant tous ces braves policiers. Et que soit condamné sur-le-champ le fils honni. Mais non ! Rien. Rien qu'un silence obstiné et froid. Comme s'ils lui en voulaient, surtout, de les avoir contraints à pénétrer dans ce lieu sale, indigne de leur condition. Un avocat mandaté par son père arriva en sueur. Cravate défaite. Chemise froissée dont les pans sortaient de son pantalon. Un clown de plus dans ce cirque. Ses parents partirent. Ils avaient fait ce qu'ils devaient faire. Qu'il ne leur en demande pas plus... L'avocat s'empressa de le rassurer, les relations haut placées de sa famille étoufferaient l'affaire. Il se trompait : plus rien ne le rassurerait. Autre bonne nouvelle : les parents de la victime eux-mêmes ne souhaitaient pas la moindre publicité autour du drame. Ils ne porteraient pas plainte… Sauver coûte que coûte les apparences ! On ne les changerait pas. Les feux de l'enfer pouvaient s'abattre sur leurs crânes élégants, ils s'en sortiraient. Mirande éviterait les assises dans la mesure où il ne s'était rendu coupable d'aucun meurtre, mais ne pourrait se soustraire au tribunal correctionnel. Il écoperait au mieux d'une peine avec sursis. Et probablement d'une mise à l'épreuve. Quelle importance ? Les autorités pouvaient bien l'expédier derrière les barreaux d'une cellule miteuse, ce serait encore un doux châtiment. Qu'aurait-il fait de sa liberté avec le poids d'une mort sur sa conscience ?

***

Le prêtre n'avait pas rouvert ses paupières. Il écoutait le son rassurant du bois crépitant dans l'âtre au cœur de cette soirée d'hiver. Le vent sifflait dans le conduit de la cheminée. *Une nuit parfaite pour l'Écossais*, songea-t-il… Ce monstre de sable et de vents venu au village… ils l'avaient engendré. L'écho de leur débâcle. De leurs volontés corrompues. Mirande avait fini par admettre que toute vie n'était qu'un brouillon. Que tous, ici-bas, devaient l'accepter avant de s'en remettre à Dieu au jour du Jugement Dernier. Il aurait voulu mille fois mourir. Devancer l'appel du Seigneur. Rendre compte au tribunal des cieux… comme Drummond peut-être bien aujourd'hui ! Mais un vieux curé le convainquit de renoncer à pareille aberration. En l'occurrence, le prêtre qui aurait dû les marier, Adélaïde et lui…

***

Le Père Thomas avait franchi le seuil des quatre-vingts ans. C'était un petit homme robuste aux prunelles bleues pétillantes, deux amandes coincées dans un visage à la peau fripée au-dessus desquelles se promenaient de fins cheveux gris coupés au bol. Ses larges oreilles, écartées de chaque côté d'une tête ronde comme un ballon souriant, ses longues mains osseuses d'aimable sorcier et ses pieds d'enfant enfermés dans de vieilles sandales en cuir usé achevaient le portrait d'un prêtre qu'aucune douleur intime, les siennes comme celles de son prochain, n'était parvenue à abîmer. Sa foi imprimait sur ses lèvres un sourire apaisant, comme une politesse due. De sa propre initiative il décida de rendre visite à Augustin sitôt informé du drame par les parents de la victime eux-mêmes. Prudemment, il ne s'en ouvrit à personne ; il savait qu'on lui demanderait des explications. Tout bons chrétiens qu'étaient les Lartigues-Mirac, ils n'auraient pu admettre que leur confesseur prît la peine de visiter le meurtrier de leur fille. Cette petite merde droguée avait saccagé une promesse en friche, il ne méritait aucune compassion. C'est pourtant de cette compassion-là que le vieux curé se réclamait en silence. Nulle question de lui céder ne serait-ce qu'un fragment de la colère des hommes, fût-elle légitime. Le prêtre savait pertinemment qu'aucun chrétien, aussi sincère soit-il, n'était capable de suivre à la lettre le message du Christ. Et ce avec encore plus de difficulté, d'interrogations et de tourments quand une douleur vive brûlait son cœur déchiré. Pour l'heure, il se rappelait qu'une autre âme, perdue celle-là, devait être sauvée…

***

Mirande rouvrit doucement ses paupières. Il remit une bûche dans l'âtre. Son visage était rouge et chaud. Il esquissa un sourire mélancolique. Il songea au Père Thomas. À sa ténacité miraculeuse. Il n'existait pas d'autre mot pour qualifier cette estafette de Dieu venue lui interdire formellement de renoncer à la vie. D'une certaine manière, il s'en rendait compte ce soir en voguant au large de ses pensées lointaines, le Père Thomas était la source de sa détermination : il ne laisserait pas L'Écossais de la Pointe seul face à son destin programmé. « Rien n'est écrit que Dieu n'ait écrit lui-même », n'avait cessé de lui répéter le vieil abbé opiniâtre.

***

Il n'habitait plus chez ses parents : ils lui avaient ordonné de quitter l'appartement. Ils ne voulaient certainement pas d'un assassin sous leur toit. Du reste, ils ne cherchèrent aucun autre terme pour le désigner. C'était une condamnation sans appel. Son procès ne s'était pourtant pas tenu. Aucun jugement n'avait été énoncé. Mais la présomption d'innocence était un droit ignoré dans sa famille. Son père n'avait pas attendu l'avis des juges pour prononcer la sentence. Qu'il parte, maintenant. Qu'il se débrouille. Qu'il disparaisse. De son côté, Augustin de Mirande avait admis qu'un procès aurait été inutile. D'une certaine manière, il donnait raison à son père : sa responsabilité dans la mort d'Adélaïde ne souffrait d'aucune ambiguïté. Une peine ou un acquittement ne changerait rien à l'affaire. On l'avait expédié dans un centre de désintoxication. De sorte que, s'il faisait l'effort de vaincre son addiction, les juges en tiendraient compte. Mais Mirande était devenu un corps engourdi. Un simulacre de vie. Il subissait en silence une éprouvante discipline, comme si sa souffrance s'était éteinte devant le mal accompli. Il restait seul dans sa chambre blanche, ne lisait pas, ne parlait à personne. Des heures entières, il fixait depuis son lit un point imaginaire à travers la fenêtre verrouillée.

Le Père Thomas le vit ainsi pour la première fois tôt un matin : alité et immobile comme un mannequin de bois. Les bras le long de son corps anesthésié. Augustin tourna lentement la tête. *Quelle ironie*, songea-t-il. Jusqu'à présent, Dieu ne s'était guère montré présent dans sa vie. Le Diable avait été en revanche un complice assidu et exigeant. Qu'il reste ici, l'homme de Dieu, si cela lui plaisait tant.

Augustin de Mirande demeurait muet. Le prêtre s'assit sur l'unique chaise en plastique de la chambre, sans prononcer un mot. Augustin détourna son regard vers la fenêtre d'où on n'apercevait qu'une maigre portion d'un ciel maussade et, au-delà, un horizon refusé. De longues minutes s'écoulèrent dans un mutisme agaçant pour le garçon et si naturel pour le curé, qui avait connu l'écrasant isolement des cloîtres. Les silences étaient des aveux. Ou des prières. Il suffisait de tendre l'oreille. De se concentrer. Ainsi percevait-il la souffrance intérieure du jeune homme dans son abandon décrété. Mais il se garda bien d'en faire l'aveu, le garçon l'eût pris pour un fou. Il valait mieux se taire. Se taire et attendre. Mirande s'obstinait. Le curé comprit qu'il n'obtiendrait rien en ce premier jour. Il finit par se lever. Il observa encore quelques minutes cette abdication tout juste âgée de vingt-deux ans. Il lui dit simplement : « À demain, mon garçon ». Puis il sortit, comme si tout cela était aussi naturel qu'une vieille amitié éprouvée.

Le lendemain à la même heure, Thomas fit son entrée dans la chambre du jeune homme alité dans la même position. Un temps infini s'écoula avant que le prêtre se décide à quitter l'endroit. Il sourit au patient muet qui ne le regardait pas, ou qui évitait son regard, ou qui le méprisait et lui annonça, usant des mêmes mots et sur le même ton calme et bienveillant que la veille : « À demain, mon garçon ». Le curé se comportait comme un dompteur patient entrant dans une cage et cherchant à apprivoiser un fauve blessé !

Ce petit manège dura environ une semaine. Une interminable semaine durant laquelle aucun son, aucun échange ne résonna dans la chambre 306. Pas même le bourdonnement d'une mouche égarée. Jusqu'au jour où Augustin, tourmenté par cette présence incongrue auprès de lui sans qu'il ait rien demandé à personne, lui suggéra d'une voix éteinte de bien vouloir quitter sa chambre. Le petit curé têtu demeura immobile. Il attendit un court moment. Il se décida enfin à lui confier ses intentions : « Je vais partir. Mais je vais revenir. Ne t'en déplaise. Pas pour te confesser. Pas pour te juger. Je veux t'aider à aimer la vie plus que tes propres peurs ! » Augustin se redressa sur son drap chiffonné, le visage cramoisi par la colère, et lui intima l'ordre de déguerpir, curé ou pas ! Le père Thomas ne se départit pas de son sourire. Il fut même ravi de la réaction inespérée du garçon : il avait enfin laissé parler ses émotions. C'était un bon début !

Le jour suivant, le curé entra dans la chambre

comme il l'avait promis, sans une minute de retard. Il s'assit à sa place habituelle. Demeura silencieux. Observa l'animal éclopé. Lequel finit par grogner :

— Vous voulez quoi ? Un aveu pour permettre à ma conscience de s'apaiser ? Et à la vôtre de s'en tirer ?

Le curé opposa un sourire de vieux sage. Mais il ne répondit rien. Augustin se retourna vers la fenêtre et parla d'une voix à peine audible :

— Je n'ai rien à dire, curé. J'ai merdé. J'en porterai la responsabilité pour le reste de ma vie. Je n'attends plus rien. Et ce n'est pas votre Saint Patron qui me sortira de là.

Thomas se leva et lui dit dans un doux murmure :

— À demain, mon garçon.

Il parcourait le couloir, quand il entendit la voix écorchée d'Augustin lui hurler :

— Allez au diable !

« Partez ! » fut le seul mot que prononça Augustin les cinq jours suivants, à l'instant où Thomas prenait place. Le curé s'installait. Ne répondait pas. Ensuite, le garçon ne disait plus rien. C'était devenu un petit rituel. Le prêtre entrait dans la cage ; le fauve montrait ses crocs. Grognait un peu. Mais n'avait plus la force de mordre.

Le père Thomas prit l'habitude de s'asseoir à côté du lit d'Augustin à la même heure chaque jour. Il était de toute façon la seule visite que recevait le garçon abandonné par les siens, honteux d'une telle filiation. Sa famille avait courageusement coupé les ponts. On avait isolé le virus et Mirande s'était habitué à ce vide. Il n'en concevait aucune amertume. Il comprenait. Il acceptait. Le néant serait sa seule destination désormais. De même s'habituait-il passivement à la présence de ce curé têtu. Au fil du temps s'établit un fragile dialogue que le prêtre encourageait par ses silences volontaires. C'est comme si Augustin n'avait d'autre choix, par un frêle instinct encore en éveil, que de remplir ces vides imposés par ce curieux visiteur. Ainsi, le jeune homme interpellait méchamment le prêtre : « N'avez-vous donc rien de mieux à faire, curé ? » Ou encore : « Vous abandonnez vos ouailles ! Quel lamentable exemple pour votre Église ! » Mais Thomas demeurait imperturbable. Ombre souriante assise sur sa chaise. Jusqu'au jour où, n'y tenant plus, Augustin se redressa sur son lit et apostropha l'homme de Dieu : « Votre Dieu ne me sauvera pas. N'espérez rien. Je suis bon à balancer à la fosse ». Cette ultime exhortation avait le goût d'un appel à l'aide. Le curé s'en saisit immédiatement, comme s'il avait attendu toutes ces heures passées ce petit signal de détresse inconsciemment émis par le naufragé du lit.

— Vous ne finirez pas dans une fosse. Quelle connerie ! D'autres personnes auront tôt ou tard besoin de vous. Rien n'est écrit que Dieu n'ait écrit lui-même. Ne décidez rien de la sorte, prétentieux !

Puis il partit dans un éclat de rire aussi inattendu qu'embarrassant. Augustin de Mirande en resta interdit. Le curé, attentif au moindre signe d'évolution de sa part, en fut ravi. De nouvelles émotions fugaces revenaient à la surface de ce cerveau démuni. En conséquence de quoi le père Thomas quitta la chambre sans un mot de plus. Augustin s'affaissa, vaincu dans sa couche. Et pleura.

Lorsque le curé revint le lendemain, le garçon l'interpella sans attendre :

— Dites-moi qui aurait besoin d'un criminel comme moi ? D'une petite merde droguée ? Arrêtez de vous foutre de moi s'il vous reste un peu de miséricorde !

Il semblait avoir attendu depuis la veille – peut-être même n'avait-il pas fermé l'œil de la nuit – de pouvoir enfin reprendre la discussion là où le curé l'avait de lui-même laissée choir. Cette impatience si spontanément manifestée était un encouragement. Thomas retrouva sa chaise. De ses maigres mains, il épousseta délicatement les épaules de sa veste noire recouverte d'une fine couche de pellicules, trouvant là une manière à peine voilée de prendre tout son temps et d'éprouver les émotions du garçon.

— Ne pensez pas que je vais vous entretenir du rachat de votre âme, répondit-il. N'attendez pas non plus que je vous désigne celui ou celle qui aura besoin de vous. Mais je peux vous dire, en toute miséricorde, que si vous acceptez la vie comme elle vient, c'est vous qui serez en mesure d'aider autrui. Ce que vous n'avez pas pu sauver hier, vous le sauverez demain. J'en ai l'intime conviction. Sinon, pourquoi m'emmerderais-je à venir chaque jour que Dieu fait à votre chevet ? Dites-vous bien ceci, jeune écervelé : un curé n'est pas forcément un pauvre benêt qui se lave dans un bénitier et dort au pied d'une croix en pensant que tous les hommes sont bons mais qu'ils l'ignorent.

Ses paroles tranchaient avec l'habituelle litanie du prêtre imposant la foi comme seule perspective à la vie sur terre et inondant ses discours de reproches dégoulinants, tel le bourreau du Seigneur abattant sa hache sur votre vaine rédemption ! Ou alors, si l'ambition du père Thomas était d'amener Mirande vers Dieu et de lui offrir ainsi un salut inespéré, il empruntait un chemin insolite, loin de l'immuable doctrine emprisonnant chaque chrétien dans une pensée étouffante. Le Père Thomas s'était contenté de le ramener doucement à la surface de ses émotions perdues, à la seule force de sa foi. Il n'avait rien fait d'autre que sonder son esprit par d'habiles silences, agissant comme des aiguillons sur son âme somnolente. C'est à partir de ce moment-là que s'instaura un véritable échange entre eux. Mirande commença à envisager Dieu autrement qu'il l'avait fait jusqu'à présent : comme une vaste mascarade. Comme le fantasme d'humains apeurés et serviles. Car voici qu'un vieil imbécile obstiné, portant col romain et tenant missel, l'avait arraché à sa léthargie, usant d'une infinie patience. Il avait fallu un curé singulier pour oser lui proposer des heures de vie supplémentaires.

Mirande évita la prison, comme l'avait prévu son avocat ; les juges tinrent compte de ses notables efforts pour se sevrer de son addiction à la drogue. Mieux encore : l'émouvant témoignage du Père Thomas sur sa rédemption acheva de convaincre le tribunal de lui offrir une chance. Le vieux curé avait notamment expliqué à quel point ce garçon perdu était désormais avide de renouer un dialogue sincère rompu au cœur de sa propre famille…

Demeurait un problème : où irait-il, une fois sorti du tribunal ? Plus de revenus : ses parents avaient sur-le-champ fermé les robinets. Pas de toit. Le centre de désintoxication avait été un refuge de transition. Pas de métier : il fréquentait la faculté en première année de droit comme un touriste égaré. Au fond, se dit-il d'abord avec un pragmatisme honteux, seul Dieu en somme m'a ouvert Sa porte… Autant se diriger vers Sa Maison et poursuivre notre petite discussion bien au chaud. Il se laissa donc porter vers une foi opportune, s'ouvrant le chemin fortuit d'une possible renaissance. Il frappa à la porte du séminaire comme d'autres approchent une étrange créature en tentant d’établir un contact incertain… Mais lorsqu’il apprit la mort du Père Thomas quelque temps plus tard, sa conception de la foi en fut chamboulée. Il se réveilla une nuit en sueur dans la solitude de sa petite cellule dépouillée, persuadé que le vieil homme était bel et bien venu visiter son esprit en lui demandant, au creux de l’oreille, de ne pas renoncer. Et il se prit à croire en une divine transmission. Ne pas abandonner les âmes fracturées, tel serait son engagement. La promesse pieuse faite à un merveilleux vieux fou. Oui ! Sa raison de vivre envers et contre tout…

***

… « À quoi sert Dieu ? », lui avait demandé la petite Adèle, si futée. *Il sert à tout cela, mon enfant*, aurait-il su lui répondre, si seulement il avait pu prendre le temps, comme ce soir, de convier ses souvenirs. *Il nous permet d’atténuer l’ineptie de nos vies ébréchées… ~~à~~/ de s’attacher à ce qui est Un, là au-dessus de nous… et Il nous encourage à vivre en dépit de l’absurdité de nos conditions.* « Tu veux savoir, ma petite Adèle ? » Il lui parlait comme si elle était face à lui, tout en gardant ses paupières closes. « Nous marchons comme des infirmes sur une route bancale. Écoute-moi bien, Adèle : nos sourires frivoles, nos arrogances monstrueuses, nos certitudes outrancières… Tout ça, ce ne sont que des cannes pour tenir tant bien que mal sur nos faiblesses et pour éviter maladroitement nos faux pas. Oh ! bien sûr, nous espérons de tout notre cœur le paradis promis. Beaucoup en doutent. Certains ne peuvent se résigner à y croire. Mais en attendant, dis-moi, chère petite fille : connais-tu une meilleure façon de vivre pour soigner nos plaies ? »

***

Au fond, je ne sais pas ce qui vous guide ainsi, Monsieur Drummond, songea le Père Mirande dans un sourire âcre. *Peut-être que notre fougueux instituteur a vu juste à votre sujet, mon ami : ne chercheriez-vous pas à cheminer directement vers Dieu pour vous libérer ici-bas ? Espérez-vous que le Seigneur vous soulagera de vos épreuves ? Peut-être de vos erreurs ? De vos hontes ? Il faudra d'abord que j'en sache un peu plus sur votre compte, cher Écossais. Car si votre vie a bien été coupable d'une faiblesse ou, qui sait, d'une offense à Dieu... pourquoi alors, me demanderez-vous tôt ou tard, vous supplierais-je d'attendre encore ici, sur cette terre de peines ?* « Eh bien je vais vous le dire, Monsieur Drummond », martela le curé à voix haute comme pour donner sens à ce qu'il comptait accomplir en lui rendant bientôt visite. « Dieu nous a offert la vie et nous ne pouvons impunément la fouler à nos pieds d'infortunés pécheurs, quelle qu'en soit la cause. Oui ! Même pour la plus atroce des raisons. Le Seigneur m'en est témoin : je sais de quoi je parle ! Que cela vous plaise ou non, je vous prêterai main-forte ne serait-ce qu'une seule et unique fois pour vous montrer, Monsieur l'Écossais, vous le damné de la Pointe maudite, que la condition humaine n'est pas qu'une vallée de larmes ! » Sur ces paroles prononcées solennellement dans la pénombre de son étroit salon à peine éclairé par les flammes mourantes de son feu de cheminée, il se leva d'un coup, se signa devant le crucifix accroché au-dessus de l'âtre, avant de murmurer à une ombre invisible : « Nous ne serons pas de trop, vous et moi... Aidez-moi encore une fois, Père Thomas... »

6

L'élu et le fouineur

Dès le lendemain de notre expédition à la Pointe, nous demandâmes, Mirande et moi, audience au maire. Sa secrétaire s'enquit, grincheuse, du caractère urgent ou non de notre requête. Exaspéré par la posture zélée de la fonctionnaire, je répondis : « Nous souhaitons le voir toutes affaires cessantes. Nous lui parlerons, à lui et à lui seul, de l'étranger et de ce que nous avons appris. »

Le maire nous rappela dans la minute et nous reçut dans l'heure. En entrant dans son bureau, nous découvrîmes un homme au visage blême et aux traits tirés. Il n'avait sans doute pas beaucoup dormi. Des cernes noirs en témoignaient. Ce débarquement de poids lourds dans le village, il le savait, provoquerait dès l'aube une cohue à la mairie. À sa demande expresse, nous entrâmes par l'arrière du bâtiment. Nous aperçûmes en effet, dès notre arrivée, un attroupement devant l'entrée principale. Moulau haranguait la foule, tel ces tribuns amateurs, perchés sur des escabeaux de fortune au *Speaker Corner* de Hyde Park, à

Londres. Et, comme souvent, le discours alarmiste du pharmacien de la presqu'île ne menait nulle part : il s'égosillait, affirmant que jamais on n'avait eu à subir pareil séisme au cœur de ce si paisible village… Il était temps d'agir !

Dommage qu'aucune solution plausible n'ait pu sortir de cette bouche frondeuse. Sur un banc, en retrait, Marie-Claire de Lange affichait son mince sourire amer. Elle ne ratait rien du lamentable spectacle offert par son ennemi intime. Plus fâcheux : Henri Malbec était présent, prenant des notes sur un petit carnet. Au grand dam des habitants, le correspondant local du quotidien régional, rapidement alerté par le raffut de la nuit, n'avait pas tardé à pointer le bout de sa plume pittoresque. La voix éteinte, le maire nous proposa de nous asseoir autour de sa table de réunion ovale. Il nous observait, hagard, tapotant nerveusement de ses doigts le bois de la table. Le temps était compté. Mirande et moi nous nous regardâmes : qui prendrait la parole en premier ? D'un discret mouvement du menton, je lui cédais volontiers la place : « Nous l'avons vu », dit-il.

Le maire ne comprit pas tout de suite. Mirande fit alors la description précise de la scène de la Pointe dont nous avions été témoins : ce géant sous la pluie. Un vent à décorner les bœufs n'ébranlant en rien ce large corps immobile. Ces gros camions rangés en lignes parfaites attendant un ordre du maître. Et, surtout, ce palpable sentiment de détermination. L'Écossais était bien là pour bâtir une maison sur un terrain inconstructible, quoi qu'il lui en coûte ! Le premier magistrat de la ville plongea la tête dans ses mains ; il en ressortit le visage endurci. Il refusait de prêter crédit à ma thèse, non par esprit de contradiction mais par simple souci d'apaisement. Pour se rassurer, aussi. Cet homme, cet Écossais… était riche. Il pouvait se permettre tous les caprices. Telle était l'opinion maintenue de l'édile déboussolé. Il avait, le matin même, contacté le sous-préfet. Le représentant de l'État avait su se montrer prudent, comme l'exigeaient sa vocation et ses galons. À part interdire le passage de camions dans les zones résidentielles du village, rien ne s'opposait aux desseins de l'étranger tant qu'aucune preuve de ses intentions réelles n'auraient été établies. Le maire eut beau décrire en long et en large la scène de ces camions bardés de troncs de bois perçant le village dans la nuit, le sous-préfet demeura mesuré. Tout inconstructible que fût le terrain, nous nous trouvions face à un homme puissant, à coup sûr bardé d'avocats émérites. On pouvait, certes, utiliser tous les recours possibles. Peut-être même faudrait-il le prévoir tôt ou tard. Mais nous devions nous attendre à une rude résistance de cet Écossais fantasque s'il décidait d'aller jusqu'au bout de sa folie. Le sous-préfet suggéra que l'on patiente encore un peu avant de foncer comme des mouches affolées sur une vitre fermée sans être certains de ses plans. Inutile de dire que notre maire se sentait de plus en plus seul. Nous lui demandâmes cependant ce qu'il comptait faire. Sa réponse tomba comme un verdict : « Je dois aller le voir. Je dois parler à cet… euh… cet Écossais ! »

Nous prîmes congé. Aller à la rencontre de l'Écossais s'imposait. Mais pour lui dire quoi ? Nous avions estimé inutile de pousser le maire dans ses retranchements. Probablement lui-même ne savait-il pas encore comment aborder cet inconnu. Il promit néanmoins de nous tenir au courant. Dès lors, nous pressentions que plus rien, ici, ne resterait dans l'ombre. Nous en eûmes d'ailleurs l'immédiate démonstration en ressortant de l'hôtel de ville par le même chemin prétendument discret. Debout, face à nous, Henri Malbec semblait nous attendre et nous adressa un sourire victorieux. Nous aurions beau faire preuve d'ingéniosité, trouver mille astuces pour tenter de nous dissimuler, c'était peine perdue face à un roublard de sa trempe. Nous voulions éviter toute déclaration à la presse. Nous savions l'écho immédiat qu'aurait le moindre mot mal interprété dans une situation encore incertaine et repris en chœur par les réseaux sociaux, cette plaie vive de la liberté d'expression.

Le reporter se dirigea droit vers nous. Nous ne pouvions plus fuir l'entêté. Il nous demanda la raison de notre présence en mairie. Qu'avions-nous à cacher ? Je me sentais mal à l'aise. Heureusement, le Père Mirande stoppa net l'audacieux d'une main ferme et amicale posée sur son épaule. Nous ignorions tout des évènements de la nuit passée. Pouvait-on, du reste, parler sérieusement d'évènements ? « Allons, allons… Ce n'est quand même pas une colonne de camions traversant un village qui va bouleverser le monde ! », conclut le curé, usant d'un ton le plus détaché possible. Puis il me prit alors par le bras, direction les rives du Bassin. Nous entendîmes la voix moqueuse du journaliste couvrir nos pas, jurant qu'il finirait par découvrir ce qui se tramait dans le coin. Nous n'en doutions pas. C'était son boulot. Il avait, de toute façon, entendu parler de l'Écossais… Tant et si bien que notre fuite était une mascarade. Et le mensonge du prêtre, en somme, un piètre répit.

***

Ce journaliste fouineur était un bonze agaçant. On ne le fréquentait pas. Il se mêlait peu de nos vies plates en apparence. Nous ne le passionnions guère. Il ne nous intéressait pas. Il vivait de l'autre côté du Bassin. Il n'était pas d'un abord désagréable, nous n'étions simplement pas sa pitance. Sur notre presqu'île, seules l'ouverture de la saison estivale semant son cortège de vedettes et l'arrivée des huîtres de Noël remplissaient ses colonnes. Il traversait alors le Bassin sur une pinasse, davantage par principe que par passion, pour finalement écrire consciencieusement le même article d'une année l'autre. Et si d'aventure un fait divers anodin secouait quelques heures nos terres étrangères (l'accident cardiaque du charcutier ou le vol de trois vélos électriques), il n'hésitait pas à venir fureter dans le coin, espérant mettre un peu de piment dans ses mornes chroniques. Pour un correspondant local, il se tenait trop à distance. D'aucuns y voyaient un profond dédain. Mais sans doute valait-il mieux être un jeune journaliste pétri d'illusions pour ne pas sombrer, comme lui, dans les eaux visqueuses d'une vocation éteinte. Il avait appris, disons, à s'en foutre. Henri Malbec avait été un talentueux reporter de guerre et un correspondant réputé dans les rédactions des plus grands magazines. Qui aurait pu l'imaginer ? Moi-même je le découvris bien plus tard, lorsqu'il se confia une nuit… Je ne savais si quiconque avait eu vent de cette vérité, mais il me semblait pour l'heure, que personne à part moi n'était au courant ni se posait la question de savoir comment l'intéressé s'était, quelques décennies plus tard, retrouvé simple correspondant local d'un quotidien régional sur une lande de terre grignotée par l'Océan. Un examen plus approfondi de son allure aurait cependant pu apporter quelques précieux indices : il portait en tout temps une authentique saharienne usée de l'armée américaine datant de l'opération Tempête du Désert et des chaussures de marche militaires. Il ne se séparait jamais de son Léïca de collection, finalement assez peu utile pour un plumitif de province. De toute évidence, on mettait ces originalités vestimentaires sur le compte d'une dégaine fantasmée : celle du chroniqueur de patelin se rêvant grand reporter au bout du monde. Bouddha long et fin, il avait une tête glabre et des prunelles d'Asiatique pondéré qui figeaient son âge. Était-il le fils caché d'une ensorcelante princesse malaisienne ? délirai-je. L'idée, en tout cas, m'enchantait. Malbec avait dû séduire. Séduisait encore. Mais ne cherchait plus à plaire. On le devinait amer. On le savait solitaire. Aucun autre détail de son existence n'avait transpercé sa cuirasse. C'était bien ainsi. Cependant, voilà qu'il se pointait à nouveau sur nos rives, appâté par l'odeur d'un sang prêt à couler, retrouvant ses redoutables réflexes. L'occasion peut-être de revivre un instant de grâce, celui d'une information à disséquer. D'une actualité en éclosion. Quelque chose, enfin, à se mettre sous la dent pour vous rappeler que vous avez eu si faim. Malbec avait été poussé sur la touche d'un terrain fécond, où l'histoire se jouait désormais sans lui. Écarté d'un monde en remous dont il ne pouvait plus être ni le témoin privilégié ni le messager. On l'avait débranché de la perfusion qui l'avait maintenu si longtemps en vie : on lui avait arraché son goutte-à-goutte de conflits prospères, de révolutions sans espoir, de dictateurs ridicules, de chefs d'État adulés, de témoins ignorés, de soldats angoissés et de mercenaires inconscients. L'Orient parcouru en camion humanitaire ou en hélicoptère de l'armée, à dos d'âne, à pied ou en pick-up ; l'Orient tant aimé coulant dans ses veines tel une rivière onctueuse, cette part singulière et occulte de lui-même, était si loin, désormais, de ces landes de sables battues par les vents où il enterrait une gloire ne survivant plus que dans son seul souvenir. Relisait-il, mélancolique, le soir chez lui, quelque article à l'origine de sa renommée ? Ou avait-il préféré remiser ces archives obsolètes dans les hangars de sa mémoire ? Une vie tumultueuse devenue dérisoire : les huîtres du Bassin ? Qu'aurait pu encore en dire dans le terne défilé des saisons ? Et qu'écrire sur le compte de ce chanteur qui avait fait de l'Île aux oiseaux le pilier de son marketing personnel ? Mais un riche Écossais venu ici, sur son territoire, défier l'Océan pour une énigmatique raison… une aubaine ! On parlait d'une forme de suicide magistral dans une mise en scène déroutante… Des bruits infondés. Oui, il en avait conscience. Pour rien au monde il n'aurait cédé à la tentation de précipiter les choses. Il n'envisageait surtout pas d'alerter sa rédaction avant d'avoir pu établir un recoupement soigneux de l'information. *Ne prends pas le risque de voir débarquer une armée de confrères venue piller* ton *histoire. Tu es assez malin pour éviter cette erreur de débutant*, se disait-il. Une ardeur naissante l'enivrait : les évènements de la nuit passée et les rumeurs obstinées, germant comme des vérités à la surface des orgueils, ressemblaient à une solide histoire. Ce n'était pas encore l'Orient retrouvé. Mais tout au moins un parfum entêtant que son odorat exercé reconnaissait tout de suite : celui des tragédies humaines.

7

L'apparition

Esquivant Malbec, le curé et moi échouâmes en milieu d'après-midi chez Pierrot, au café du Centre. Nous avions marché le long du Bassin, abandonnant la Porsche verte garée non loin de la mairie. Ce bistrot aux murs blancs et aux volets noirs se dressait au carrefour principal du village, à quelques encablures du Bassin. Il était le socle de toute vie hors saison. On ne pouvait dire qu'il était beau. Avec son vieux billard au feutre usé, ses tables ridées en bois et ses chaises bancales de formica rouge, il était le dernier vestige d'une époque oubliée, celle où les touristes ne se précipitaient pas encore sur cette terre lointaine l'été venu et où les cafés sincères aux odeurs de frites et de cigarette n'avaient pas encore laissé place à des espaces aseptisés rebaptisés à tort *lieux branchés*. Il était ainsi devenu un point d'ancrage pour les habitants de la presqu'île. Certains osaient même en parler comme d'un refuge. D'autres le comparaient au Radeau de la Méduse. C'est dire le sentiment de solitude qui s'emparait de quelques irréductibles, face à l'invasion estivale. C'était surtout l'endroit où tous se retrouvaient autour d'un vieux poêle infirme. On venait au Café du Centre comme d'autres allaient chez le docteur. Une salle d'attente où l'on soignait ses mélancolies à coups de bocks et de palabres...

Nous nous assîmes à une table au fond de l'estaminet de sorte que nous pouvions voir d'un coup d'œil les allées et venues. Courte nuit oblige, nous n'avons pas beaucoup parlé, hantés par la vision troublante de ce colosse roux indéracinable. Cette image quasi mystique était en décalage total avec la discorde puérile régnant au village. Le phénomène nous dépassait : nous n'en possédions pas le début d'une explication rationnelle.

Quoi qu'il en soit, cet épisode m'avait rapproché de cet étonnant vicaire. J'en étais resté il est vrai à une image conformiste des hommes en col romain : faire vœu de miséricorde tout en prêchant la bonne parole... sans se résigner pour autant à l'abandon de toutes les fortunes terrestres. On ne pouvait pas faire totalement confiance à cette engeance. Mais ce prêtre-là avait su atténuer ma méfiance. Son humour résolu, ses paroles détonantes avaient abattu certaines de mes résistances. Sans que je sois devenu une brebis retournée dans le troupeau du Seigneur, notre attelage commençait à me plaire. Je n'avais pas renoncé à le confronter aux contradictions de la foi des hommes : ces bontés perfides, ces bondieuseries nauséeuses. Mais il était de ces rares curés capables de me donner l'envie d'une curiosité nouvelle à l'égard de Dieu. J'étais venu écouter une seule fois l'un de ses prêches. J'aurais pu lui reprocher son classicisme décevant. Il avait évoqué l'importance de la rédemption. Rien de bien nouveau, si ce n'est qu'il m'était apparu comme un orateur élégant, doté d'une voix de ténor.

Pour l'heure le Café était vide ; trop tôt pour voir s'échouer les bans d'humains au rivage du bar de Pierrot, ces vertébrés solitaires cherchant un peu de chaleur au cœur de l'hiver.

Pierrot fut étonné de voir le Père Mirande lui faire l'honneur d'une visite. Non que le prêtre se refusât de temps à autre à venir partager un café ou une bière avec ses fidèles. Il espaçait simplement ses apparitions. Sinon chacun se serait habitué à sa présence ici et la salle serait vite devenue une annexe de l'église… avec le risque d'une paroisse vide le dimanche ! Pierrot insista pour nous offrir sa tournée. On ne pouvait toutefois pas encore parler de corruption de fonctionnaire. Et notre cafetier savait pertinemment qu'il ne rachèterait pas ses péchés à coup de rasades offertes. Mirande commanda un double expresso, moi un vin blanc des côtes de Gascogne. Nous aurions aimé profiter de cet instant de répit pour échanger nos points de vue, mais nous n'en eûmes pas le temps. Après s'être servi un bordeaux, Pierrot s'assit d'emblée à notre table. Sa générosité allait de pair avec sa présence et il voulut sans attendre connaître notre avis sur les évènements en cours. Une sorcellerie planait sur le village, qui s'était muée en un bloc d'anxiété. Nous imaginions ses habitants dressés en masse contre cet Écossais de malheur. Nous avions tort.

Mirande voulut d'abord trouver des paroles apaisantes, de nature à réconforter le commerçant, arguant que l'on supputait bien des choses sans rien vraiment savoir. Construire une maison à cet endroit précis n'équivalait pas à un arrêt de mort. Tout en prononçant ces mots, le curé se tourna vers moi. Il planta son regard dans le mien comme pour m'imposer le silence, m'interdisant de défendre à nouveau ici ma vision morbide des choses. Je m'en gardai bien. Mais Pierrot l'interrompit. À dire vrai, il n'éprouvait aucune crainte. Il nous avoua ouvertement voir dans ces troubles un atout non négligeable pour les affaires de son village, si souvent relégué au rang de souvenir sitôt l'été passé. Il fallait le comprendre : il ne désirait pas la mort de l'Écossais. Non ! Bien sûr. Il espérait même, et priait pour cela, que les rumeurs persistantes se volatilisent. Mais tout de même : quelle publicité inespérée pour le commerce dans une si morne saison ! En pensant être confrontés à une fronde générale contre l'étranger, mue par une peur sourde face à l'imminence d'une tragédie, Mirande et moi faisions fausse route. Nous n'avions pas envisagé l'intérêt inavouable partagé par une partie de la population locale. En somme, quelques-uns attendaient ce providentiel coup de projecteur. Chacun réagissait selon un égoïsme ordonné. Pierrot, lui, avait envie de voir renaître sa terre dans le creux hivernal. De profiter de cette manne éventuelle. En dépit d'une haute saison lucrative, son affaire devait accélérer la cadence. L'Écossais pourrait être le moteur de ce changement de vitesse.

Marcou, le pêcheur, fit alors son entrée, mégot humide vissé au bec. Il se posta au comptoir tout en nous regardant d'un air mauvais, comme s'il nous tenait pour responsables de cette nébuleuse glissade. Mais ceux qui pratiquaient l'acariâtre matelot savaient qu'il en voulait à la terre entière. Plus personne ne s'en inquiétait. Il commanda un bock de bière, maugréa que cet étranger l'emmerdait, ou quelque chose d'approchant. Tandis qu'une lente marée humaine s'avançait dans le Café de Pierrot, arriva Moulau qui venait de fermer boutique. En nous apercevant, il nous salua d'un geste de la main, nous fit un grossier clin d'œil, et se dirigea droit vers nous. Il s'installa à notre table sans nous demander notre avis, et nous dit d'un ton ampoulé et grotesque :

— Ah ! Chers amis, quelle histoire ! Nous voici tous solidaires d'un drame désormais inévitable, n'est-ce pas Mon père ? Mais nous saurons faire front, comptez sur moi ! Cela ressoudera notre village. J'y veillerai…

Aussi polis que prudents, nous nous gardâmes bien d'émettre le moindre commentaire devant l'assurance bouffonne du pharmacien. On le disait prêt à en découdre, dans trois ans, pour conquérir le siège du maire. Il en rêvait et l'affaire de l'étranger gonflait les voiles de son ambition. Ce n'était pas un mauvais homme. Évidemment, c'était un bavard impénitent qui alignait à chacune de ses interventions d'écœurants poncifs… Mais on ne pouvait le résumer à ses allocutions ratées : il savait se montrer aimable, prêt à rendre service. Il n'était pas avare de son amitié. Hélas pour lui, bien peu la recherchaient ! Du reste qui aurait sérieusement songé à le voir s'installer à la mairie ? Beaucoup le donnaient battu à plate couture et de rares proches lui déconseillaient ce combat perdu d'avance. Notre maire était bien trop habile pour laisser un prince félon s'installer sur son trône. Preuve en était : mis à part ce nigaud de pharmacien, pas vraiment taillé dans l'argile de la politique, les prétendants n'étaient pas légion. Mouleau constatait néanmoins que l'affaire de l'Écossais divisait. Tant mieux : lui se sentait l'âme d'un rassembleur. *Bienheureux les faibles d'esprit, la cruelle vérité ne les intimide pas.* J'aperçus alors, debout et seule au comptoir, Marie-Claire de Lange. D'un discret mouvement de la tête, elle m'invita à la rejoindre. Je m'excusai auprès de notre tablée puis, ouvrant un passage au milieu de la foule compacte, me dirigeai vers la libraire aux prunelles couleur miel. Elle avait passé le cap de la soixantaine conquérante et sous sa fine peau d'albâtre coulaient d'émouvants ruisseaux bleus. Son visage lumineux racontait le triomphe des beautés patientes. La regarder soulignait l'outrance divine faite aux femmes : chez quelques-unes, l'âge pouvait retenir l'éclat d'une vie, là où, ailleurs, elle saccageait le moindre effort consenti aux apparences. La libraire possédait cette grâce. Du haut de mon indolente quarantaine, elle aurait pu me faire basculer dans le tourbillon d'une passion inédite. J'assumais cette orientation. J'ignorais les critères de l'âge dès lors que la beauté m'accostait. Il est vrai que l'élégance de la libraire m'envoûtait bien plus en cet instant que les efforts de la pétillante Charlotte. Je me postai debout à ses côtés. Repris un verre de vin blanc. Elle m'observa fixement quelques secondes, me souriant encore, creusant ainsi un peu plus mon trouble : « Me diriez-vous ce qui vous a amené chez nous ? » se contenta-t-elle de me lancer.

Je ne m'attendais pas à cette question-là. Je pensais que l'Écossais s'imposerait tout de suite dans notre échange. Ma propre vie n'était pas un placement sûr. L'interrogation de Marie-Claire de Lange ravivait de piteux souvenirs, ma vocation de reporter contrariée, l'agrégation ratée et une liaison désastreuse dans laquelle s'était invitée la violence détestable des amours ineptes. Je m'étais attaché à chercher le lieu idéal de mon oubli et l'avais enfin trouvé, puisque le recteur d'académie m'avait accordé ce transfert convoité. J'avais vécu ces dernières années comme une plante fanée enseignant dans cette école parisienne du

XVIIe arrondissement, dans le quartier sale et fade des Batignolles, ce prétendu *petit village urbain*, à en croire les citadins ignorant le monde lointain et périlleux des provinces, mais convaincus d'être les mécènes d'un univers en mutation écologique. Qu'aurais-je bien pu lui dire, à la libraire de la presqu'île ? Mes fins de semaine consacrées à la visite de sites web d'escorte-girls, le coup fugace du vendredi soir ? Pas de quoi pavoiser. Je m'en fichais, j'aimais ces errances. Un sentiment de liberté exquis conduisait ma vie.

— Je suis un peu comme tout le monde… je fuis. Je tente d'effacer le tableau. Je n'y arrive pas toujours, répondis-je.

Elle se contenta d'un sourire amusé et suave qui empourpra mon âme. Ma réponse n'appelait de sa part aucune autre question. Dans mes paroles flottantes et sincères, elle avait compris mon désir de discrétion. Son sourire s'évapora bientôt, son visage se fit un peu plus sévère.

— Je ne sais pas ce que vous espérez fuir, me dit-elle d'un ton prophétique. Mais avec ce qui se passe ici, cela finira par vous rattraper.

Comme pour lui donner raison, le bourdonnement de la salle s'amplifia. Les discussions s'enflammèrent. L'Écossais n'avait pas tardé à revenir au centre des conversations. Qui aurait pu en douter ? Moulau se leva de table, insistant sur la nécessité d'aller voir au plus tôt l'étranger. De lui parler. De connaître ses motivations réelles. Qu'attendait donc notre maire pour agir avec bon sens ? Ses pénibles déclamations créaient d'inutiles déflagrations. Mirande demanda à chacun de garder raison. Nous avions besoin de sérénité face aux lendemains incertains. Le curé interprétait sa partition. J'en souris. Marie-Claire de Lange était restée en retrait, spectatrice muette de cette scène navrante : Moulau à l'étroit dans son costume étriqué de meneur ! Elle prenait un malin plaisir à être témoin de son enlisement, me rappelant aussitôt qu'elle n'était pas que douceur et séduction. Je pouvais en tout cas mesurer les retombées de mes sombres prédictions concernant l'Écossais : tout le monde se déchirait autour de l'homme *qui voulait mourir*, mais aucun n'aurait été en mesure de confirmer ce macabre dessein. Dehors, j'entendais le vent souffler. La tempête se levait. Dedans, les passions s'exacerbaient. Moulau caquetait toujours. Marie-Claire de Lange se lassa de cette vulgaire corrida. Elle était sur le point de quitter le bar quand, soudain, la porte du café, presque arrachée à ses gonds, s'ouvrit dans un épouvantable fracas. *La tempête !* pensèrent d'abord les habitués. Mais se détacha dans l'embrasure de la porte une immense silhouette figée. Puis la masse s'avança lentement, laissant découvrir une abondante chevelure rousse dégoulinante de pluie. Un écrasant silence fit place à nos tapageuses querelles. L'homme nous regarda un à un, comme s'il perçait nos âmes. Ses manches retroussées laissaient apparaître d'étranges créatures tatouées sur ses bras épais comme des troncs, on aurait dit le fruit de l'union de dragons prodigieux et de princesses gothiques. Nous étions en apnée. Il se posta à une extrémité du bar. Il commanda une bière avec un accent à peine perceptible. Pour la première fois, nous entendions le timbre de sa voix rugueuse. Il prit chair. À force d'en parler tantôt comme d'un fantôme muet, tantôt comme d'une créature obscure, nous étions devenus prisonniers de nos superstitions. Il but son verre cul sec. D'un revers de la manche, il astiqua sa barbe rouge pour en retirer la mousse encore suspendue. Il commanda une deuxième pinte. Mais, cette fois, le garda à la main et ne bougea plus. Son silence interminable devint pour nous une sentence. Personne n'aurait su quoi dire et personne n'aurait osé lui adresser la parole. Moulau le prétentieux avait perdu sa langue bien pendue. Seule la plainte obsédante du vent troublait nos silences. Jusqu'à cet instant, l'étranger n'était qu'une rumeur, un spectre déplaisant. Mais ce soir, enfin, *l'esprit de la Pointe* se matérialisait devant la tribu du Bassin. Cette façon de nous faire face épaississait un peu plus l'énigme de sa présence. Qui était-il en vérité ? Diable ou divinité ? Le Père Mirande ne put s'empêcher de se signer en toute hâte comme pour implorer la clémence de Dieu. Ou bien se protéger de la colère des démons ! L'Écossais aperçut le prêtre au moment précis où sa main faisait le signe de croix. Étonnamment, ses lèvres se fendirent d'un aimable sourire puis, d'une voix traînante et posée, il annonça être venu ce soir « humblement saluer les habitants du village de la presqu'île ». Il vida ensuite en deux longues gorgées sa pinte, puis s'en alla par là où il était venu, avant de disparaître dans la nuit furibonde, laissant la tempête s'engouffrer dans le café du Centre.

8

La rencontre

Nous n'avions plus aucune nouvelle de l'Écossais. Il était apparu sur un coup de théâtre et avait disparu sur un coup de tonnerre. Mais pas de discussions au village sans qu'il en soit au centre : je les fuyais tant elles poussaient comme des champignons vénéneux. Je me sentais en partie responsable des tensions. Éviter les polémiques me semblait être la plus sage des attitudes. Nous n'étions pas plus avancés sur ses intentions. J'imaginais qu'il avait commencé à faire bâtir sa maison en bois. Le maire ne nous avait pas donné signe de vie, ni au Père Mirande ni à moi. Nous ne savions pas s'il avait mis son plan à exécution, en l'occurrence aller parler à l'illuminé pour le persuader de faire machine arrière.

J'avais cédé aux avances de Charlotte en acceptant d'aller boire un verre avec elle, un soir, une fois sa caisse fermée. Elle avait fait preuve d'une certaine finesse à mon égard, et d'une audace peu commune. Je m'étais pointé devant son tapis roulant avec mon panier de cochonneries habituelles. Ellc scannait mécaniquement le prix de mes produits. Aucun autre client n'attendait derrière moi. En hiver, sa supérette était un cabinet de solitude. Mais elle ne s'en plaignait pas. Elle en tirait même un inattendu bénéfice : elle appréciait le silence de son sanctuaire et lisait sous les néons agressifs et usants pour ses pupilles de grands romans classiques. L'image populaire, ou bien le stupide cliché, aurait voulu qu'une petite caissière se noie dans des bluettes à l'eau de rose ou des thrillers sentimentaux écrits à la truelle. Elle, non. Balzac, Flaubert et surtout Dumas accompagnaient ses lentes semaines. Les heures monotones à attendre seule un caddie ou un panier en plastique en devenaient moins pénibles. Elle savourait ces milliers de pages fourmillant d'aventures extraordinaires et de passions magnifiques. Charlotte n'était pas prévisible… La noblesse d'Athos et l'audace de d'Artagnan la tenaient en haleine au moment où elle me vit débarquer ce soir-là. Trouva-t-elle dans les téméraires héros de Dumas cette hardiesse gasconne l'incitant à formuler sa demande ? Elle me proposa de boire un verre ou deux, sans protocole. J'appréciais cet aplomb si rare. Qu'elle conduise notre danse me convenait. Une femme intrépide atteignait selon moi les sommets de la séduction. Ses jolies prunelles marron s'étaient plissées de chaque côté d'un adorable nez posé sur des petites lèvres ourlées. Ce soir encore, le vent du large accostait nos rives sombres.

Je ne m'étais pas retrouvé en tête-à-tête avec une femme depuis un bon bout de temps. Charlotte devait avoir entre vingt et vingt-cinq ans et n'avait plus rien d'une adolescente effarouchée. Au fil de la soirée, elle m'apparut même comme une jeune fille dégourdie, pleine de ressources. Elle avait tout quitté : sa mère dont elle s'était momentanément éloignée en raison d'un obscur conflit générationnel (pas un mot sur son père) ; un fiancé apathique campant chez elle et décollant rarement ses fesses de son canapé ; des études de droit international dont elle n'avait retenu que la vague notion internationale, détestant finalement le droit ; la capitale, enfin, sale, puante et chère, où elle avait poussé. Quitter la ville avait été un acte de révolte. Se faire recruter comme caissière dans une supérette au bord de l'océan un acte de résistance. Lire enfin ! Un acte de survie… Lorsqu'elle me demanda de lui en dire un peu plus sur mon compte, je voulus jouer les modestes, mettant en avant une respectable vie de maître d'école. J'étais, il est vrai, heureux d'apprendre aux enfants… Elle se mit cependant à rire et m'avoua sans détour qu'elle ne m'accordait aucun crédit. Elle m'observait chaque semaine débarquant dans son supermarché, le pas traînant. Mon épanouissement d'enseignant ne sautait pas aux yeux. Je déposai les armes et lui confiai alors, avec un sentiment de légèreté autorisé, mes rêves enfuis : filer au fin fond de l'Univers pour en découvrir l'énigme et, qui sait ? Dieu en personne. Parcourir le continent africain du Caire jusqu'à Cape Town, seul dans une vieille Jeep, sans craindre ni les fauves ni les rébellions. Posséder un vignoble à Perth, un loft à New York, une boat-house sur pilotis à Malibu. Accompagner Errol Garner au piano dans un enivrant dialogue musical au sous-sol d'un bar de Harlem… Ah ! Et, par-dessus tout, commencer à écrire un grand roman. Enfin, commencer… c'est beaucoup dire. Je n'avais pour l'instant qu'un *roman de cervelle*. C'est-à-dire la vague idée d'une vague histoire jamais sortie de ma tête. Je poursuivais donc mon laborieux travail de maturation littéraire derrière lequel je camouflais bien mal mes ambitions fragiles.

La figure apaisante de l'homme accompli s'effritait comiquement au fil de notre conversation. Je ne fis pas longtemps illusion. Charlotte ne semblait pas s'en émouvoir. Sa bonne humeur constante offrait un répit au vaincu. « Et l'amour ? » me demanda-t-elle avec ce naturel féroce qui modelait son caractère. « Vous êtes forcément avec quelqu'un, n'est-ce pas ? » C'était dit avec une fausse innocence qui ne trompait personne. *Et l'amour ?* me répétais-je en moi-même... Devais-je lui exposer maintenant cette autre défaite ? Je n'avais jamais vraiment aimé auparavant. Quelques aventures singulières... et puis cette lionne à Paris. Ma romance urbaine ratée... Je décidai de ne pas m'attarder sur le volet pour le moins burlesque de mes amours, dont une part importante s'était, au bout du compte, cantonnée à de rassurantes escortes girls contre quelques billets, creusant un peu plus mon découvert bancaire. J'optai néanmoins pour la sincérité : « Je ne suis avec personne », me décidai-je à lui avouer sans autre commentaire. Elle fit mine d'en être étonnée. Je la suspectai d'en être parfaitement heureuse. Nous ne regardions pas l'heure. Nous parlions de tout ce qui nous passait par la tête : de cinéma, de musique, de chocolat, de contrées lointaines, de mode, de littérature, de passions impossibles et attendues, de nos sociétés aseptisées, de nos peines, de nos hontes, de nos voisins, de nos victoires, de nos parents, de l'eau et du vent. Je crois que nous nous sentions bien. Vers onze heures, je lui proposai de la raccompagner. Elle habitait dans un petit appartement au centre du village. Le vent soufflait et nos éclats de rire se mêlaient aux clameurs de la tempête. Arrivés au pied de son immeuble blanc et bleu, je sortis machinalement mon portable resté en mode silencieux. Je vérifiai si on avait cherché à me joindre. Charlotte me demanda de monter chez elle. J'avais le téléphone vissé à l'oreille, écoutant tous mes messages, et la regardai stupéfait. Elle me dit aussi :

— On s'en fiche du qu'en-dira-t-on… Nous sommes deux êtres vivants et libres, Guillaume ! (Je restai interdit.) Eh bien quoi ? me lança-t-elle. C'est tout l'effet que cela vous fait ?

Je lui pris la main et lui dis :

— Venez Charlotte… On nous demande !

Le maire m'avait laissé cinq messages. Tous sur le même ton exalté. Il m'attendait au terrain de la Pointe *dès que possible !* Les dernières paroles suintaient l'exaspération : *Alors ? Vous décrochez ou quoi ?* Il se passait là-bas, hurlait-il, des choses *peu banales… C'est bien autant à vous de vous en mêler… avec vos idées saugrenues !* (Tout était donc de ma faute.)

Je conduisais un vieux et encore solide break Volvo gris, plus adapté à la situation et au terrain que la Porsche verte du Père Mirande. Mais, une fois arrivée à la lisière du chemin de terre, la voiture se mit à patiner. J'eus le plus grand mal à tenir ma direction. Heureusement, ses pneus assez larges nous sauvèrent de l'enlisement. Il me fallut toutefois éviter les trous béants d'eau boueuse. La tempête s'intensifiait. Je commençai à me persuader que la nature se déchaînait chaque fois que l'Écossais se manifestait. J'étais à mon tour emporté par les légendes locales colportées le soir aux veillées. L'Écossais et la tempête ne faisaient qu'un. Jusqu'à présent, Charlotte ne m'avait pas posé la moindre question. Elle semblait à la fois s'amuser de la situation incongrue et ravie d'être avec moi, même si ce n'était pas du tout ce qu'elle avait imaginé pour une fin de soirée réussie. Je la suspectais d'être excitée à l'idée de faire partie de l'expédition. Nous roulions vers l'Écossais, secoués par des vents violents. Elle riait comme une adolescente ballottée sur les manèges d'une fête foraine. Les grands pins nous saluaient ; les éclairs semblaient nous indiquer la route. Seules les bourrasques s'obstinaient à nous ralentir. Je stoppai la voiture le plus près possible du terrain de la Pointe. Notre regard fut alors happé par un étrange spectacle : nous vîmes des colonnes de lumière danser dans le ciel noir. On aurait dit une première de cinéma où de grands sunlights tamisent la nuit. Je devais surtout repérer le maire. Je l'appelai sur son portable. Avec le vent, nous avions du mal à nous entendre : nous ne cessions de hurler pour nous faire comprendre l'un de l'autre. Il m'indiqua où le retrouver : sous une rangée de pins vers la droite, en retrait de l'Océan. Charlotte et moi quittâmes la voiture. Nous nous battîmes contre les rafales qui s'opposaient à notre progression. Et puis ce fut un tableau dantesque : dans un puissant halo de lumière, les camions allaient et venaient, déposant leur cargaison de bois. Des grues débarquées de nulle part tractaient ces troncs immenses pour les empiler selon un ordre précis en commençant à dessiner les contours d'une vaste bâtisse. L'Écossais avait donné ses ordres : la construction de sa tour de Babel pouvait démarrer. Tenant la main de Charlotte, je l'entraînai vers la direction indiquée par le maire. Nous longeâmes les arbres, passant inaperçus à côté de ces géants de tôle roulant en tous sens ; personne ne pouvait nous voir. Une scène ahurissante se déroulait devant nous : la naissance d'un monde étrange… d'une cité interdite… d'un temple fantastique… Quelque chose de magique et de tragique à la fois. De grandes brassées de lumière ruisselaient sur le Bassin, faisant jaillir l'écume anormalement blanche des vagues enragées. Un profond sentiment de colère et de frénésie envahissait tout le site. Les manœuvres constantes des poids lourds dans le bruit assourdissant des freins crissant et des moteurs rugueux, la gomme noire de leurs pneus énormes soulevant des nuages de poussière et provoquant un irréel brouillard propulsé dans les rais de lumière ; tout cela plongeait le lieu dans un monde de terreur et de folie : la folie d'un homme ! Mais où se terrait l'ordonnateur de ce gigantesque barnum ? Charlotte et moi avions de la boue jusqu'aux mollets. Nous avançâmes en décollant un à un nos pieds aspirés par la terre. Nous trouvâmes enfin le maire, debout et immobile derrière un pin. Aimanté par la scène, il en examinait les moindres détails. Nous pûmes découvrir sous cet angle de vue les fondations de la maison de l'Écossais. Ce n'était encore que quelques murs de bois, mais la façade et les arêtes étaient suffisamment larges pour laisser en deviner la démesure. Une grande partie du terrain était occupé par la base de la bâtisse. Un côté des fondations touchait les arpents de terre menacés par l'Océan. Charlotte grelottait. Elle se blottit contre moi. Je posai mon bras sur ses épaules pour la réchauffer. Elle paraissait fascinée par ce spectacle titanesque. Nous l'étions tous. Dans un ballet impeccable, les camions vides quittaient le terrain, aussitôt remplacés par d'autres camions chargés à ras bord de grands troncs. Quelques vagues silhouettes de boue et de pluie assuraient la circulation. Petit à petit, les poutres prenaient leur place. La maison de l'Écossais semblait s'ériger comme dans un film aux images accélérées. Le maire avait noté que les convois avaient emprunté la route longeant l'Océan, épargnant cette fois le village du tumulte des poids lourds. Il n'en éprouvait aucune satisfaction, il regardait cette terre en mouvement, se demandant jusqu'où irait cette aberration. Cette démarche portait en elle une démence qui inquiétait l'édile rationnel. Il me l'avait dit quelques semaines plus tôt, après le conseil municipal : il n'était pas préparé à faire face à une telle situation. Ce soir, il avait été alerté par des témoins l'informant d'un étrange ballet lumineux du côté de la Pointe. Un confrère (le maire d'un village situé sur l'autre versant du Bassin) avait pris la peine de l'appeler, lui demandant, ironique, s'il avait décidé d'investir dans un son et lumière au bout de sa presqu'île. Il avait immédiatement voulu en avoir le cœur net, et sans doute pensait-il pouvoir enfin rencontrer l'étranger à l'origine de ce désordre. Soudain, l'édile se décida à faire front. Après tout, il était le premier magistrat du village : personne ne pouvait lui interdire l'accès aux sites de sa circonscription, même s'il s'agissait d'un terrain privé. Il était ici question de la mise danger de la vie d'autrui. Sa responsabilité d'élu était en cause : tout ce chambardement se déroulait, hélas pour lui, sur son territoire.

Nous sortîmes de notre cachette. Je conseillai à Charlotte de ne pas s'éloigner de moi. Je mesurai le côté risible de mes paroles : la panoplie de l'aventurier aguerri ne m'allait pas du tout. Je n'étais pas plus rassuré qu'elle et gardai sa main dans la mienne. Nous avançâmes avec prudence, longeant l'armée de pins qui délimitait le terrain au nord. Ce qui n'avait pour moi aucun sens dans cette scène, ce qui m'intriguait en réalité, c'était le fait d'avoir choisi une nuit de tempête pour lancer de si imposants travaux. C'était comme si cet homme dressait les plus pénibles obstacles à chaque étape de sa vie. Comme si sa mort, au départ une simple supposition de ma part, n'était pas pour lui l'essentiel. Non ! L'essentiel étant de créer, d'endurer et enfin d'accepter l'épreuve qu'il s'infligeait. Je laissai mes réflexions vagabonder, pas certain de formuler une théorie cohérente. J'aurais aimé avoir Mirande à mes côtés pour échanger nos points de vue.

C'est à cet instant qu'une portion de terrain sur laquelle se dressait une tranche de la maison à peine édifiée s'effondra et fut avalée par l'Océan. On aurait dit une grosse pâte molle disparaissant dans la gueule béante des abîmes. L'enfer réclamait son dû. Nous étions soudain conscients de la poignante débâcle à laquelle était vouée l'entreprise. Que cherchait l'Écossais dans ce désastre programmé ? Le plus hallucinant restait à venir : comme si de rien n'était, comme si ces blocs de terres, de sable et de bois engloutis n'avaient aucune espèce d'importance, nous vîmes des silhouettes donner des ordres en agitant leurs bras. Les grues s'emparèrent à nouveau de troncs immenses et recommencèrent à les disposer de manière à rebâtir à l'identique, et sans perdre de temps, la portion de maison disparue quelques secondes plus tôt. Les forçats de la nuit ne discutaient pas. Le travail reprit comme si cette calamité n'était qu'une péripétie. Chacun, ici, acceptait le sort que lui réservait la nature. C'était écrit. Ils le savaient. Ils avaient signé. L'Écossais avait dû investir de colossales sommes d'argent pour obtenir d'eux tous un tel dévouement et s'assurer qu'aucune protestation ne serait émise. Chacun y trouvait son compte. Mais lui ? Que trouverait-il sur son terrain maudit ? Nous étions plongés dans nos pensées quand une voix d'outre-tombe s'exclama derrière nous : « Que faites-vous ici ? »

***

Nous nous retournâmes dans un même élan. Il était là, nous dépassant d'une tête, poings fermés enfoncés dans ses hanches, jambes puissantes plantées dans la boue, avec la même verticalité arrogante, le même sang-froid perçu l'autre nuit lorsque nous l'avions aperçu, le curé et moi. Mais, ce soir, il nous faisait face. Surgi de nulle part, corps imposant, tignasse ardente, regard souverain. Ses larges bras nus laissaient apparaître de menaçants tatouages, des créatures hideuses qui se baladaient sur sa peau rousse. Il ne bougeait pas. Le vent violent s'écrasait sur son torse blindé, tandis que nous étions secoués comme de pauvres marionnettes. Il portait une fine chemise rouge aux manches retroussées, un pantalon de toile dont l'ourlet reposait sur de grosses chaussures de marche. Il avait fière allure, ignorant la nature déchaînée. Rien ne pouvait l'atteindre. Cette sensation rendait notre tâche d'autant plus ardue. Comment briser un mur en béton avec nos ongles ? Nous étions les avocats d'une cause perdue entrant dans un tribunal sans avoir pris la peine de préparer une plaidoirie crédible. Le maire s'empara de la parole, usant du ton solennel de sa fonction :

— Je suis le maire de ce village et il est de mon devoir de vous avertir du danger que vous courez et que vous faites courir à autrui…

— Je vous remercie. Maintenant je vous demande de me laisser tranquille. Vous n'avez rien à faire chez moi.

— Chez vous ? répliqua le maire. Mais ce terrain est inconstructible et je ne peux pas vous laisser agir sans intervenir…

— Ce terrain est à moi, jusqu'à preuve du contraire. Agitez-vous si cela relève de vos obligations. Je le comprends. Mais alors, sachez où vous mettez les pieds. Votre fonction ne m'impressionne pas. Rien ne m'a jamais impressionné !

Le maire voulut à nouveau riposter. Je l'arrêtai en posant une main ferme sur son bras. Il me sembla inutile d'affronter l'Écossais de cette manière-là, c'est-à-dire en lui opposant un discours aride. Nous avions peu de temps. Le propriétaire de la Pointe se montrait impatient : nous le gênions. La prudence m'incitait à ne pas traîner. Je songeai pourtant à l'opportunité d'en savoir un peu plus sur l'étranger, ne serait-ce que pour tenter de recomposer un puzzle épars. Je notai d'abord la politesse de son intonation malgré la rudesse de ses propos. J'avais surtout perçu une petite note entêtante résonnant dans ma propre vie : une partition faite de renoncement et d'acceptation… une mélodie d'ironie facile et de dédain assumé pour son prochain… une chanson amère de plaisirs immédiats et primitifs… une moqueuse opérette, en somme, où rien n'était grave puisque plus rien n'avait d'importance, pas même le mal fait aux autres. Il m'avait suffi d'entendre sa conclusion. *Rien ne m'a jamais impressionné*, pour m'en convaincre : une sorte de fatalité minait l'âme et rongeait les tripes de cet ogre roux. Le vent m'obligeait à hurler, je lui demandai de nous dire au moins son nom, puisque nous ne savions rien de lui. Ma question amena aussitôt cette remarque désabusée :

— Vous, au moins, vous commencez par le début, ce n'est pas si mal.

Puis il poursuivit avec une noblesse surprenante, laissant la tempête emporter ses mots fragmentés :

— Je m'appelle Sir Romuald Drummond… Anobli par Sa Majesté la Reine Élisabeth II en l'an de grâce dix-neuf cent quatre-vingt-six pour services rendus à la couronne. Mais laissez-moi vous dire, à vous mademoiselle, et à vous messieurs… et ceci pour être parfaitement honnête avec vous qui avez pris la peine de me rendre visite : je ne le méritais pas… Je pense vous en avoir dit assez, n'est-ce pas ? Et maintenant, si vous le voulez bien, j'ai beaucoup à faire ici comme vous pouvez le constater… Il me faut reconstruire ce qui vient d'être détruit.

— Mais enfin ! s'exclama Charlotte. Vous êtes complètement fou. Vous n'arriverez jamais à bâtir votre maison. L'océan l'aura mille fois anéantie avant que vous ayez pu la terminer !

Romuald Drummond fut saisi par l'intervention de cette fluette créature blonde harponnée à mon bras. Charlotte avait crié cette évidence de toute son âme, comme unc supplique. Pour parler clair, elle lui demandait de renoncer à cette hérésie. Pour la première fois, nous vîmes un court instant se dessiner sur le visage de l'Écossais l'expression d'un trouble : la force inattendue de cette délicate chose ravissante et colérique avait atteint son cœur sanglé. Il passa sa main dans son épaisse barbe frisée, surpris par l'intensité de ce petit corps si fervent et de ce visage espiègle empourpré par la rage :

— Non, mademoiselle, je ne suis pas fou dit-il, soudain adouci. Mais peu m'importe que cette maison tienne debout, ou non. J'irai jusqu'au bout. Ce sera ma pénitence !

Il n'était pas question, au point où nous en étions, de nous contenter de ses réponses lapidaires. Je devinais sans peine une vague dimension spirituelle dans ses propos. Sans toutefois en comprendre le sens, ni encore la gravité.

Je sentais à côté de moi le maire prêt à en découdre avec notre nouveau voisin et à en appeler, sans délai, aux forces de l'ordre. Cela me semblait vain. Il pourrait, à la rigueur, faire suspendre les travaux un certain temps, mais certainement pas déloger l'importun. Sir Drummond était officiellement chez lui sur ce terrain officiellement déclaré inconstructible par les pouvoirs publics : un acte notarié l'attestait, aussi aberrant que cela puisse paraître. Nul doute que l'Écossais userait de tous les recours possibles pour faire valoir ses droits. Y parviendrait-il ? Comment en être certain ? Il aurait, me semblait-il, aisément de quoi retarder l'exécution d'arrêtés municipaux, et même préfectoraux, soutenu par une armée d'avocats. Le peu qu'il avait consenti à nous révéler ce soir laissait penser qu'il disposait d'une puissante force de frappe.

Charlotte n'avait pas lâché du regard l'étrange créature rousse qui semblait éviter de croiser ses prunelles rageuses. Elle était bien la seule à intimider l'ogre de la Pointe. Le plus important était selon moi de ne pas laisser s'envoler les germes d'un dialogue fleurissant. J'étais cependant persuadé qu'il s'attacherait à éviter tout visiteur cherchant à entrer en contact avec lui, et surtout à établir le moindre lien. Son intrusion au café du centre n'était qu'une forme élémentaire de politesse. On était loin toutefois d'une invitation chaleureuse à mieux le connaître. Il me parut alors plus sage de faire preuve de diplomatie, et surtout de curiosité. Lui demander ainsi tout à l'heure son nom, la moindre des courtoisies, avait plu d'emblée à notre hôte. Mais il était vain d'user de menaces incertaines, seule stratégie retenue à ce stade par le maire. De toute évidence elles glisseraient sur notre titan des Highlands comme le vent sur son torse. Je m'avançai alors vers lui en souriant, et mon sourire n'était rien d'autre en somme que ce drapeau blanc qu'on agite dans le fracas d'une bataille pour éviter les balles ennemies perdues et suggérer un cessez-le-feu. J'étais décidé à entamer un dialogue. Je déclinai mon nom et ma fonction d'instituteur au village. Il me tendit sans hésiter une main amicale et serra si fermement la mienne que je crus l'avoir perdue lorsqu'il desserra son étreinte.

— Qu'entendez-vous par pénitence ? Monsieur Drummond, criai-je dans le vent assourdissant.

— Cela me semble pourtant clair, me lança-t-il. Ne savez-vous pas, vous-même, ce qu'est une pénitence ?

— Permettez-moi de formuler autrement ma question, poursuivis-je avec le ton d'un flic se forçant à être aimable durant un interrogatoire serré : que cherchez-vous à vous faire ici pardonner ?

— Judicieuse question, monsieur l'instituteur. La seule réponse que je puis vous concéder c'est que je ne sais pas si le pardon me sera en vérité accordé. Si bien que je n'ai plus le choix. Je dois aller jusqu'au bout, aussi absurde que cela puisse vous paraître. Mais la vie elle-même est absurde. Aussi absurde, n'est-ce pas, que de construire et reconstruire une maison qui ne cessera de s'écrouler sous les assauts de l'océan…

Je refusais de capituler devant ses ellipses. Si nous devions combattre une possible menace au nom de l'immuable et officielle *non-assistance à personne en danger*, savoir dès à présent qui et quoi nous combattions s'imposait. Je me gardai bien de l'attaquer de front : inutile, je l'avais compris, de l'obliger à nous livrer le sens de ses actes à coups de questions brutales, on avait vu le résultat. Il me fallait continuer à faire preuve de finesse. Chercher une brèche dans cette carapace. Créer, en somme, entre lui et moi, l'amorce d'une mince confiance.

— Monsieur Drummond, enchaînai-je sans me démonter, que vous vouliez garder votre secret est votre droit le plus strict. Nous ne sommes pas là pour nous livrer à un interrogatoire…

— Et pourquoi donc êtes-vous là ? me coupa-t-il d'un revers, presque amusé par cet échange au filet.

Il semblait se divertir avec moi, tel un chat roulant une pelote de laine entre ses griffes.

— Nous nous inquiétons, tout simplement, répondis-je sans avoir eu le temps de bien réfléchir à ma réponse. Nous nous inquiétons… car vous mettez votre vie en danger et de fait vous mettez aussi en danger celle des autres à commencer, par exemple, par celle de vos ouvriers qui s'acharnent sur ce terrain réputé dangereux. En avoir conscience et détourner nos regards serait indigne et inhumain.

Envolées mes fermes promesses, effacées mes saines résolutions : ne se mêler de rien, observer de loin. Réveille-toi, Maurel ! Toi d'ordinaire indifférent, égoïste, détaché… te voici cette nuit à la Pointe de notre presqu'île cognée par ces vents pénibles, tenant tête à ce colosse exaspérant… le prévenant sans sommations que tu ne le laisseras pas sacrifier sa vie pour ses fautes sans lui venir en aide ! Comment expliquer ce brusque altruisme ? Je me contentais d'ordinaire d'en vouloir aux hommes pour leur faiblesse tout en flattant les miennes. J'en voulais à Dieu pour ses oublis, en négligeant mes devoirs et mes envies. J'aurais dû rester bien au chaud, peinard, chez moi… avec Charlotte. Me foutre éperdument de ce dragon rouge cherchant à tout prix l'entrée des enfers… lui en remettre la clef et m'en laver les mains comme l'habile Pilate (pourvu que Mirande ne m'entende pas). Le laisser se débattre avec sa conscience meurtrie. Mais non ! Mon confort se dérobe. Je me soucie maintenant de la vie d'un homme improbable, inconnu, nébuleux. D'un individu ignoré qui ne m'a rien apporté au cours des quarante années de mon existence, ne m'a pas aidé, ni prodigué un seul conseil. Mon cœur asséché aurait-il décidé de rompre ses liens avec ma conscience fugitive ? De quel sortilège suis-je cette nuit la victime ? Qui est ce sorcier qui me toise ? Moi qui aspirais à demeurer scrupuleusement à la périphérie de la vie des hommes, j'étais à présent aspiré par le souffle d'un Écossais déterminé à bousculer nos existences ordonnées, alignées, classées.

— Tout ceci est à votre honneur, monsieur l'instituteur, rétorqua aimablement Drummond. Mais sachez que nous respectons de strictes consignes de sécurité. Si un seul homme doit mourir ici… ce sera moi, rassurez-vous ! Et seulement, je dis bien *seulement*, au moment précis où la nature l'aura décidé…

— Assez ! hurla une voix étranglée. Assez de vos petits échanges polis ! Assez de vos simagrées ridicules. Moi je n'ai pas envie de vous laisser crever sans rien faire, monsieur l'Écossais de la Pointe. Ou alors il faudra que vous arriviez à me désespérer autant que vous pouvez l'être vous-même aujourd'hui. Et ce n'est pas demain la veille ! Je vous demande de renoncer à votre idée de dingue. Je vous demande d'aimer la vie ! Je ne sais pas quelles fautes impardonnables dissimule votre existence… mais elles ne vaudront jamais ce prix-là !

La soudaine colère de Charlotte venait de nous clouer le bec : notre discussion en devenait parfaitement obsolète. Je découvris, dans cette enveloppe menue et sensuelle, un pouvoir d'indignation capable de secouer de robustes palissades. Si le vent et mes maladroites tentatives de diplomate amateur n'avaient pas réussi à faire vaciller notre géant de la Pointe, la saillie de Charlotte l'avait à nouveau quelque peu ébranlé. Il tentait en apparence de n'en rien montrer. Mais son regard fasciné trahissait ses profondes pensées. Face à la spontanéité d'une fougueuse jeunesse, il n'opposait que la stupéfaction d'une sagesse altérée. En réponse à la saine colère d'une gamine éperdue de vie, il gardait le silence désarmé d'un homme se proclamant perdu pour la sienne. Il ne put qu'entrouvrir les lèvres pour lui confier cette simple remarque vidée de son orgueil :

— Ainsi… ainsi, dites-vous, on m'appelle par ici *l'Écossais de la Pointe* ? Ce n'est pas mal du tout, ma foi ! À tout prendre, c'est en tout cas mieux que *le Fou de la Pointe*, vous n'êtes pas d'accord, mademoiselle ?

D'abord saisie par une réaction si dérisoire et ne sachant tout de suite que lui répondre, Charlotte ne put s'empêcher de s'amuser timidement de la remarque anodine de l'Écossais… avant de lui offrir enfin un sourire radieux que Drummond accueillit, à son tour, par un rire franc dont on l'aurait cru incapable.

— Je ne peux rien vous promettre, Mademoiselle, répondit-il d'un ton apaisé. Cela fait dix ans que le temps qui passe me coûte. Cela fait dix ans que j'agence ma pénitence devant l'éternité. Et me voici à l'orée de son accomplissement. Je ne peux rien vous promettre car, sans doute pour la première fois de ma vie, je ne contrôle plus vraiment les choses… et encore moins la nature outragée qui aura ici le dernier mot. Je ne peux rien vous promettre dans la mesure où ma vie ne m'appartient plus vraiment depuis l'offense faite aux cieux. Mais laissez-moi vous dire que votre vigueur me surprend dans un monde devenu à mon goût si repoussant. Votre amour pour la vie est un puissant remède aux cœurs détruits, mademoiselle. Je crains toutefois que le mien se soit trop violemment éteint un matin fourbe pour entendre encore battre l'écho de la vie qui vous enflamme ce soir superbement. Mais qui sait : votre don pourra peut-être apaiser la colère des Dieux…

Le maire et moi étions bien obligés de l'admettre en silence : Charlotte avait obtenu une timide avancée. Nous n'en étions pas à imaginer une issue commode. Et les mots de Sir Drummond nous paraissaient encore parfaitement incohérents. Mais voici que l'intransigeant Écossais semblait entendre les incantations d'une poupée irritée.

— …me direz-vous néanmoins, mademoiselle, si vous me permettez de vous poser la question, d'où vous vient cette remarquable vitalité qui s'oppose aux sorts scellés des hommes perdus ?

— …Mon père s'est suicidé lorsque j'étais encore enfant, monsieur Drummond. Et ma mère est devenue, du coup, doublement vivante pour sa fille ! J'ai hérité de son énergie…

Drummond se contenta de cette réponse. Il caressa lentement sa longue barbe humide. Il repoussa son épaisse crinière rouge ruisselante en arrière sur sa nuque. Il aurait voulu en savoir un peu plus sur cette enfant qui le désavouait de toute son âme. Mais il ne le fit pas. Il se contenta de fixer encore quelques instants Charlotte, nous ignorant comme si nous avions disparu de son panorama.

Le maire avait assisté à la scène, hébété et impuissant : il était venu cette nuit-là à la Pointe fermement décidé à en finir, à faire plier le géant devant les lois immuables de la République, à récolter les lauriers de cette victoire… Et il avait échoué ! L'indignation sincère et généreuse d'une gracile auxiliaire avait fait mieux que tous les codes civils qu'aurait pu brandir l'édile bouillonnant.

Drummond posa délicatement sa lourde main sur l'épaule étroite de Charlotte. Lui adressa un sourire tendre sans prononcer un mot… Puis il tourna les talons et se dirigea vers la cohorte de camions éventrant la terre de leurs roues meurtrières et disparut au milieu d'ombres s'agitant comme des pantins sous la pluie battante. Nous étions trois éponges imbibées. Nous ne cherchions même plus à nous abriter, incapables de la moindre réaction. L'Écossais poursuivait bel et bien un noir dessein. Nous décidâmes de rebrousser chemin. Nous grelottions. Charlotte n'avait pas lâché ma main. Le maire avançait, silencieux. Il sortit les clefs de sa Mercedes, se tourna vers moi, puis finit par me confier son dépit :

— Cet étranger cherche à se faire subir Dieu sait quelle épreuve. Il faut l'envisager malgré vos efforts louables, Charlotte, pour l'en dissuader, une mort possible l'attend, cet idiot d'Irlandais !

Il s'était trompé sans s'en rendre compte, se fichant bien de la nationalité d'un provocateur qui venait l'emmerder sur ses terres. Il se demandait pourquoi cette saloperie de terrain était sur sa circonscription. Il était un peu tard pour penser à redécouper le département. Ça n'aurait rien changé : la presqu'île était un entonnoir au bout duquel se situait le terrain de la Pointe encerclé par l'Océan. Aucune autre municipalité ne partageait la zone. Il monta dans sa limousine.

Mit le moteur en marche. Baissa la vitre électrique et nous lança :

— S'il persiste… je suis foutu !

Je le regardai s'éloigner, élu agrippé à son siège, incapable de s'émouvoir du sort du pénitent.

***

Charlotte et moi roulions en direction du centre du village, sans échanger un mot. Je pris le chemin de son petit immeuble. Je me garai devant la porte du hall, laissant le moteur de mon vieux break ronronner. Avant qu'elle ne me quitte, j'osai lui poser la question :

— Est-ce vrai ce que vous avez raconté à l'Écossais ? Votre père…

— Que pensez-vous, Guillaume ? Que je suis capable mentir sur ce genre de choses ?

— Non, bien sûr que non ! Mais vous ne m'en avez rien dit au cours de notre discussion, ce soir…

— Vous ne m'avez pas posé la question. Nous avons beaucoup parlé, c'est vrai… Mais vous avez si peu manifesté de curiosité à mon égard. Oh ! je ne vous le reproche pas. Maintenant que vous vous intéressez à moi, je vous réponds sans condition. J'ai aimé notre soirée, nos échanges… et cette rencontre extraordinaire avec l'Écossais et aussi votre manière maladroite d'établir un lien avec lui ! Mais ne pensez pas qu'à vous… C'est que vous me plaisez et vous le savez, fichu nigaud !

Elle me chaparda un baiser, bloquant mon crâne entre ses mains vigoureuses. Puis sortit de la voiture en coup de vent, courant vers le hall de son immeuble, sautillant comme un cabri entre les flaques d'eau sur la chaussée. Je ne pourrais dire à cet instant ce qui me passa par la tête. J'ouvris la portière de ma voiture et me lançai à sa poursuite, sans savoir ce que j'allais faire ou dire, comme mu par une étrange nécessité, ou peut-être était-ce une attente encore inconnue. Je la rattrapai au moment où elle ouvrit la porte de son immeuble, la saisis doucement par le bras. Mon âme soudain se figea devant ma témérité. Nous nous regardâmes longuement, silencieux, et ces secondes me parurent infinies : dans nos yeux muets passaient nos incertitudes ardentes. Je ne l'embrassai pas. Pas encore. J'osai juste baragouiner sur le ton désuet et solennel d'une demande officielle décalée :

— Accepteriez-vous, Charlotte, de rester avec moi cette nuit ?

Elle me répondit d'un ton parfaitement calme, mais non moins déterminé, sans même esquisser un sourire et, comme à son habitude, sans virages inutiles :

— Cette nuit… et toutes les autres, Guillaume.

9

Une Intuition

Elle me demanda alors de la laisser remonter quelques instants chez elle, le temps de se changer (nos vêtements étaient trempés) et de prendre quelques affaires « sans t'envahir », crut-elle bon de préciser pour me rassurer. Je la vis revenir les bras chargés de victuailles et d'une bouteille de Saint-Émilion. Il est vrai que nous n'avions pas dîné la veille, à peine grignoté en vidant une bouteille de vin blanc de Gascogne. J'avais manqué à mes devoirs les plus élémentaires en la raccompagnant chez elle sans m'inquiéter le moins du monde de savoir si elle finirait sa nuit le ventre vide !

— SOS célibataire en danger ! cria-t-elle dans le hall de l'immeuble quand je la vis réapparaître. Et elle insista le plus sérieusement du monde :

— On m'a signalé un individu solitaire et sous-alimenté qui survit depuis des mois en ingurgitant des saloperies du matin au soir. Est-ce bien vous ?

Je souris de bon cœur. Elle avait eu le chic, une fois encore, de transformer une banale invitation en une comédie légère. Et de sauver ce qui restait de notre nuit d'un désastre programmé par mes défaillances.

— Si c'est vous, dit-elle enfin, alors laissez-moi venir à votre domicile sur-le-champ. Je suis infirmière diplômée en menus de qualité !

Face à cette amusante injonction, je n'eus d'autre choix, ni d'autre envie, que de la laisser s'introduire dans mon antre de vieil ours affamé. Je démarrai. Et mis à peine dix minutes pour arriver devant mon étroite maison. Charlotte était ravissante, ses cheveux blonds inondaient ses épaules droites dans un pull à col roulé noir.

Comme elle s'en était doutée, il ne restait plus grand-chose dans mon frigo. Les supermarchés avaient fermé la veille sans que je me décide à les explorer. Elle déposa ses paquets sur ma table basse et me demanda un tire-bouchon en exhibant fièrement la bouteille comme un trophée.

— Château Gueyrot 2010 ! Une très belle année... J'avais envie de nous faire plaisir. Cette bouteille sera parfaite pour notre prodigieuse fin de nuit, décréta-t-elle. Ne nous contentons pas d'un simple bordeaux. Dégustons une belle appellation. Et une grande année, comme me l'a assuré le caviste de notre supérette !

Je sortis d'un tiroir une vieille nappe en coton blanc, un legs de ma mère qui n'avait jamais servi, et la dépliai sur la table basse. Assiettes et couverts étaient dépareillés. Mais qu'importe : la nuit déjà bien avancée s'annonçait cette fois des plus harmonieuses en compagnie de cet étonnant petit animal venu secouer mon hiver. Nous goûtâmes le vin à parfaite température. Puis commençâmes notre festin improvisé : pain de campagne, coppa, magrets farcis au foie gras et saint-nectaire, tandis que le vent du soir se levait, accompagnant nos rires. Nous nous assîmes ensuite côte à côte devant la télévision qui rediffusait le casting féroce d'un télé-crochet. Quelques rares talents émergeaient entre des voix de crécelle et des pauvres naïfs convaincus de leur don inné pour la scène, chacun imposant sa médiocrité radieuse devant des jurés anéantis et hilares. Malheureux inconscients, venant se ramasser devant des millions de téléspectateurs avides de moqueries faciles. Nous nous sommes vite lassés de ce scénario cruel et lamentable. Charlotte se serra contre moi. Nous nous embrassâmes. Nous nous déshabillâmes avec hâte et fîmes l'amour par terre, maladroits et enivrés...

...Je sentis d'abord au petit matin sa hanche contre mes fesses, ses cheveux sur mon bras, son souffle doux et régulier sur mon dos. Charlotte était endormie, nue à mes côtés. Aussi loin que je m'en souvienne, je n'avais que rarement passé une nuit entière auprès d'une femme. Ma passion des Batignolles fut évidemment l'une de ces notables exceptions.

Quoi qu'il en soit, je n'avais jamais éprouvé l'envie de m'attarder dans le lit d'une de mes rares conquêtes ni de la garder toute une nuit chez moi. J'avais du mal avec cette idée : rester collé à un corps étranger sur un espace réduit. Je m'étais habitué à dormir seul. À profiter égoïstement de l'étendue que m'offrait mon lit. Seul, je ne dérangeais personne... personne ne me dérangeait. Chacun à sa place... et nos rêves seraient bien gardés ! Au-delà de ces dérisoires considérations se cachait une résolution plus profonde : après ma détestable aventure urbaine, j'avais tout bonnement cessé d'envisager ma vie avec quelqu'un. J'avais décidé ne pas trop aimer pour mieux me libérer des étreintes prolongées et dangereuses. Par conséquent, rester une nuit complète auprès d'une maîtresse furtive, en interprétant, même quelques courtes heures, le couple ordinaire incapable de dormir l'un sans l'autre, me semblait contre nature. On peut imaginer mon malaise de célibataire endurci découvrant Charlotte dormant avec délices dans mon propre lit, mon domaine ! J'avais maintenant du mal à trouver la bonne position. Comment ne pas la réveiller ? Rabattre doucement mon bras engourdi ? Déplacer ma jambe emprisonnée par la sienne ? Mais mon indisposition comique s'effaça bien vite au profit d'un plaisir ignoré : contempler, recroquevillée sous mes draps de coton gris, cette douce faveur au visage blond. Je ne voulais pas voir cette image s'effacer trop tôt de mon étroite existence. Je me glissai hors du lit.

« Tu vas où ? », me demanda-t-elle de sa voix encore éteinte.

Elle se releva et s'adossa à la tête de lit. J'étais debout, un peu ridicule, habillé d'un caleçon fripé, la regardant avec l'air gêné d'un puceau effaré. Ses petits seins victorieux offraient à ma chambre un décor inédit. Son regard malicieux m'intimidait. Un autre que moi serait sorti de chez lui, aurait couru chez le boulanger du coin pour lui rapporter croissants et chocolatines tout en préparant, d'une main attendrie, café ou chocolat chaud et tartines beurrées. Sans oublier d'arracher à la volée une rose rouge dans le jardin d'un voisin. Devinant mon embarras de célibataire mal dégrossi, elle enfonça le clou : « Je me doutais qu'on serait loin du room-service mais, là, on touche le fond, Guillaume ! ». Je n'osai plus rien dire. Elle dut s'en rendre compte et prit pitié du primate pétrifié. « Tout va bien, je sais à qui j'ai affaire. Hélas pour moi, c'est ce qui m'attire chez toi… Ta charmante incapacité à vivre normalement des situations normales. C'est tout moi ça être séduite par le dernier de la classe, le décalé, l'inapte… en somme le parfait homme imparfait. Mais ce sont les moins lisses, dit-on… »

Devais-je mettre ces paroles sur le compte d'un compliment ou d'une raillerie supplémentaire ? De toute façon, je n'aurais pas su quoi répondre sans passer pour un sot. Je me rallongeai à côté d'elle. Croisai mes mains derrière ma nuque. Je souris un peu bêtement. Comme si soudain sa présence tout près de moi, oui, dans mon lit ! était une évidence. Elle me quitta avant le lever du soleil : elle devait ouvrir la supérette du village à sept heures. Elle m'embrassa furtivement. Sauta hors du lit, étonnement fraîche comme un ruisseau de montagne… tandis que je me faisais l'effet d'un morceau de bois sec. Elle me proposa de la retrouver le soir même au café du Centre. De boire un verre… De ne pas oublier de dîner, cette fois. De parler de tout ce qui nous passerait par la tête, à nouveau. Elle n'attendit pas ma réponse… me disant tout cela avec un naturel confondant qui aurait emporté mes ultimes résistances. Elle claqua la porte puis courut à l'aube vers sa caisse, ses néons et ses romans. Était-il si difficile de prendre la mesure des choses au moment où nous les ressentions ? pensais-je alors, abandonné dans mes draps froissés, parfumés des audaces de la nuit et des promesses de l'aurore. Charlotte était entrée chez moi en diffusant sa lumière improbable au milieu d'un théâtre d'ombres. Elle défendait l'idée de l'instant présent sans se soucier de la minute qui suit. J'avais quant à moi cultivé la prudence, connaissant les dérives d'un cœur amoureux. Mais savais-je faire autre chose que des esquisses ? Redoutais-je à ce point l'ennui d'une existence trop vite accomplie pour en retarder les plaisirs ? Haïssais-je tant la mort qu'une léthargie traîtresse me maintenait en vie « Vois ce que t'offre ce matin la providence Guillaume Maurel », me dis-je à haute voix. « Décide-toi ! Il serait temps, idiot… au moment où tu franchis le cap de ta quarantaine rugissante. Tu risques de finir par sombrer dans l'océan de tes regrets, comme ton ami l'Écossais de la Pointe. Il sera alors trop tard. C'est cela que tu veux ? Passer ta vie à remonter le rocher de ta supposée pénitence ? Bon sang ! » hurlai-je soudain dans la chambre en me redressant dans mon lit, comme un illuminé sans foi auquel seraient apparus les Dieux de l'antiquité !

Bon sang ! Et si c'était ça, la clef de l'énigme ?

Ah ça ! Monsieur Drummond, je commence à voir clair dans votre jeu !

10

Une explication

Je me rendormis pour grappiller quelques minutes de sommeil avant de partir faire classe. Un cauchemar contamina mon maigre repos : j'arrivais seul la nuit sur le terrain de la Pointe. Comme le signe de la présence de l'Écossais, une tempête violente soufflait sur la côte. Je marchais vers le bord du Bassin, attiré par la voix de l'étranger. Je le cherchais. Puis, soudain, une main géante jaillissait des flots, m'agrippait par le cou et m'entraînait dans les fonds noirs et tumultueux. Je me réveillai en sursaut dans un cri libérateur, comme pour remplir d'air mes poumons. Je restai un instant assis sur mon lit en sueur. Je me levai. J'allai prendre un verre d'eau fraîche dans le frigo de la cuisine. Incapable de me redormir, je campai devant la télévision, cherchant un quelconque programme pour oublier mon cauchemar… Une chaîne du câble diffusait en boucle une série de documentaires sur ces trappeurs courageux ou cinglés, vivant, à l'image de leurs ancêtres, au milieu des forêts de l'Alaska, dans des conditions extrêmes et par des températures bien au-dessous de zéro. Cette sensation de froid absolu me donna envie de me réchauffer sous un gros plaid en laine. Je finis par m'assoupir… Un rai de lumière traversant le salon m'éblouit vers huit heures. Je disposais d'une demi-heure pour me rendre à l'école avant l'arrivée des premiers élèves et de subir une remarque acide de Madame Langon, la directrice. J'arrivai cependant à l'heure. J'entrai dans la classe, retrouvant mon foisonnant bataillon mixte. J'étais prêt à démarrer la journée par l'habituelle séance de lecture, mais le petit Maxime leva la main et me demanda « qui c'était ce monsieur anglais fou de la pointe du village qui faisait une maison même que c'était pas possible à cause de l'océan m'a dit papa ? » Que répondre à un enfant au sujet d'une affaire aussi singulière ? Je commençai par balbutier que le Monsieur de la Pointe n'était pas fou, histoire de rassurer mes gamins à l'imagination fertile. Je précisai sa nationalité (mais quelle importance pour un enfant de cinq ans ?). C'est à dire un homme venu d'Écosse, un endroit au-dessus de l'Angleterre (je pointai mon index sur la carte en couleurs punaisée à droite du tableau noir). Mais oui, c'était vrai ! Ce monsieur voulait bel et bien construire sa maison à un endroit où il était difficile de construire une maison. (Étais-je bien clair ?) Annabelle leva la main. Je redoutai d'être emporté par un flot de questions ininterrompu sans être certain de pouvoir trouver à chaque fois les bonnes réponses. « Mais alors pourquoi ce monsieur construit-il une maison là où c'est pas facile de construire une maison ? Il est très bête ou quoi ce monsieur écossais ? » Pas simple d'expliquer le choix délibéré d'un homme défiant toute logique à des enfants de classe primaire. J'optai pour un raccourci sous la forme d'un conte : « Ce monsieur a décidé de se mesurer à l'Océan. Tout le monde le dit : à la Pointe de notre presqu'île, l'Océan est le plus fort. Eh bien, cet Écossais très courageux, très grand et très roux, lui, il dit ceci : *Moi, je vais construire une maison très solide. Si solide que même l'Océan ne pourra pas la détruire* » (je m'inspirai du conte des trois petits cochons, le loup étant en quelque sorte devenu l'Océan).

Une partie de la matinée fut donc consacrée à l'histoire du géant écossais qui bâtissait une maison face à l'Océan. Et les enfants, ravis de cette aubaine, relançaient la conversation à grand renfort de questions tous azimuts. Ce matin-là, Sir Romuald Drummond fut le héros de ma classe. Je n'eus pas le cœur de stopper l'élan de mes élèves passionnés par cette histoire, presque une légende. L'exercice stimulait leur curiosité. Sur un plan pédagogique, j'en retirai quelque bénéfice. Sur la réaction de leurs parents, j'en doutais. Quelques-uns me reprocheraient de mêler leur progéniture à une affaire confuse ne regardant que les adultes. Je passerais pour un maître d'école irresponsable. La directrice m'en tiendrait grief. Mais, à mon sens, l'Écossais de la Pointe – aucun des habitants du village n'aurait pu un seul instant le concevoir – était leur propre monstre, engendré par leurs chagrins, leurs remords et leur bassesse…

L'heure de la cantine sonna. J'évitai la salle des professeurs avec son rituel de barquettes remplies de poissons bouillis, de crudités trop vinaigrées, de chipolatas huileuses. Toutes ces odeurs écœurantes refoulées dans une petite salle dépourvue de fenêtres… Une balade le long du Bassin me conviendrait mieux. J'évitai surtout une discussion stérile autour de l'affaire et les avis primaires qui iraient avec.

Passant à proximité de l'église, j'allai vérifier si le Père Mirande se trouvait à son poste. Je brûlais de lui raconter notre nuit pleine de révélations. J'entrai et découvris une petite file d'attente – deux personnes – devant le confessionnal. C'était l'heure des aveux et du pardon. La situation était cocasse : Dieu n'était pas encore redevenu pour moi une évidence. Mais profiter de cette intimité présentait un avantage : nous partagerions en toute discrétion, le curé et moi, les dernières informations recueillies dans la nuit. J'attendais sur un banc… enfant docile du Christ. Mon tour vint. J'entrai dans le confessionnal et aperçus, à travers le fin grillage, le profil concentré du Père Mirande. Ses paupières étaient closes comme pour une longue prière intérieure. Le pouce et l'index pinçaient le haut de son nez bombé. Je prononçai les paroles d'usage, ce code entendu depuis des siècles ouvrant les voies de la rédemption : « Pardonnez-moi, mon Père, parce que j'ai péché… » et assénai, aussitôt, railleur : « Mais ne poussons pas trop, Monsieur le Curé. Pécher un peu, ça a du bon. Vous devriez le prescrire à vos patients. » Le prêtre faillit s'étrangler, me demandant d'une voix étouffée ce que je faisais ici. Ce n'était pas un lieu pour les plaisanteries. D'autres attendaient le cœur lourd de tant de fautes à se faire pardonner. Je ne lui laissai pas le temps de terminer son sermon. J'enchaînai dans un souffle :

— Il s'appelle Romuald Drummond. Je ne sais pas s'il veut mourir, mais je peux vous dire ceci, mon Père : il est prêt à endurer sa pénitence. Le terrain de la Pointe est son purgatoire !

Mirande saisit aussitôt l'importance de mes paroles. Ainsi ces dernières heures m'avaient-elles permis d'en savoir un peu plus sur le compte de l'Écossais. Le curé oublia aussitôt que nous étions dans son confessionnal. Il me conjura de parler et, par pitié, de n'omettre aucun détail. Je lui racontai, à voix basse et par le menu, cette nuit étrange, n'oubliant pas le rôle crucial qu'avait joué Charlotte, mais restant pudique sur les raisons de sa présence. Je lui décrivis la tempête qui, selon moi, annonçait toujours, comme un indice sinistre, l'apparition de l'Écossais ; les légions de camions manœuvrant en long et en large sur la lande de sable et de boue ; les projecteurs puissants balayant le ciel, les grues arrivées là nul ne savait comment ; le maire en planque ; et enfin, surgissant dans la nuit, ce géant roux aperçu quelques semaines plus tôt au bord de l'Océan, puis au Café du centre. Oui ! Ce matamore tatoué nous avait surpris dans notre inspection si peu discrète. Je m'attachai à lui répéter le plus fidèlement possible l'échange que nous avions eu avec l'étranger. J'insistai sur les mots *pénitence* et *offense* ponctuant ses tirades. Je lui offris alors ma conclusion : nous nous trouvions face à un terrible pécheur qui n'avait pas attendu Dieu pour prononcer sa condamnation et décider de sa sentence ! Mais nous ne savions rien de ses fautes ni encore de la nature réelle de son épreuve. Je pensais cependant, sur ce dernier point, avoir découvert une piste sérieuse sur laquelle, par prudence, je gardai encore le silence. Nous détenions seulement cette information : il construisait une maison sur un terrain menacé à tout moment d'éboulement avec la motivation d'un bagnard damné attendant sa délivrance. Le curé se gratta le front, se donnant l'apparence d'un être tout entier plongé dans ses pensées. Puis il chuchota, se parlant à lui-même : « Pénitence… pénitence… il a évoqué sa pénitence. Mais quel homme est-il pour oser prendre la place de Dieu au tribunal céleste ? » Je lui suggérai de nous retrouver en fin de journée au Café du centre. Nous en discuterions plus longuement. Il ne fut pas emballé par le choix du lieu où chaque soir, depuis le début de l'affaire, d'exécrables rumeurs envahissaient nos discussions comme des buissons de ronces voraces. Je lui précisai cependant que Charlotte serait là. Qu'elle pourrait nous exposer sa vision et nous livrer ses intuitions. Nous aider à comprendre la situation, car elle seule avait été capable de bousculer l'étranger dans ses certitudes… Il me donna son accord de guerre lasse et me pria de laisser place à tous ces vrais pécheurs attendant de lui confier humblement leurs fautes. Je sortis du confessionnal et aperçus, assise, toute seule sur le banc, une jeune femme évitant mon regard. On ne se bousculait guère au guichet des aveux. Je repris le chemin de l'école. Je n'étais pas concentré sur mon travail en classe, mais j'étais décidé, jusqu'au coucher du soleil, à ne plus évoquer l'affaire de Sir Romuald Drummond, ici ou ailleurs…

***

J'arrivai le premier au Café du centre. Privilège du fonctionnaire aux horaires fixes. L'école finissait à 16 h 30. J'avais eu le temps de repasser chez moi. Une longue douche chaude avait décrassé des couches d'idées noires maculant mon cerveau épuisé. Drummond faisait bel et bien écho à nos défaites, à nos erreurs, à nos ombres. Il répercutait l'absurdité et le désespoir de nos vies. La rumeur le disait riche, puissant, détenant un pouvoir enviable. Et voilà qu'il débarquait au bout de notre presqu'île pour entreprendre une action vouée à l'échec, et sans doute à la mort. Il se fichait de sa réussite passée. Ses fautes en annulaient le bénéfice. Mais nous, misérables pécheurs vaincus par nos destins tortueux, étions-nous si différents de lui ? Attablé chez Pierrot, je finissais songeur mon verre de vin blanc. Ma propre vie était une maison en bois inachevée. Friable comme ces châteaux de sable que nous nous échinons à faire tenir debout. La Presqu'île était un radeau. Drummond en était le capitaine de fortune. Nous étions tous ici à la dérive… Le maire s'accrochant désespérément à son siège comme à un bout de bois flottant au milieu de l'océan… Madame de Lange agrippée à ses rancœurs, Mouleau à ses ambitions ridicules. Notre curé au dévouement exemplaire naviguant à vue au milieu d'eaux troubles et de secrets enfouis. Et Henri Malbec traquant un scoop comme un pirate pisterait un trésor sur toutes les mers du globe.

Perdu dans mes pensées, je n'avais pas vu notre reporter accoster à ma table. Il avait d'office pris une chaise et s'était assis face à moi. Carnet de notes en main, toujours, il glanait quelques informations, de-ci de-là. Il peinait, en vérité, à en trouver, me faisant presque pitié. « Étrange, me dit-il. Le maire ne donne plus signe de vie. On ne l'a pas vu de la journée à son bureau, sa si précieuse forteresse. Le curé lui, sans surprise, invoque la prière et la discrétion… » Il m'avoua regretter de ne pas avoir été présent sur la presqu'île le fameux soir où nous était apparu l'Écossais. Mais finalement il se rassura en se disant qu'il n'y avait rien là d'assez solide pour amorcer un article digne de ce nom. Il devait se contenter de rumeurs plus farfelues les unes que les autres : d'un géant venu des ténèbres, d'un fou au visage écarlate, d'un temple immense qui se construisait à la Pointe… Il avait voulu s'en rendre compte par lui-même, mais s'était fait refouler comme un vulgaire adolescent par de menaçants vigiles à l'entrée d'une discothèque. De fait, Drummond avait dû redoubler de prudence après notre visite nocturne. Malbec envisageait maintenant de louer une pinasse pour découvrir l'ampleur du chantier en cours sur le terrain de la Pointe. La malchance lui collait aux basques. Or la malchance, il le savait, était la plaie du reporter. Ça n'avait pas toujours été le cas. Cette guigne lui était tombée dessus, me confia-t-il, à la minute où il était venu s'enterrer sur ces maudites terres. Il manquait cruellement de diplomatie : avec moi, de tels propos pouvaient à la rigueur s'oublier. Mais prononcés devant un natif du Bassin, ils auraient à coup sûr muré ses rares sources d'informations. Je lui proposai de boire un verre. Il me proposa de lui dire ce que je savais. Je lui mentis effrontément, lui affirmant que je ne savais pas grand-chose. J'avouai, oui, c'est vrai, adhérer à la possible thèse d'une mort programmée, bien que cette théorie ne repose sur rien de sérieux. Je m'étais peut-être emballé, après tout, comme tant d'autres ici, à propos de cette histoire à dormir debout. Je m'évertuai à lui en dire le moins possible. Malbec me regarda, sceptique :

— Je pense que vous vous foutez de ma gueule, et en beauté, monsieur l'instituteur !

Mon sourire crispé ne plaida pas en ma faveur. La moindre parole pouvait me trahir : j'étais gêné à l'idée de lâcher une information mal interprétée. Le monde des médias ne m'inspirait, à tort ou à raison, que méfiance. En tout cas, la précipitation avec laquelle la plus petite information était moulinée dans la seconde avait quelque chose de redoutable. Sans compter cette manière terrifiante dont le témoin d'un drame était livré en pâture à des bataillons de reporters gloutons et impatients. Une autre raison expliquait ma prudence : je n'avais aucune légitimité à devenir le porte-parole d'une affaire si délicate. Pas question d'abandonner ma tranquillité pour une coquette exposition médiatique. Le monde dégoulinait de spécimens prêts à toutes les obscénités et à toutes les bassesses, prêts, en somme, à raconter tout et n'importe quoi pour qu'une caméra de télévision les filme en long et en large, du soir au matin. J'étais loin du compte. Je ne voulais pas exister, telle était mon ambition. Un éphémère maître d'école sur une bande de sable encerclée par l'Océan, telle était ma richesse! Drummond, en tout cas, n'agissait pas davantage pour s'exhiber. Quelques mauvaises langues avaient trop vite conclu que nous étions en présence d'un provocateur, alors que l'Écossais n'avait de comptes à rendre qu'à Dieu. C'est d'ailleurs en L'invoquant que je vis le Père Mirande, comme par miracle, faire enfin son apparition dans l'estaminet. Sa présence me rassura. Un mot de trop à Malbec et c'était un glissement de terrain, pareil à ceux de la Pointe, qui menacerait ma paisible existence. L'affaire de l'Écossais ne soignait en rien ma paranoïa. Hélas pour moi, cette histoire me captivait.

Mirande, pensant découvrir à notre table la ravissante Charlotte, s'inquiéta de la présence du journaliste. Ce dernier ne s'en offusqua point. Avec le temps, il s'était habitué aux pincements de narines devant lui. Combien de fois avait-il ressenti cette sensation de gêne lorsqu'il entrait en scène? C'était la loi du genre : déranger, bousculer, désarçonner pour collecter l'information. On l'aurait volontiers classé dans la catégorie des fouille-merdes. C'eût été trop simple. En vérité, il se contentait de mener ses rares enquêtes, et l'affaire de l'Écossais en était une splendide, en appliquant, envers et contre tout, quelques principes fondamentaux. Le fouineur importunait. Mais au moins s'efforçait-il de recouper ses informations, ne se contentant pas de minces rumeurs. On appelait cette étrange pratique d'un autre temps la déontologie. Mais qui se souvenait encore des lois anciennes du journalisme, hormis ce fossile de l'ère du plomb et de la morasse ?

C'est à cet instant que tout se précipita, comme au deuxième acte d'une tragédie. Charlotte arriva enfin… sans s'apercevoir que le maire en personne la suivait ! Le lion blanc demeura hagard à l'entrée du café, comme s'il ne savait pas où aller. Tous les regards se tournèrent vers lui. Personne ne l'avait vu de la journée. Ses audiences avaient été annulées par sa secrétaire. Moulau l'accusait d'un abandon de poste. Personne n'écoutait plus les vociférations du pharmacien. Mais chacun attendait du maire des éclaircissements sur les récents évènements de la Pointe. Bon nombre de marins-pêcheurs revenaient du large et pouvaient témoigner de l'avancée des travaux. L'Écossais bâtissait bel et bien son repaire sur son terrain maudit, sans que personne ne comprenne ses intentions. De rares habitants du village, on le savait désormais, espéraient, sans le déclarer ouvertement, un fructueux coup de pouce médiatique sur leur presqu'île oubliée. L'affaire pouvait attirer pas mal de curieux et autant de clients en période creuse. Mais d'autres redoutaient une vilaine publicité. Un homme avait choisi leur paisible terre pour mourir, la presqu'île deviendrait le sanctuaire des damnés. Un lieu de désenchantement mentionné dans le monde entier. La carte postale estivale se déchirait. Les clans se formaient. Le Café du centre en proposait chaque soir un copieux échantillon.

Le maire aperçut le correspondant local à notre table. Il piqua droit sur nous. Le bourdonnement des messes basses reprit. Il posa sa grande main sur l'épaule du reporter et ironisa : « Toi ici, Henri ! Tu nous fais enfin l'honneur de ta visite... C'est si rare. Laisse-moi donc t'offrir un verre pour fêter ton retour parmi nous ! Mais, si tu veux bien, va le boire au bar de ma part. J'ai à parler à nos amis. »

Bien que n'étant pas homme à s'emporter, le journaliste refusa d'être congédié. La sérénité orientale n'était pas chez lui une vaine posture : impassible et souriant, il continua à siroter son verre de vin blanc. Une main à plat sur la table, le buste droit et fin comme une épingle, il attendit que le maire prenne place. Il estima préférable de ne rien perdre de la conversation. « Et ceci pour le bien de tous », précisa-t-il, solennel. Il entendait ainsi expliquer de sa voix posée l'utilité de sa fonction : à force de ne rien dire, la rumeur s'amplifierait tôt ou tard. Des grappes de confrères finiraient par entendre parler de l'affaire de l'Écossais et prendraient racine dans le village. Puis ce serait la foire aux informations les plus dingues. Plus rien ne serait contrôlé. Tout et n'importe quoi serait publié sans vérification. Des vagues de reportages jetteraient en pâture l'image crue et déformée du village. Nous deviendrions les interprètes ridicules d'une triste comédie. L'audacieux Malbec osa même se présenter comme l'insecticide douloureux et nécessaire retenant les assauts de ses confrères attirés comme des mouches par l'odeur nauséabonde d'un scandale de province. Fallait-il leur donner satisfaction ? nous demanda-t-il, son doux sourire scellé aux lèvres. « Non, bien entendu ! », précisa-t-il avec une exécrable assurance. Puis, cette fois d'un petit rictus peiné, il s'excusa, faussement humble, de nous proposer la seule et sage manière d'agir. En l'occurrence, la sienne : publier la vérité en n'omettant aucun détail, de sorte que la presse suive sans poser de questions.

L'aplomb de Malbec et l'argument habilement présenté avaient porté. Le maire, radouci, prit place à notre table. Mais, l'index tendu, il se tourna vers le journaliste, lui proposant sur-le-champ un étrange accord tout en nous prenant à témoin, le curé, Charlotte et moi : « Que tu publies toute l'affaire, Henri, ne me gêne pas. Je te fais confiance pour apporter de la nuance à ton papier. Ne transforme pas s'il te plaît notre village en terre de désolation. Mais je te demande d'attendre un peu (le sourire de Malbec s'effaça aussitôt). Nous ne savons pas où nous mettons les pieds. Nous ne connaissons rien de ce gars, là-bas, à la Pointe. Il est possible qu'en agissant trop vite tu déclenches une catastrophe. Et tu sais mieux que quiconque ce que cela signifie, Henri. Toi et moi le savons trop bien ! Tu mesures le désastre que ce serait pour toi si tout recommençait, n'est-ce pas ? Où trouverais-tu ensuite un endroit assez éloigné pour te faire à nouveau oublier ? Alors accepte mon amical conseil : attends encore. Le moment venu, tu as ma parole : tu pourras publier ton scoop. »

Nous n'avions rien compris à ce message codé. Nous devinions qu'un lien trouble unissait les deux hommes. De toute évidence, l'ombre d'un secret gênant planait sur leur roman. Mais les mots choisis par le maire restaient suffisamment opaques pour nous égarer. Personne au village ne connaissait cette relation ancienne. Nous la découvrions à l'instant. Et bien que le maire fût capable des pires vacheries pour conserver son écharpe, il avait la réputation d'être un homme de parole. Si bien que les deux comparses se serrèrent la main, scellant leur pacte en notre présence.

Malbec fut désormais admis dans notre petit club.

La touchante scène n'avait pas échappé à Marie-Claire de Lange, qui s'était approchée de notre cénacle. Posant ses mains délicates sur les épaules du maire et du journaliste, elle nous montra d'un coup de menton les regards de la salle observant du coin de l'œil notre assemblée. La libraire futée suggéra au maire de profiter du café bondé pour prendre la parole et nous apporter sans attendre ses éclairages sur la situation. L'élu aurait préféré éviter ce péril : en politique aguerri, il savait à quel point le silence était une armure efficace. Mais il convint, dépité, que le village était en droit de savoir. Un trop long mutisme l'aurait tout autant affaibli. Et c'est à cet instant, une fois de plus, qu'on décida, contre mon gré, de me propulser dans l'arène. Je n'imaginai pas une seule seconde les intentions sournoises du maire. Dans un premier temps, il se leva pour prendre la parole. Nous étions tout ouïe, attendant le rapport minutieux de l'édile devant ses administrés. En quelques mots, il confirma hélas la première théorie émise : l'Écossais de la Pointe était bel et bien un homme décidé à s'imposer une terrible épreuve pouvant le conduire à la mort. Rien ne permettait d'affirmer dans les faits ce sombre dessein. Restaient les mots prononcés par le principal protagoniste, laissant peu d'espoir sur ses intentions. Car, oui, un contact avait été établi. Le maire avait averti l'Écossais par une de nos nuits de tempête, sur les risques qu'il prenait. Ses fonctions de premier magistrat de la ville l'obligeaient à mettre en place une batterie de procédures destinées à en finir avec cette mascarade. Le terrain appartenait certes à l'étranger, mais était déclaré *non constructible*. Et il était de son rôle de maire de garantir sur son territoire la sécurité de tous, sans exception ! Dans les faits, l'élu n'avait pas vraiment tenu ces propos débordants de noblesse (même si on ne pouvait le suspecter de ne pas les avoir pensés), pas plus que l'Écossais n'avait été le moins du monde impressionné. L'édile oublia tout autant (volontairement ou non ?) l'intervention salutaire de Charlotte. Voulait-il préserver sa maigre splendeur ? Je n'en dis rien et écoutai d'une oreille distraite l'exposé glorieux de notre intervenant. Les mots du maire me parvenaient par intermittence lorsque je sentis Charlotte me tirer par la manche… « et je laisse sans plus attendre la parole à notre instituteur qui, mieux que moi, saura vous dire notre sentiment face à cette terrible affaire. Après tout, il est, n'est-ce pas ? celui qui nous a alertés ». Charlotte me pinçait à présent le dos de la main. Je me retournai vers elle en lui souriant bêtement, la priant d'arrêter ce petit jeu stupide. Je n'avais pas capté les dernières paroles du maire. Charlotte fronça les sourcils et fit de curieux mouvements saccadés du menton en direction de l'élu. Et soudain, j'entendis celui-ci annoncer à la salle en se tournant vers moi :

— Monsieur l'instituteur, à vous de donner votre expertise de la situation…

Se rejouait la même comédie que l'autre soir. On ne me laisserait donc pas en paix ! À nouveau, on me scrutait. À nouveau, il me fallut parler. Impossible d'esquiver. Ils voulaient mon avis ? Soit : ils l'auraient ! Une idée précise m'était venue en tête le matin même. Je passai ma main dans les cheveux, resserrai le nœud de mon étroite cravate en laine (mon petit cérémonial) et, tel Hercule Poirot s'apprêtant à révéler le nom de l'assassin et la somme d'ingéniosité qu'il avait fallu à celui-ci pour parvenir à ses fins, je me lançai :

— Mesdames et messieurs… Je dois vous avouer que l'Écossais de la Pointe m'a donné du fil à retordre. Il m'a été difficile de comprendre un peu mieux la manière dont on pourrait définir cet étrange personnage venu se poser dans nos vies (je parodiais le détective privé belge, faussement modeste en apparence et si sûr de lui au fond de son âme). Car enfin : quelle folie, n'est-ce pas ? Acheter ce terrain. Construire dessus une solide et vaste maison alors que nous savons tous ici que l'Océan ne laissera aucun répit à notre homme. Et quand bien même arriverait-il à achever son œuvre, tôt ou tard les fonds marins détruiraient tout ou partie de la bâtisse en rognant encore un peu plus le terrain. Or, c'est là tout le cœur de l'affaire : l'Écossais nous l'a dit, il reconstruira sans relâche, sans se soucier que sa maison tienne debout ou non ! Et ce sont ces paroles qui m'ont mis sur la voie à mon sens la plus cohérente.

Je ménageai mes révélations, laissant s'écouler quelques secondes d'un interminable silence, passant à nouveau la main dans ma tignasse et poursuivis :

— Notre Écossais de la Pointe a, selon moi, décidé de revivre l'épreuve éternelle et infernale ordonnée par les dieux à Sisyphe… Disons plutôt qu'il s'est imposé cette punition sans demander leur avis aux Dieux, sans même avoir été condamné par eux ! Il est à la fois son propre juge et son bourreau !

Je me rassis, fier de mon petit effet. Ces dernières paroles laissèrent pantois le public présent dans la salle. Quelques-uns se regardèrent du coin de l'œil. Les messes basses redoublèrent. D'autres me fixèrent. Me prenait-on à mon tour pour un fou ? Parler ainsi des Dieux dans une civilisation devenue monothéiste depuis des siècles avait de quoi désappointer l'assemblée chrétienne. Le curé lui-même leva vers moi un œil réprobateur. Il n'avait, jusqu'à preuve du contraire, qu'un seul patron… et ne représentait pas le moins du monde une multinationale dont le conseil d'administration aurait été constitué de divinités grecques. Marie-Claire de Lange prit la parole un court instant pour remettre opportunément les choses à plat.

— L'idée est certes intéressante, monsieur l'instituteur, commenta-t-elle. Néanmoins d'utiles précisions pour nos amis ici réunis ne seraient pas superflues.

Elle avait raison : tout le monde ne connaissait pas à coup sûr le fils d'Éole qui avait provoqué la colère de Zeus. Il me fallait dispenser un petit cours d'histoire antique. Je me relevai volontiers et poursuivis, imperturbable, ma conférence :

— Il se trouve que Sisyphe osa révéler au Dieu-fleuve Asopos où se cachait sa fille Égine, laquelle avait été enlevée par Zeus en personne ! Imaginez la situation : Asopos fait fuir Zeus. Ce dernier a de quoi être furibard. Il en veut à Sisyphe de l'avoir balancé (je vulgarisai ma pensée, déformé par ma fonction de maître d'école primaire, afin que chacun puisse suivre le récit). Et que décide le Dieu des Dieux, terriblement rancunier ? Il envoie Thanatos, le Dieu des enfers, en finir avec l'insolent. Mais voici que Thanatos se fait mener en bateau par Sisyphe, qui parvient à lui échapper. Zeus redouble de colère. C'en est trop ! Pour avoir défié les Dieux, Sisyphe est condamné aux enfers. En l'occurrence à faire rouler interminablement, jusqu'en haut d'une vaste colline, un lourd rocher qui en dégringole aussitôt, l'obligeant à recommencer. Une pénitence éternelle. Et c'est bien cette divine punition, mesdames et messieurs, que s'inflige selon moi notre Écossais pour une raison que nous ignorons encore. Je pencherais pour une faute assez grave qu'il ne se pardonne pas d'avoir commise. Il construit ainsi une maison destinée à être toujours détruite avant d'avoir pu atteindre son but. Il ne renoncera pas. Théoriquement, et si nous suivons bien sa pensée, seule la mort pourra le délivrer ! Avez-vous lu l'essai de Camus ? Il n'exprime rien d'autre que la vaine et constante recherche du sens de nos vies ! Naturellement, Camus ne prescrit pas le suicide comme une réponse à l'absurdité de l'existence. Non, il évoque plutôt une révolte nécessaire. Drummond s'est probablement révolté, à sa manière, pour supporter sa propre vie devenue absurde… Une dernière chose si vous me permettez : dans l'antiquité, Sisyphe était le fils d'Éole et Éole était le Dieu du vent. On comprendra mieux pourquoi L'Écossais semble apparaître et disparaître au gré des vents du large…

Je m'inclinai, satisfait de ma petite démonstration, avant de reprendre ma place à côté de Charlotte. Elle me regarda, je l'avoue, avec une certaine admiration. Elle me prit le bras et se colla à moi sans s'émouvoir du qu'en-dira-t-on. Le curé se signa en toute hâte. Marcou le pêcheur en avait presque avalé son mégot humide. J'aperçus le joli sourire satisfait de Marie-Claire de Lange. Avais-je à nouveau, malgré moi, servi ses sombres visées ? Rêvait-elle, la libraire si secrète, de voir le village tout entier imploser ? Et, si tel était le cas, me dirait-elle pour quelle nébuleuse raison ? Le maire me regarda, perplexe : il devait se demander s'il avait été inspiré de me proposer une fois encore de prendre la parole. Ma théorie nourrie de légendes antiques laissait mes auditeurs stupéfaits. L'Écossais serait donc une créature damnée, le messager d'une désolation. Devions-nous rester les témoins muets de cette catastrophe annoncée ? Le curé prit le relais en affirmant qu'hélas cette thèse avait du sens, même si, en homme de Dieu, il refusait de laisser se condamner ainsi un enfant du Seigneur. Son sermon de dimanche porterait sur l'Écossais : toutes nos prières devaient être consacrées à sa sauvegarde devant Notre-Seigneur miséricordieux. Et, de fait, il attendait de pied ferme tous les paroissiens à l'office de 11 heures. On aurait dit une annonce publicitaire pour la semaine du blanc : *prix cassés, prières incluses, venez nombreux !* Moulau se leva et souhaita savoir sur-le-champ ce que le maire comptait faire pour éviter au village l'offense d'un fait-divers. Marie-Claire de Lange lui coupa la parole en lui demandant de nous suggérer une idée valable. Nous étions tout ouïe. Le pharmacien resta quelques secondes hébété, debout et silencieux, puis se rassit sans un mot. Briguer la succession du maire lui apparut soudain comme un col impossible à franchir. Quant à moi, orgueilleux, je mesurai l'effet ravageur de mes ultimes révélations sur la population locale. On m'avait demandé mon avis. J'avais parlé sans détour. Il existait donc en ce bas monde un homme réclamant l'héritage du damné Sisyphe. Seul accroc : il avait choisi notre presqu'île pour faire renaître cette douloureuse légende. Romuald Drummond était résolu à faire du terrain de la Pointe son linceul. Les habitants de la presqu'île en étaient horrifiés, à l'exception notable de quelques marchands du temple pas mécontents, en secret, du retentissement possible de l'affaire. Ceux-là ignoraient tout du pacte passé entre Henri Malbec et le maire : l'élu avait réussi à museler le journaliste. Un secret enfoui avait permis ce prodige et l'affaire ne remplirait pas de sitôt les colonnes de la presse. Les cupides en seraient pour leurs frais. Combien de temps tout ce cirque durerait-il ? Combien de temps L'Écossais tiendrait-il sur son terrain assiégé par les fourberies ?

11

Une messe pour l'Écossais

Quoi qu'il en soit, Drummond fit tout pour me donner raison. Dans les jours qui suivirent notre séance au Café du centre se poursuivit le ballet incessant de camions entrant et sortant de la presqu'île. Les pêcheurs du coin, vigies postées à la proue de leurs bateaux, découvraient les poids lourds déversant leur cargaison le long des rives bordant le terrain. Le vent ramenait dans un écho lointain la déflagration des tonnes de matériau répandues dans l'océan. L'Écossais créait ainsi une digue artificielle censée retenir les assauts de l'eau furieuse. La tactique restait incertaine : une portion de ces blocs glissait dans les fonds marins. L'autre partie demeurait en équilibre le long de la côte. À tout moment, ces amas de pierres pouvaient être emportés par des vagues brutales. Cela ne décourageait pas le fils d'Éole : chaque semaine, des divisions de camions-bennes encerclaient le village et venaient déposer leur fardeau comme une offrande faite aux océans. La digue s'élevait. Mais, certaines nuits, éventrée et lasse, elle abandonnait un morceau de son corps à l'écume bouillonnante. Plus les nuits passaient et plus l'idée folle d'une légende venue des temps anciens s'ancrait dans nos esprits possédés. Les conteurs du large entretenaient la fable aux veillées : le récit de la maison condamnée. L'énigme de l'Écossais damné. La malédiction du terrain abandonné… On lui prêtait cent noms. On la racontait de mille façons différentes.

Vint la messe du dimanche. Comme il l'avait souhaité, le Père Mirande consacra son sermon à l'Écossais de la Pointe. À sa grande satisfaction, il fit salle comble. Le prêtre pouvait-il pour autant mettre ce triomphe sur le compte de la foi ? Ou fallait-il y voir l'intérêt morbide que portaient les villageois au destin de l'Écossais ? On connaissait la réponse. On ne la disait pas… Le maire, que l'on croisait peu aux messes, était au premier rang. Marguerite Guadet était accrochée à sa place, proche de sa chère Vierge Marie. Moi-même, je n'avais pas pu résister à l'appel du curé. Mais je restai au fond de l'église, mauvais élève assumé, debout contre une colonne. Charlotte, curieuse et enthousiaste, m'avait accompagné (tous les prétextes étaient bons pour me retrouver, je ne m'en plaignais pas). De l'autre côté de la nef, Henri Malbec me salua. Il prenait des notes sur son petit carnet. De quoi croquer une nouvelle Comédie humaine. Le curé monta en chaire. Il s'accorda un long moment de recueillement avant de prendre la parole.

« Vous êtes ici en ce dimanche, quelques semaines à peine avant la célébration de la naissance de l'Enfant Jésus, pour unir vos prières. Un homme est venu à nous. Cet homme est en souffrance. Cet homme, pour une raison que nous ignorons tous, semble avoir choisi de s'infliger une terrible épreuve. Que cela doit-il nous inspirer ? Je voudrais vous rappeler à tous que nous ne pouvons décider de notre sort éternel en lieu et place du Seigneur. Je voudrais vous dire que le purgatoire n'est pas une simple vue de l'esprit. Ce n'est pas à nous de décider. C'est à nous de l'accepter. Le Seigneur lui Seul juge nos fautes. Mais au-delà, se pose la question du sens de nos vies sur terre en attendant d'être accueillis à la droite du Père. Nous savons que nos existences sont aussi des vallées de souffrance. Nous ne nous refusons pas à l'épreuve de nos vies. Nous espérons simplement trouver la voie d'un bonheur simple et appréciable. Nous cherchons à aider notre prochain. Mais nous voulons, bien sûr, nous aider nous-mêmes : ne pas le reconnaître serait péché d'orgueil. Penser à nous n'est pas une faute. Oublier les autres en est une ! Aujourd'hui, et pour les jours qui viennent, je vous demande de ne pas délaisser dans vos prières cet homme nommé Romuald Drummond. Il nous fait parvenir un message qui nous renvoie à nos propres existences, aux espoirs perdus, aux rêves manqués, aux échecs de nos actes. Et cependant, il nous adresse un signe important : celui de ne pas mépriser ce que nous sommes… et il nous rappelle, dans son désespoir, que vivre est un cadeau. Cet homme semble avoir perdu de vue cette évidence. Quelques-uns parmi nous également. Notre devoir à tous ici-bas est de nous en souvenir et, tant que faire se peut, de le lui rappeler afin de le détourner de son funeste destin. Et maintenant, mes frères, prions pour le salut de son âme… »

Je regardai tous ces visages recueillis. Marcou le pêcheur était venu sans son mégot, mais avec une cravate. Il continua pourtant à mâchouiller par réflexe une clope imaginaire. Presque un tic burlesque. Le maire me parut sincère dans son recueillement. Mais sait-on jamais… Je n'aurais pas pu en dire autant de Marie-Claire de Lange : tout en gardant ses mains jointes, sauvant les apparences, elle surveillait du coin de l'œil notre élu. Elle ne souriait pas comme à son habitude. L'ironie avait disparu de son visage, dévoilant une beauté austère. Quelque chose de blasé semblait, cette fois, en assécher l'harmonie. Les parchemins de sa peau, d'ordinaire éclatants et souples, offraient au regard une rudesse inconnue.

Redescendu de sa chaire, debout maintenant devant l'autel, Mirande invita les paroissiens à prendre à leur tour la parole afin d'exprimer, s'ils le souhaitaient, leur sentiment, leur émotion et leurs prières destinées autant à l'Écossais qu'à tous les autres pêcheurs orgueilleux du monde. Qu'ils parlent sans crainte dans la paix du Seigneur. Qu'ils réchauffent nos cœurs meurtris. Le prêtre entendait libérer les paroles loin des rumeurs coriaces et nauséabondes qui polluaient les esprits vulnérables du village, loin des querelles qui divisaient. Un lourd silence s'abattit sous la voûte blanche de l'église moderne. Quelques toussotements vainement retenus vinrent briser cet apparent recueillement. Chacun se regardait du coin de l'œil. Quelques-uns se tassaient sur leur banc de bois, vieux réflexe d'élèves indisciplinés se dérobant au regard scrutateur du maître d'école, se demandant, inquiets, lequel d'entre eux serait désigné, choisi, sacrifié… pointé d'un doigt mortel pour aller sur l'estrade déclamer sa récitation. Et ce n'était certainement pas moi, tout instituteur que je fus, qui donnerais l'exemple. J'avais, me semblait-il, suffisamment contribué au débat public pour ne pas m'exposer à nouveau.

C'est alors que l'on entendit le grincement de la grande porte en bois de l'église. Dans un seul mouvement, toutes les têtes se retournèrent. Dans le contre-jour on devinait à peine une sombre silhouette, épaisse et longue, se détachant dans l'embrasure de l'entrée et se tenant immobile à l'orée des prières. Puis le son accablant d'une cornemuse nous extirpa de la torpeur ambiante. Une plainte agaçante qui ébréchait nos écoutilles et fissurait la nef. Et l'on vit enfin entrer un imposant matamore à la toison cuivrée écrasée sous un calot noir à bande de carreaux rouges et blancs, dont la barbe ondulée était à elle seule un blason antique – ce buisson ardent embrasant son visage pourpre de prophète sombre – et portant superbement un kilt en tartan rouge et noir, de longues chaussettes blanches, de hautes chaussures noires à lacets impeccablement cirées. Tenant son traditionnel instrument sous le coude, l'avant-bras gauche pressant la poche à air, il avançait lentement dans l'allée centrale de l'église. Tous les visages suivaient la paresseuse progression (un pas effectué sur chaque note grinçante) de ce noble guerrier des Highlands sorti tout droit des pages racornies d'un conte ancien oublié sur l'étagère chancelante et poussiéreuse d'un vieux château en ruines. Mettant alors fin à son tintamarre musical, il vint se placer sur l'autel, à la droite du curé, non sans l'avoir salué d'une aimable révérence comme l'aurait fait un mousquetaire devant le roi. On ne pouvait nier une certaine noblesse ancestrale, fût-elle démodée, dans la gestuelle de Sir Drummond, tout gigantesque qu'il fût. Tout dans son allure magistrale semblait l'enchaîner à une autre époque, des temps lointains où des vertus ordinaires – droiture, dévouement, courage et respect – à présent négligées, pensait Maurel, guidaient l'homme et sa conscience en toutes circonstances, faisant ainsi de la mort plus qu'un devoir, une politesse !

L'Écossais de la Pointe se tourna alors vers l'assemblée en gardant plaquée sur son torse formidable sa cornemuse comme une cuirasse le protégeant de tous les mauvais coups que pourraient lui asséner les paroissiens sur leurs gardes. Chacun le fixait… et tous étaient médusés par cette intrusion inattendue. Cependant, nous étions tous bien obligés de l'admettre : cette messe, après tout, était aussi celle de ce fou qui hantait nos consciences. Ne lui était-elle pas consacrée comme l'avait ardemment souhaité le curé ? Et si sa présence dans la maison de Dieu en avait surpris plus d'un… sa place pour d'autres était ici à n'en point douter, sous la protection du Seigneur et non sur son terrain maudit à la merci du diable. Quant au père Mirande, quoiqu'impressionné par cette apparition aussi étrange que singulière, il s'approcha de Sir Drummond, le remercia pour sa si vibrante musique traditionnelle, comme une ode offerte au Seigneur, et lui demanda s'il souhaitait user de sa parole afin de partager ses pensées avec le village au bout duquel il avait décidé d'édifier une maison, et où il affrontait la nature sévère, chacun aurait ici à cœur de l'écouter.

— À tout prendre, précisa-t-il, une église demeure l'espace le plus paisible, le plus serein, le plus bienveillant, en vérité, pour parler sans crainte et sans jugement.

Le Curé insista sur ces trois derniers mots, ralentissant volontairement son débit et haussant le ton pour que chacun comprenne que silence et compréhension étaient souhaités. Car même dans une église, Mirande n'en doutait pas, le cœur des hommes demeurait faible.

Fidèle à ses principes, il se garda en tout cas de se laisser aller à un dégoulinant discours de bienvenue où il aurait pu évoquer, par exemple, la paix du Seigneur tout en soulignant l'importance pour notre énigmatique Écossais de s'en remettre à Dieu sans condition. Je lui en sus gré, en silence. Mirande s'effaça derrière notre hôte, mais ne laissa entre Sir Drummond et son auguste chasuble qu'un tout petit espace comme pour lui signifier qu'il ne l'abandonnait pas en lui cédant le devant de la scène.

Probablement pour s'offrir un peu de répit avant de s'adresser à nous, l'Écossais effectua à nouveau une légère révérence, inclinant délicatement vers le sol à la fois ce corps si vaste et cette tête si large, sans que sa cornemuse, comme si elle était le prolongement naturel de son immense buste, ne lui occasionne la moindre gêne. Puis, se redressant presque aussitôt, il nous décocha un puissant regard de feu dont les étincelles embrasèrent instantanément nos âmes perdues. Il se tourna à nouveau vers le curé. Ce qu'il avait à dire s'adressait d'abord au prêtre, et il nous prenait en somme à témoin. Enfin, nous entendîmes le son rugueux de sa voix éclatante retentir sous la nef blanche :

— Je veux vous remercier, mon Père, d'avoir consacré une messe à mon humble personne. Mais je suis venu jusqu'à vous ce matin pour vous dire à quel point tout ceci est inutile (à ces mots, le curé blêmit). Oh ! Rassurez-vous : je vous ferai grâce de mon obstination assumée à vouloir bâtir ce monument improbable sur cette terre condamnée. Et je fais confiance à monsieur le maire pour mettre tout en œuvre afin de m'empêcher coûte que coûte de poursuivre mon but : mais qu'il sache d'ores et déjà qu'il aura maille à partir avec ma constance (le maire grimaça avec amertume, Drummond sourit, radieux). Me voici devant vous, moi qui n'ai plus mis les pieds dans une église depuis près de dix ans, pour vous dire ma vérité à vous hommes et femmes de foi. Car votre foi, je ne la discute pas. La même que la vôtre, et peut-être plus forte encore, m'habita jadis. Ce que j'ose discuter devant vous, dussiez-vous me brûler au bûcher des hérétiques, c'est cette obstination biblique à me vouloir vivant au nom de Dieu ! À m'offrir vos prières en espérant qu'elles me sauveront... qu'elles m'arracheront à une destinée dont moi-même je ne sais rien à présent. M'expliquerez-vous alors pourquoi la mort est, dans nos Textes, un apaisement dans la mesure où l'éternité nous y est promise ? Car la mort peut aussi être, à sa manière, l'éclatante victoire de la lumière sur la pénombre de nos existences.

Un lourd silence s'abattit sur l'assemblée au dernier mot prononcé. On eût entendu les battements d'ailes d'un ange égaré. On eût même perçu l'humiliation muette du diable en personne réduit au rôle de simple figurant dans l'effroi sacré des hommes. Quelques bancs de bois grincèrent sous le poids des corps impatients et engourdis. Mais le plus interdit fut notre optimiste curé car il était là, immobile, les bras ballants silencieux comme un homme venant de perdre l'usage de la parole, le regard fixe et à la fois dans le vague, ne trouvant pas d'immédiate parade au message trouble que l'Écossais de la Pointe venait de distiller sournoisement dans les cœurs fragiles de l'assistance. Depuis quelques semaines, par défi personnel, je m'évertuais à mettre Mirande face aux contradictions de son ministère, lui le messager coriace et inusable du Seigneur. Et voilà que le premier pénitent venu des Highlands me volait ma piètre victoire et sabordait avec talent les efforts méritants du prêtre local pour faire triompher la vie dans l'esprit malmené des hommes. Leur dira-t-on, maintenant, à tous nos paroissiens égarés, à quoi ils devaient croire enfin au fond de leur âme chancelante pour revendiquer leur foi en toute sérénité ? L'assistance muette semblait médusée par cette ahurissante confession. Le père Mirande regardait du coin de l'œil l'auditoire saisi de stupeur. Il ne pouvait cependant entrer dans le jeu de l'Écossais et lui laisser son interprétation toute personnelle des textes sacrés, sans lui-même intervenir. Il s'avança lentement vers le devant de l'autel, posa doucement sa main sur le bras épais de Sir Drummond, lui sourit avec tendresse et prit la parole d'une voix sereine mais déterminée.

— Ah ! les Textes ! Sir Drummond. Que d'interprétations ont-ils suscités. Combien d'esprit brillants les ont détournés au fil des siècles et même de *bonne foi*, si j'ose dire, tant est vive la tentation de justifier à tout prix certains de nos comportements. Vous célébrez la mort, mon cher fils, comme l'entrée glorieuse dans la vie éternelle. Encore nous faut-il la mériter… Et la première obligation, voyez-vous, c'est de respecter la vie que le Seigneur nous a offerte ici-bas. Que vous adhériez ou non aux textes, vous reconnaîtrez qu'ils sont unanimes sur la question du suicide : une faute irrémédiable est-il écrit, qui vous promet de longues années d'errance. Je ne puis faire autrement que de vous le rappeler humblement. Purgatoire et enfer ne sont après tout que des images pour exprimer ces temps de perdition. Mais ces mots nous alertent sur notre condition, mon ami…

— Mais qui vous parle de suicide ? s'exclama avec arrogance l'Écossais.

J'observai l'assistance attentive à ce duel verbal sous le toit de Dieu. Henri Malbec avait suspendu sa plume au-dessus de son carnet de notes, prêt à en noircir les pages. Moulau se faisait tout petit derrière une colonne de l'église : pas question cette fois pour lui de la ramener. Marie-Claire de Lange souriait à son habitude quand elle pensait que les choses pouvaient mal tourner. Le maire bouillonnait sur son banc, comme s'il avait voulu, sans attendre, lancer les forces de l'ordre à l'assaut de l'Écossais, ici même sous le regard de Dieu, de son Fils et de tous les saints du paradis.

— Qui vous parle de suicide ? insista sans vergogne le géant de la Pointe. Et comment voulez-vous, bon sang, que je donne à ma vie son caractère sacré ? Cela m'est désormais interdit ! Pour que les choses soient bien claires, voici les faits : ce que je m'impose sur vos terres est une pénitence pour adoucir le jugement de Dieu, si cela est possible. Dites-moi, mon Père… Dites-moi, vous tous… où est l'offense ?

Mirande aurait pu à son tour perdre son sang-froid et, comme pas mal d'autres curés l'auraient fait à sa place, demander au pécheur d'expier ses fautes et de ravaler ses mots devant les paroissiens atterrés. Mais notre abbé n'était pas fait de cette matière-là. Il sourit à l'Écossais, un sourire que je n'oublierai jamais. Tant de choses passaient dans ce regard presque amusé. Un peu de cette tendresse que l'on porte à un enfant fautif – puisqu'il l'avait été lui-même, comme je l'appris de sa bouche quelques mois après cette affaire. Un peu aussi de pardon et beaucoup d'espoir, parce qu'il savait bien, lui, Mirande, que rien n'est jamais perdu…

— Je n'entends dans vos paroles aucune offense,

Sir Drummond. Je ne crois pas un instant que vous vouliez offenser le Seigneur. C'est, disons, juste une petite erreur, oh ! presque rien (il continuait d'afficher un sourire facétieux) : c'est à Dieu et à Lui Seul, s'Il le juge nécessaire, de vous infliger une pénitence. Comprenons-nous bien : s'il vous reste un peu de foi, et, puisque vous parlez de *pénitence*, elle ne vous a donc pas totalement abandonnée quoique vous puissiez affirmer ici devant nous, n'espérez tout de même pas que Dieu vous file une récompense pour cette mort que vous semblez tant souhaiter. Ce n'est pas du tout Son genre.

Le regard de l'Écossais s'empourpra de colère. Fini les politesses. D'une voix grave et sourde, il rétorqua aussitôt sur un ton glacial et sans la moindre déférence à l'égard de l'homme de Dieu :

— Le chemin que je me suis choisi ne regarde que moi. Et il dépend aussi de la volonté de Dieu… si du moins Sa trace subsiste dans l'univers !

C'était de la provocation. Mirande eut l'intelligence de ne pas répondre. Le curé s'en rendait compte : l'échange commençait à exaspérer l'assistance. Mirande avait voulu une messe pour l'Écossais. Inutile de prendre le risque maintenant de gâcher durablement ce moment de communion. Drummond le comprit-il à son tour ? Il afficha soudain un sourire généreux, remercia le curé d'avoir pris la peine d'entamer avec lui un tel dialogue, que nul autre curé n'aurait peut-être eu le courage d'accepter dans de pareilles conditions, et se tourna enfin vers l'auditoire :

— Quant à vous mes amis, vous avez, je pense, suffisamment à faire avec vos propres fautes, sans qu'il vous soit nécessaire de porter le fardeau d'un étranger. Mesdames et messieurs, femmes et homme de foi, voici ma proposition : priez si vous le désirez tant… mais alors, et sans délai, priez pour que s'ouvre à moi le chemin du paradis tant espéré et non celui des enfers mérités. Devenez l'écho du Fils nous annonçant, sans crainte pour nous tous ici-bas, le règne du Père…

C'est alors que l'on vit soudain un frêle petit corps quitter son banc de prière : la chétive silhouette de Marguerite Guadet venait de se dresser au-dessus des crânes immobiles. S'éloignant de son immuable place auprès de sa fidèle amie la Vierge, elle se dirigeait vers l'autel, imperturbable, d'un pas lent mais assuré sous le regard éberlué des paroissiens, du Père Mirande et de Sir Drummond lui-même, saisi par cette figurine chiffonnée au chignon coquet dont les barrettes oranges retenaient les fins cheveux blancs et gris, et qui venait doucement vers lui. Ceux qui croisaient le regard voilé de la petite femme remontant l'allée centrale de l'église pouvaient cependant déceler dans ses prunelles laiteuses la flamme d'une vie encore ardente. La vieille dame Guadet se dirigea en effet droit vers l'Écossais, ignorant au passage son propre curé, et se campa face à la masse rousse qui se dressait devant l'autel, ce corps immense bardé d'une grande cornemuse. Puis elle leva doucement sa maigre main vers la face écarlate de l'Écossais lequel, dans un réflexe aussi salutaire qu'inattendu, plia docilement son buste, comme pour une révérence, de telle sorte que les doigts décharnés et doux de la vieille femme purent atteindre son visage d'airain. Alors on assista à cette surprenante scène que l'on eut du mal à croire réelle tant s'en dégageait une tendresse imprévue, tandis qu'une force insoupçonnée émanait de cette petite chose résolue faisant face au molosse de la

Pointe : Marguerite Guadet commença à caresser doucement les pommettes saillantes de l'Écossais, comme Orphée d'un seul chant aurait charmé le Cerbère aux portes de l'enfer. Puis elle lui susurra d'une voix maigrelette tout en plissant son regard :

— Que de malheurs contenus dans cette âme vagabonde ! Êtes-vous donc vivant sur notre belle terre uniquement pour souffrir ? Quel gâchis, n'est-ce pas ?

Puis, un peu essoufflée par l'effort qu'elle venait de produire, elle marqua une légère pause avant de lui dire encore sur le ton d'une confidence dont elle seule semblait détenir une infime part de vérité :

— Vous avez raison, Dieu nous accueille en son règne. Mais c'est déjà le cas ici-bas. Nul besoin de courir vers Lui ailleurs !

Évidemment, personne ne fut en mesure, à cet instant précis, d'entendre ce que Marguerite Guadet murmura à l'Écossais. Nous ne le sûmes que par les indiscrétions du curé patiemment distillées au fil du temps lorsque nous échangions avec notre confesseur sur les évènements passés, et qu'il était lui-même en veine de confidences. Nous le sentions : il aurait aimé avoir été capable de répondre à Drummond avec autant de discernement et d'aisance que sa fidèle et plus vieille paroissienne… Ce dimanche-là, en tout cas, nous aperçûmes sur le visage métamorphosé de notre fantôme de la Pointe une expression mêlée d'apaisement et de curiosité. Nous le vîmes étonnamment, dans cette minute pourtant grave, esquisser un timide sourire à une petite dame fripée qui avait osé opposer à sa violente détermination la douceur du doute. Nous le vîmes enfin se redresser, saluer d'une ultime et séculaire révérence l'assistance muette puis redescendre l'allée centrale d'un pas martial, mais cette fois sans le son de sa glorieuse cornemuse, le regard droit et digne vers l'horizon, c'est-à-dire le sillon d'un ciel d'hiver gris et froid peint dans l'embrasure de la porte de l'église.

Le curé prit une dernière fois la parole lorsque disparut la silhouette du malheureux pêcheur et, s'adressant à toute la communauté :

— Nous ne savons, en vérité, quelles furent ses fautes. Mais nous nous devons de prier pour que la situation ne s'aggrave pas plus. Implorons la miséricorde du Seigneur. Maintenant et à jamais ! Faites-le pour lui et faites-le aussi pour vous. Inutile de vous oublier dans l'affaire, ce ne sera pas un luxe !

Je ne pus m'empêcher de sourire au dernier trait lancé par le curé à l'assemblée. Il avait encore trouvé une manière bien à lui d'exprimer sa pensée, dût-il choquer au passage quelques grenouilles de bénitier. Je m'en délectais sans retenue. Sa totale implication dans le village, sa présence constante, pareilles à celles d'un médecin de campagne, encourageaient ses ouailles à le déranger la nuit en cas d'urgence céleste.

Ce dévouement sans concession à sa mission terrestre, agissant en somme comme un don fait à sa paroisse, concouraient à sa popularité et, mieux encore, inspirait une admirable confiance à l'ensemble de la communauté. Si bien qu'on lui passait ses petits mots glissants hors des sentiers bibliques, tout autant que sa Porche vert pomme.

Au sortir de la messe, Mirande m'alpagua sur le parvis. Il me demanda de le retrouver à l'église en début de soirée, il avait des choses à me dire et cela ne pouvait plus attendre : « Vous irez directement au confessionnal, m'indiqua-t-il à l'oreille, la main plaquée au-dessus de sa lèvre supérieure. Nous serons plus tranquilles. » Voilà qu'il transformait sa cellule des péchés en caverne des secrets ! Mais après tout, il en était convenu, c'était le meilleur endroit pour nous tenir à l'abri des oreilles indiscrètes.

Une main fine et légère se glissa soudain sous mon bras, me faisant l'effet d'une décharge électrique. Marie-Claire de Lange arriva dans mon dos par surprise. La diablesse provoquait en moi de confuses émotions.

— Alors, monsieur l'instituteur ? demanda-t-elle avec son doux sourire de cobra. Satisfait des retombées de vos révélations ? Le village ne parle plus que de l'Écossais… et beaucoup de vous, aussi ! Vous êtes devenu en quelque sorte leur oracle. Mais attention, ça peut faire peur, un oracle.

Ses paroles suintaient la raillerie. Son délicieux sourire n'était en définitive qu'un plâtre sous lequel perçait une amertume cruelle.

— Je pensais plutôt que c'est vous qui en seriez heureuse, Madame, si j'en juge par l'amour exemplaire que vous portez à vos prochains !

Ma réponse spontanée la laissa interdite. Elle ne m'imaginait pas lui tenir la dragée haute. Ses traits se figèrent comme si elle avait croisé le regard brûlant de la Gorgone. Puis, comprenant l'effet déplorable de sa réaction sur son apparence, elle réactiva aussitôt son sourire lumineux et me suggéra de venir lui rendre plus souvent visite. Je n'étais pas opposé à cette tentation, mais plus volontiers la nuit, chez elle, que dans la journée à sa librairie. Aucune précision sur ce point précis ne me fut donnée de sa part. J'en restai là, pas vraiment certain, à dire vrai, d'avoir envie d'affronter ses poignards camouflés.

Moulau, culotté et impoli, s'immisça dans notre conversation et, sans tenir compte de la présence de la libraire, me demanda de participer à une réunion devenue *indispensable*, à l'en croire, étant donnée l'inertie de la municipalité. Le sournois n'avait pas si vite renoncé à son ambition : s'asseoir un jour dans le siège du maire de la presqu'île. Je déclinai poliment. Il m'opposa une vilaine grimace et bougonna :

— Prier pour ce crétin qui construit une baraque sur un terrain dangereux est une perte de temps.

Peu après, le maire se planta devant moi et me dit :

— Il nous faudra retourner le voir… Tout faire pour le convaincre de renoncer… comme si ma présence lui était devenue vitale pour dénouer l'écheveau du drame et sauver sa peau d'élu en péril !

— Viens, me chuchota Charlotte dans le creux de l'oreille. Échappons-nous de ce marécage.

Le mot était bien choisi. Le moment aussi. Je la suivis sans poser de question. Nous marchions sur la plage, pieds nus sur le sable froid et dur. Nous apercevions le vol de bernaches piquant vers les bancs de sable posés sur les passes, frontières naturelles entre le Bassin et l'Océan. Une irréelle lumière métallique offrait des reflets d'or gris à la vaste étendue d'eau. La grande Dune blonde dominant l'autre rive se découpait sur un ciel argenté. Le temps était doux. On avait du mal à imaginer les tempêtes que nous subissions parfois à la nuit tombée. L'Océan était un traître magnifique. Charlotte me demanda ce que nous ferions le soir. Ou plutôt, me dit-elle, ce que j'avais envie de faire.

— Tu préfères peut-être rester seul pour ne pas trop vite chuter dans la fosse vertigineuse du couple, se moqua-t-elle.

L'idée ne s'était pas imposée à moi aussi naturellement qu'à elle : faire à deux ce qu'habituellement je me contentais de faire seul. Regarder un film, chipoter une de mes saletés pleines de colorants, me prélasser sur un canapé déprimé… Je m'étais, il est vrai, trop longtemps complu dans le personnage du patient en rémission. Ce rôle sur mesure m'offrait l'apparence d'un homme sauvage, ombrageux, solitaire, que je n'étais pas… mais un homme pouvant encore plaire par la grâce de cette fumisterie. J'avais à tort retardé l'échéance d'une liaison réelle. Car, à mes yeux, une histoire n'avait de chance de réussir que dans nos imaginations libérées. Parfaite parce qu'abstraite. Un nouveau revers m'aurait placé dans la peau de Sisyphe forcé de remonter la pente. J'envisageais l'amour comme un attrape-nigaud. Un rocher condamné à ne jamais atteindre le sommet de nos vies. J'aurais sans doute trouvé plus commode de me contenter de jouer mon rôle de vulnérable médiocre : lui dire, usant d'un cliché sirupeux, que l'idée me plaisait, mais qu'il était encore trop tôt pour moi. Je restai cependant silencieux. Observai cette douceur arrogante qui fixait mon regard indécis. Devais-je continuer longtemps à renoncer aux émotions perdues ?

— Veux-tu venir chez moi ? On verra pour la suite, lui proposai-je d'un ton encore mal assuré.

— Attention… tu prends de drôles d'habitudes, Maurel, se contenta-t-elle de répondre en souriant.

12

Madame de Lange

Ai-je jamais été heureuse ? se demandait Marie-Claire de Lange dans le miroir de sa salle de bain. *Sidérante question, ma chère !* se récria-t-elle aussitôt comme pour se sermonner. Elle, d'ordinaire si lucide, osait ce matin-là se poser la question d'un bonheur dérobé. Elle se tenait debout et nue au petit matin de sa vie âcre. Debout sur le carrelage froid et lisse, les mains tâtant sa poitrine amaigrie, tirant la peau fragile de son visage, replaçant d'un geste sûr ses épis blancs, ouvrant grand ses prunelles de miel pour découvrir les stries rouges de ses nuits courtes. Elle disséquait les heures éblouissantes enfuies et rafistolait celles, plus ternes, à venir. Une manière de retenir le temps barbare par des manipulations dérisoires et mille fois répétées à chacun de ses matins blêmes. Avait-elle jamais été heureuse ? La question était tout aussi dérisoire que ces petits gestes quotidiens… comme l'était l'idée même du bonheur. Pourquoi se poser maintenant cette question-là, insulte à sa perspicacité et à son aigreur ? Un sourire acidulé apparut à la commissure de ses lèvres. Ce sourire qu'elle affichait si souvent comme une parade aux énigmes de sa propre vie. Un magnanime éloge matinal aux défaites et aux regrets. Un salut héroïque aux erreurs et aux peines. Et son rictus n'était en fait qu'une fragile barricade rongée par l'acide de sa mémoire. Surgissait alors le visage de l'homme des promesses non tenues. Promesses répétées dégringolant le long de son existence. Elle avait appartenu à ces cohortes de femmes séduites par Narcisse puis abandonnées sur le bord de la route, sans états d'âme, puisqu'elles lui refusaient désormais la soumission indispensable à l'autorité de leur maître, cet animal redoutable sous le charme duquel elles étaient tombées. Lui avait-il parlé d'une vie sereine? Elle voulait le croire sans retenue. Il n'était pas opposé à l'idée d'un enfant. Leur enfant. Qu'elle lui offre encore du temps – il en avait besoin – pour bien peser leur choix, mais au final ce serait son choix ! Habituelle ritournelle du mâle en fuite. Elle n'en connaissait pas encore la mélodie, mais les paroles lui plaisaient. Faut-il toujours vieillir pour parvenir à curer les résidus de sa naïveté ? Faut-il être enfin prête quand il est déjà bien tard? Ses mains glissèrent le long de son visage fatigué, passèrent sur ses seins découragés puis se plaquèrent sur son ventre encore plat. Ses deux paumes caressaient longuement son abdomen. Son regard s'embrumait. Jamais ce ventre ne se gonflerait de vie. Seuls l'attendaient les rituels examens médicaux liés à son âge. Elle aurait voulu connaître cette sensation de vie dans ses tripes. Trop tard ! Elle l'avait aimé sans réserve. Il lui avait demandé de soutenir l'ambition de sa vie. Elle était devenue le paillasson de ses doutes. Elle avait dû s'effacer. Lui se chargerait, aux matins de ses victoires, de ne pas l'oublier. Puis il l'avait délaissée, quand elle était sortie de sa torpeur. Le pire, songeait-elle, c'est qu'elle ne parvenait pas à le haïr. Il était là, devant elle chaque jour de sa vie… ici sur la presqu'île. Personne n'en avait jamais rien su. Des trésors de discrétion avaient gouverné leur secrète romance. Ce diable occupait encore une place, pourtant démesurément vacante.

Jamais elle n'avait songé à le remplacer. Elle ne s'en sentait pas capable. Bien des prétendants avaient tenté une cour sincère. Ils avaient renoncé devant un cœur desséché. Un soir, elle s'en souvenait encore, elle avait accepté l'invitation à dîner d'un pédiatre de Mérignac rencontré quelques jours plus tôt dans sa librairie. Le toubib, portant à bout de bras une dizaine d'ouvrages, s'était montré intarissable sur la littérature du XIXe, et bientôt tous les deux s'étaient mis à deviser de leurs lectures favorites sans se soucier de l'embouteillage de clients qui se formait derrière l'éloquent docteur. L'homme avait belle allure : cheveux bruns ondulés coiffés en arrière, corps svelte et peau couleur cuir. Il lui parlait d'une voix si douce… Finalement il lui avait proposé, avec un naturel confondant, de poursuivre cet échange si passionnant au cours d'un dîner, pourquoi pas le soir même si l'idée ne lui faisait pas peur et si bien entendu elle n'avait rien prévu. *Peur ?* Quel étrange soupçon. Soit : ils dîneraient ensemble. Fermant boutique plus tôt que d'ordinaire, elle était remontée chez elle le cœur battant. Face à ce même miroir devant lequel elle se trouvait en ce matin morne, elle redonna un éclat gracieux à son visage, appliqua sur ses cils un discret mascara qui soulignerait la couleur de son regard, et sur ses lèvres un rouge légèrement estompé. C'étaient les seuls artifices qu'elle s'autorisait. Elle avait enfilé un jean évasé et une chemise blanche cintrée, avait pris un petit sac à main pas trop encombrant. Elle se demandait, enfiévrée, de quoi ils allaient bien pouvoir parler… Il l'attendait à leur table. Elle vint le rejoindre, enjouée. Elle prit un verre de grave blanc en guise d'apéritif, commença à l'écouter évoquer Flaubert, Balzac, Zola, le Japon, l'Arctique, la conquête spatiale puis les conquêtes amoureuses.

— J'ai une sainte horreur, s'enflamma-t-il, de ces dragueurs sans âge qui osent tout et sont si vulgaires. Ne vous méprenez en tout cas pas sur moi, s'il vous plaît !

Elle crut apercevoir la trace blanche d'une alliance retirée, à moins qu'elle ne s'en soit convaincue… D'où venait ce malaise naissant ? Elle l'écoutait, si aimable, l'interroger sur ses passions, en dehors bien sûr de la littérature, et sentait un filet de sueur lui couler le long de la colonne vertébrale… Il lui demanda alors ce qu'était sa vie sentimentale, s'il n'était pas trop indiscret. Et il l'était, en vérité. Elle se leva. Elle le pria de l'excuser et balbutia un : « Pardon… Mais je m'ennuie ». Puis tourna les talons, laissant le bellâtre seul à sa table et désarmé devant une fuite si soudaine. On ne le revit jamais passer la porte de sa librairie. Être une femme espérée : Marie-Claire de Lange s'en sentait incapable ! Sa vocation avait été d'attendre un homme. Il s'était dérobé, l'abandonnant au crépuscule de sa vie de femme. Ça ne changeait rien… Pas plus qu'elle n'avait été capable, elle, si amoureuse de la littérature, de boucler ce roman commencé quelques années plus tôt. Certains soirs de son existence déserte, elle ouvrait le tiroir de son petit secrétaire en acajou, puis en sortait l'épais manuscrit qu'elle corrigeait à foison sous la faible lumière orangée d'un lampadaire chancelant, sans avancer dans son travail d'écriture. Un confortable alibi masquait sa peur intime. Jamais satisfaite. Pas sûre d'elle. Tant de confiance émiettée au fil du temps. Elle racontait en vain l'histoire d'un amour tortueux et de ses mensonges semés. De telles émotions ne lui étaient pas étrangères. En dépit d'une honnête intrigue, elle ne parvenait pas à achever un roman digne de ce nom. C'était compréhensible : mettre en scène le glorieux maire du village, lui, son amant manipulateur, même affublé d'une autre identité, était un exercice périlleux. Pas assez de recul et trop d'emmerdements en perspective. Il ne la laisserait pas faire. Userait de son habile force de séduction encore intacte. Ou, si nécessaire, de chantage… et même sans hésiter, il en était capable, de menaces. Autant enterrer au fond de son âme et dans un petit secrétaire en acajou ces vieilles histoires. De toute façon, des trésors de précaution avaient permis au secret de ne jamais être éventé : les amants se donnaient rendez-vous dans un banal motel situé à des dizaines de kilomètres de la presqu'île, à des heures précises, au cœur de la nuit, selon une méticuleuse stratégie mise au point par l'élu méfiant.

C'est bien plus tard qu'une belle occasion s'était présentée à elle. Madame Désirée Roland, antique libraire du village, souhaitait passer la main. Trop âgée, disait-elle, pour continuer à gérer un commerce si accaparant. Elle savait la passion de la solitaire Marie-Claire pour la littérature. Pourquoi n'en vivrait-elle pas à son tour ? La décision s'imposa : prendre en main les destinées de l'unique librairie de la presqu'île serait donc sa planche de salut. Une façon à peine voilée de se rapprocher des livres sans avoir été fichue d'en écrire un entier. Un métier de substitution.

Un arrangement avec ses ambitions. Si bien qu'elle dispensait ses conseils aux lecteurs d'un ton martial, se persuadant de parler comme une romancière clandestine. Le village, au fil du temps, était devenu son Grand Guignol, la scène de ses petits massacres. Aucune affection ne l'attachait aux habitants du coin, à l'exception du maire. Chacun d'entre eux faisait écho à ses erreurs, tous séduits par ce même homme qui se fichait éperdument d'eux. Mais ça leur plaisait, ma foi. Moulau, sous ses airs bravaches, admirait aussi en secret la réussite de son adversaire. Ils le suivaient tous comme des rats ensorcelés escortant le joueur de flûte de Hamelin. Pourquoi ces vieux souvenirs remontaient-ils à la surface ? Pourquoi ce matin-là plus qu'un autre ? Un amour qui chute. Un roman qui ne se termine jamais. Une pénitence sans fin. Un destin que l'on porte à bout de bras et que l'on voit, impuissant, glisser le long de sa vie… Mais il faudra à nouveau le soulever en remontant la pente, parce c'est ainsi : on est debout ! Dans le tumulte de ses pensées, une évidence s'imposa : c'était lui, ce Drummond, qui diffusait sa malédiction. Lui qui contaminait leurs âmes égarées de son fluide empoisonné. La question du bonheur ne se posait pas puisque le bonheur n'était pas de ce monde. L'Écossais l'avait admis : il avait choisi la Pointe de la Presqu'île comme terrain de sa grotesque victoire sur une vie absurde. Il combattait l'inutile comme le seul sens tolérable à une existence terrestre abîmée. Un vaincu magnifique qui les ramenait tous à leur propre condition… vivants et terrassés.

Il ne leur restait plus qu'à l'accepter aux matins gris de leurs rêves délaissés.

13

Sur les traces de l'Écossais

Le soir même de la messe, il était un peu moins de 19 heures lorsque je pénétrai dans l'église où m'avait donné rendez-vous le Père Mirande. J'allai droit vers le confessionnal, comme convenu entre nous. Je m'agenouillai tel un pécheur exemplaire prêt à livrer ses fautes à l'oreille indulgente du représentant de Dieu. Sauf que, ce soir-là, c'est le curé qui désirait me parler en secret. Je sentis sa présence de l'autre côté du fin grillage qui nous séparait. Dans un petit rire moqueur, j'osai lancer : « Je vous écoute, mon fils. » Mirande me demanda calmement pourquoi j'ironisais ainsi sur la foi. Je lui répondis que la foi n'était pas réellement ma préoccupation. La religion, si. Les errements des hommes de Dieu m'exaspéraient. Je détestais leur vérité brandie comme un étendard immaculé. Me revenait en mémoire un mariage religieux ridicule. Dans un discours interminable, le prêtre n'avait cessé d'invoquer à tout bout de champ la présence de Jésus à chaque étape de la vie du couple : amour, enfants, famille, ambitions, repas, deuil. Ne manquaient plus que la vaisselle et les impôts… Le Christ devait être présent à tout moment, à chaque seconde, à chaque souffle, et pas de discussion ! J'observais, médusé, ce curé irritant, tout en me demandant quelle était son expérience de l'amour pour oser avancer de si pédantes certitudes. Je découvrais autour de moi les visages défaits des invités subissant la pénible allocution. Une oraison funèbre eût été moins pesante ! Mais nous n'étions pas là ce soir pour faire le procès des salariés du Christ. Mirande me demanda un peu d'indulgence : tous les prêtres n'étaient pas des caricatures. Il se rangeait d'office dans l'autre catégorie : celle des curés progressistes. Sa vieille Porsche verte, je l'admets, en était un avant-goût.

Puis il entra dans le vif du sujet. Nous avions lui et moi un rôle crucial à jouer dans le drame qui se déroulait à la Pointe. *À ce point ?* pensai-je en moi-même. Mais nous devions agir en sous-marin. Dissimuler nos intentions, lesquelles, pour l'heure, étaient plutôt les siennes. N'en rien dire à personne. Ni au maire. Surtout pas au maire ! Il nous aurait empêchés d'agir, puisque c'était sa responsabilité d'élu. Mais de quoi parlait-il, à la fin ?

— D'une nouvelle visite à l'Écossais, pardi ! s'exclama-t-il.

Il nous faudrait attendre la prochaine tempête, le bon moment pour croiser Drummond, l'Écossais ne pouvant, selon la légende, n'apparaître qu'aux soirs de déluge. Je lui demandai néanmoins en quoi notre visite changerait le cours des choses. L'Écossais était déterminé à parcourir son chemin de croix. À l'exception notable de Dieu en personne, qui aurait pu le détourner de son but ? Mirande me reprocha de ne pas prendre au sérieux le rôle de la religion.

— Une fois pour toutes, me dit-il, ne vous posez pas dans votre fougue la question de l'existence matérielle de Dieu, mon ami. Comprenez que Son seul Nom peut être source de réconfort.

Le curé de la paroisse considérait cette intervention comme devant être celle de la dernière chance : le délégué officiel de Dieu saurait peut-être apaiser l'Écossais. Il le pousserait à reconsidérer sa triste condition… J'en doutais. Romuald Drummond ne semblait ni craindre le diable ni souhaiter la clémence de Dieu. Son tribunal n'était pas de ce monde. Malgré les héroïques tentatives de Charlotte à la Pointe, puis de Marguerite Guadet à la messe, rien ne semblait devoir le faire fléchir à ce stade : il s'était condamné. Il avait proclamé lui-même la sentence ! J'aurais donc pu refuser la proposition de Mirande. Mais l'occasion était trop belle et la perspective m'enchantait : nous repartirions, le curé et moi, à l'assaut de l'Écossais. Nous tenterions de faire rempart à son entreprise. Je n'avais certes peu d'illusions sur la finalité de l'expédition. Je me permis toutefois une question : devions-nous nécessairement attendre une nuit de bourrasque ? Le chantier se poursuivait. Peu importait la météo, l'Écossais devait forcément être présent à toutes les étapes de son entreprise. Nous pouvions nous éviter le risque d'affronter de violentes rafales. Mirande en convint. Rien ne s'opposait à choisir une nuit plus calme.

— Oublions la journée, me dit-il. Je suis bien trop occupé. Une longue absence serait suspecte.

Oui, la nuit nous offrirait plus de discrétion. Nous consulterions donc, et par prudence, les prochains bulletins météo. Je donnai mon accord de principe au prêtre. J'irais avec lui. Et advienne que pourra.

Restait un point capital avant de nous catapulter vers notre géant roux : préparer scrupuleusement nos arguments. Et nous montrer habiles. Éviter un discours protocolaire et guindé, comme celui désastreux du maire à la Pointe, qui n'avait rien réglé. Nous ne devions surtout pas arriver désarmés, de peur d'être laminés. Une perte de temps ! Mais, de l'Écossais, nous n'avions qu'effleuré la personnalité. Nous n'avions que des bribes d'informations. Une enquête s'imposait. Nous devions recoller les morceaux, réunir des éléments, constituer un dossier, déterminer une stratégie. Ne pas débarquer les mains vides. Trouver les bons mots en espérant le voir flancher. Je proposai à Mirande de me charger d'Internet, d'explorer le monde connecté.

C'est ainsi que, le soir même, je m'enfermai dans l'alcôve me servant de bureau. Je démarrai officiellement mon enquête à la recherche de précieux indices. *Aide-moi, Hercule Poirot*, implorais-je à mi-voix. Je tapai, excité, le nom de Romuald Drummond. Je m'en voulus de ne pas avoir eu la présence d'esprit de vérifier ces éléments plus tôt. J'avais jusque-là émis de simples théories. Mais aucune certitude. Le prêtre et moi-même avions besoin de faits.

La pêche fut hélas bien maigre. Il existait bien un Romuald Drummond correspondant à notre quidam. Un businessman né à Glasgow en 1953 et anobli en 1986, à trente-trois ans. L'âge du Christ sur la Croix. *Un signe !* m'aurait dit le curé, triomphant. On ne précisait pas grand'chose sur cette haute distinction accordée par la Reine d'Angleterre : services rendus à l'économie britannique. Rien d'autre sur ce point. Plus loin, on disait ses affaires liées au pétrole du Proche-Orient. Petit à petit se dessinait le portrait d'un businessman aguerri à la fortune très tôt constituée, il s'était servi à bon escient des relations de son père diplomate et avait su habilement se placer comme intermédiaire, en première ligne de grosses transactions. Il aurait ainsi permis à la couronne de tirer son épingle du jeu dans la péninsule arabique au cœur d'intrigues tortueuses liées à l'or noir. Peu d'éléments, en revanche, sur sa vie privée : un mariage en 1988 avec une certaine Moira Flanagan (rien à son sujet), suivi vingt ans plus tard d'un divorce (aucune raison officielle invoquée). Un seul enfant était né l'année même de cette union : Fillan, dont on signalait la mort accidentelle en 2007, à dix-neuf ans, sans autres précisions. On pouvait aisément envisager la séparation du couple Drummond comme la conséquence de ce drame, dont tant d'hommes et de femmes, pourtant unis, ne se relèvent pas… Outre cette tragique disparition, rien ne me mettait sur la voie d'une explication rationnelle à la quête désespérée de Drummond. Sauf… Sauf bien entendu si l'on prenait en compte la mort de son fils… en supposant que l'on soit alors en mesure de lui en imputer la responsabilité. Simple vue de l'esprit. Quoique… en songeant à ce scénario, assis dans mon petit cabinet de détective amateur, je me demandai soudain si nous ne tenions pas là une piste sérieuse. Toute cette affaire prendrait sens si un homme à la réussite fabuleuse était devenu en quelques années un père anéanti se condamnant lui-même au jugement dernier, avec la mort de son fils unique sur la conscience. Quel rebondissement ! Je m'étais frotté les mains comme l'aurait fait le petit détective belge dodu au moment fatidique de réunir les acteurs d'un meurtre pour leur asséner la vérité, mais je ne devais pas me laisser emporter par un simple pressentiment.

Je me levai, fébrile. Tournai en rond comme un ours affamé sur un iceberg à la dérive. Finalement, je ne savais pas le moins du monde comment transformer cette possible théorie en une preuve tangible. Qui contacter pour vérifier l'information ? Je ne pouvais tout de même pas téléphoner directement à l'entreprise de Drummond, *D. Corporation, sise à Londres*, précisait Wikipédia. Foncer en Angleterre et mener sur le terrain ma petite enquête ? Je manquais de temps et de méthode. Je ne disposais pas non plus de réseaux assez solides susceptibles de me venir en aide. Je n'avais dans la manche que le Père Mirande, curé insolite d'une paroisse égarée, et un maire déboussolé. Un peu court. Il me fallait un enquêteur aguerri, un partenaire assez futé pour dégoter de solides informations sur l'Écossais de la Pointe.

Je me rassis devant l'ordinateur. Une frustration légitime m'affectait. Poussant du coude un vieux numéro du quotidien local abandonné sur mon bureau, j'aperçus la Une consacrée à la colère des ostréiculteurs : leur production avait été menacée quelque temps plus tôt par une algue tueuse. D'un geste machinal, je dépliai le journal, un peu aussi pour me détourner de mon enquête si vite arrivée au point mort. Je jetai un œil distrait sur l'article. Et mon regard fut aussitôt attiré par un nom. La solution était là, devant moi… la signature au bas de ce papier ! Je me levai d'un bond et enfilai mon caban. Je ne me rendis même pas compte qu'on était au beau milieu de la nuit quand je frappai à la porte du seul homme capable, dans ce désordre, de nous sortir de l'impasse.

— Vous ne manquez pas d'air sur la presqu'île. Étonnez-vous que je ne traîne pas souvent chez vous !

Ce furent les premiers mots d'Henri Malbec. Chaleureux accueil! Cette nuit-là, le vent soufflait peu. Mais il faisait froid. Le reporter ne me laissa pas tout de suite entrer chez lui. Il était environ minuit. Je le réveillais. J'avais parcouru le tour du Bassin, une heure et demie de routes sinueuses. Je venais lui demander de m'apporter son aide d'enquêteur. Je n'avais pas voulu patienter jusqu'au petit matin, de toute façon l'école m'attendait, et il m'était impossible de laisser encore passer vingt-quatre heures avant de tenter ma chance. Il était debout, pieds nus sur le pas de sa porte, en vieux polo troué de coton gris et caleçon blanc. Il grattait son menton lisse taillé en triangle puis frottait son crâne désert. Son regard à peine sorti d'un profond sommeil prit le temps de déchiffrer mes intentions. Je venais lui annoncer sans forfaiture mon idée : faire appel à son expérience pour découvrir le secret de l'Écossais. Le froid s'infiltrait dans mes veines. Des épingles invisibles piquaient mon crâne. Ma bouche larguait des nuages de buée. Mais l'air glacial le laissait impassible. Avait-il subi l'entraînement endurci des moines Shaolin, dont l'esprit et le corps ne faisaient plus qu'un avec la nature, un autre de ses secrets si bien gardés? Je lui demandai, au point où on en était, de me laisser entrer au moins quelques minutes avant que je ne me transforme en statue de glace. Il demeura muet, s'écarta et, d'un geste ample de la main m'invitant à le suivre, il consentit à épargner ma peau grelottante.

— J'ai du thé, c'est tout, me dit-il.

— Ce sera parfait, répondis-je. Une tasse d'eau chaude m'aurait de toute façon convenu.

Malbec habitait une étroite maison en briques bâtie dans les terres et située à la périphérie de la sous-préfecture du Bassin. Il avait vue sur le stade et les pins.

La façade était modeste. L'intérieur tranchait avec cette apparente discrétion : une extravagante collection d'objets venus du monde entier s'entassait dans l'entrée et le salon, comme un musée dérobé honorant des centaines de civilisations. La collection secrète et méticuleuse d'un baroudeur inattendu : des armes, des sculptures, des masques anciens, des esquisses baroques, des poupées traditionnelles, des gongs dorés et des cloches de bronze ornaient l'espace. S'asseoir chez lui, c'était faire un tour du monde à peu de frais. Comment et où avait-il amassé cet assortiment si exotique ? Dans cet écrin, Malbec n'avait plus rien à voir avec le méfiant correspondant local enlisant sa vocation sur les bans de sable du Bassin. Le décor révélait un roman inconnu. Une histoire oubliée subsistant au travers d'accessoires lointains. Il m'offrit une tasse de thé fumé brûlant sur laquelle je plaquai mes mains frigorifiées, et il me demanda d'un ton posé la raison de ma venue chez lui à pareille heure. Il espérait que ce remue-ménage nocturne en valait la peine. Je lui exposai ma proposition : j'avais passé le début de ma soirée à pianoter sur Internet. Je cherchais à collecter quelques informations concrètes sur celui qui occupait nos vies plates. Il me coupa : lui aussi avait consulté la toile. Rien d'important ne lui était apparu. Rien qui mérite une enquête poussée.

— Un affairiste accumulant ses millions sur le dos des autres et des marchés, voilà tout !

C'est, en substance, le portrait peu flatteur et inattendu qu'il fit de Drummond. Le discours de Malbec révélait une nouvelle facette de l'hermétique correspondant : un homme farouchement opposé aux ogres du libéralisme sauvage. Il était donc capable de s'insurger. Je m'étonnai : rien d'autre ne l'avait alerté ?

Aucun indice ? Il s'agita sur son canapé :

— Bon sang ! Où voulez-vous en venir, Monsieur l'instituteur ? Si vous alliez droit au but, nous pourrions avancer !

Je lui fis part de l'élément concernant la mort du fils de l'Écossais. Malbec ne cilla pas. Il me rétorqua, agacé, que la disparition de l'héritier Drummond était de toute évidence un accident, c'était du reste ce qui était écrit sur la fiche Wikipédia. Je posai ma tasse sur un guéridon, prenant le temps de lui expliquer ma théorie.

— Wikipédia n'en dit guère plus, je vous l'accorde. Cet outil reste approximatif. Imaginez maintenant qu'il ne s'agisse pas d'un simple accident, mais d'une mort provoquée malencontreusement par Drummond lui-même. Ça changerait tout, n'est-ce pas ? Qu'en dites-vous ?

— Je dis que vous avez une imagination débordante et que rien ne vient consolider votre thèse. Même un policier stagiaire vous encouragerait à réunir des preuves suffisantes avant d'émettre une si fragile supposition.

— Je ne vous dis pas le contraire. C'est bien une supposition. Et c'est pour cela que je suis chez vous ce soir : pour que vous m'aidiez à creuser cette piste. Car enfin, si nous établissons un lien entre Drummond et la mort de son fils, nous détenons une histoire qui tient la route !

Ces dernières paroles prononcées sur un ton solennel atteignirent l'imperturbable Malbec. Tenir, enfin, un récit solide. Lorsque le maire daigna plus tard me raconter son histoire secrète, peu après que tout fut terminé, je compris ce que j'avais ce soir-là déclenché. C'était son Graal. Son idéal. Cette quête folle menée toutes ces années perdues par un reporter de renom mis sur la touche. Obligé de venir croupir ici sans autre perspective pour achever sa carrière. Il devait rêver, parfois découragé, d'une bonne histoire pour montrer à tous ses contempteurs son talent demeuré intact. Dès le début, il avait flairé le potentiel de notre affaire. Mon approche établissant un lien fondé avec la légende de Sisyphe l'avait enfin convaincu : il était à n'en point douter sur la piste d'un reportage prodigieux. De quoi le remettre en selle, même pour quelques courtes années. La clef le délivrant de sa prison de sable. Bien orchestré, ce scoop devenait son triomphe. Une histoire reprise en boucle par tous ses confrères, ceux-là mêmes qui s'étaient détournés de lui. Il les imaginait retrouvant comme par hasard sa trace, récupérant son actuel numéro de portable ! et l'assaillant de coups de fil pour les aider à boucler leur papier. Ce serait l'affaire dont tout le monde parlerait : Sisyphe… l'Écossais… ! L'homme qui s'était condamné pour l'éternité… ! Le miroir tragique et cruel d'une société en déshérence ! Titres et chapôs s'imposaient. Tout comme la maquette accrocheuse de la Une avec la seule photo exclusive de Drummond, car il devait à tout prix le photographier : aucun cliché du businessman n'apparaissait sur Internet, ni aucune image en archives télévisuelles. Tout était réuni pour un retour glorieux sur la scène de l'actualité. Oui : il sortirait enfin de ces dégradantes coulisses où la profession l'avait expédié d'un coup de pied féroce et où il dépérissait. Les médias du monde entier se presseraient sur la presqu'île. Tous frapperaient à sa porte. Il deviendrait l'incontournable reporter seul capable de nourrir au compte-gouttes les articles de ses frères d'armes avides d'informations si rares dans ce village aux témoins muets. Car lui seul aurait révélé l'histoire du milliardaire interpellant la mort au bout du monde. Lui seul serait en mesure de répondre aux sollicitations de ses confrères impatients…

Mes mots avaient atteint leur cible. Il devait m'aider à vérifier ma théorie. Car, si les faits se confirmaient, l'histoire incomplète trouvait son issue et à lui les colonnes à la Une. Plus rien ne comptait. Le sort même de l'Écossais lui importait peu. L'occasion était trop belle : reprendre la main. Imposer sa loi aux dénigreurs. Sans s'en rendre compte, Malbec ressemblait de plus en plus à cet écœurant personnage de reporter sans scrupule auquel Kirk Douglas avait prêté sa folie inspirée dans *Le Gouffre aux Chimères*. Charles Tatum, journaliste cantonné dans un quotidien local, avait enfin dégoté la bonne affaire : un pauvre gars bloqué dans une galerie montagneuse menaçant de s'effondrer. Tatum orchestrait son scoop au point de régenter la bourgade où se nouait le drame. Invraisemblable situation : le reporter évacuait toute déontologie au profit d'un suspense morbide entretenu pour garder la main sur son exclusivité, tandis que mourait tout doucement un inconnu coincé dans une montagne au milieu d'un désert. La mort comme serviteur d'une ambition démesurée. Une terre aride et oubliée comme décor d'une tragédie !

Face à moi, Malbec restait de marbre. Mais son regard dans lequel brillait une inquiétante lumière trahissait l'idée d'une victoire perfide. Dans son mauvais film, l'Écossais n'avait plus qu'un second rôle. Sur le moment, je n'en avais pas conscience. Ou ne voulais-je pas m'en rendre compte ? Il me fallait coûte que coûte trouver des informations confirmant mon intuition. Car le curé et moi cherchions d'abord à empêcher Drummond de commettre l'irréparable. Nous voulions le sauver. Contre son gré. Malbec ne songeait qu'à son scoop. Mais, au bout du compte, il s'efforçait aussi de sauver sa peau. Quoi qu'il en soit, mes paroles avaient allumé une mèche coincée dans le cerveau frustré du correspondant local. L'heure de sa revanche avait sonné. Du moins voulait-il le croire.

Il se leva aussi sec et, d'un mouvement du menton, m'invita à le suivre dans une autre pièce au bout d'un long couloir. Il fit glisser une porte à galandage derrière laquelle je découvris une étonnante caverne : des centaines de photos de toutes tailles, en couleur et en noir et blanc, encadrées ou non, tapissaient les murs ocre de son bureau. On découvrait des scènes de guerre, des corps mutilés dans des forêts équatoriales, des visages de gamins hagards au milieu de ruines et de cendres, des colonnes de soldats en mouvement au centre de bombardements, une mère protégeant son enfant pressé contre sa poitrine dans une étoffe de fortune, le regard apeuré et splendide d'une femme voilée… Mais aussi, plus surprenant, le reporter lui-même, beaucoup plus jeune et avec des cheveux, aux côtés de figures historiques : Nelson Mandela, Ronald Reagan, la Reine Élisabeth ou encore le Pape Jean-Paul II. Des paquets de clichés éparpillés recouvraient des tables basses au milieu de canapés défoncés. Son repaire ressemblait à un vaste hangar racontant le monde comme il est, dans sa folie et son désordre. Tout un pan de la vie d'Henri Malbec m'apparaissait soudain à travers ces images extraordinaires de beauté et de violence. Je l'observai, incrédule. Il évita mon regard. L'heure n'était pas encore aux explications. Il s'assit devant son ordinateur et relut devant moi, appliqué, la fiche Wikipédia de Romuald Drummond, sans doute pour se convaincre de ne pas être passé à côté d'un indice capital. Il s'arrêta à la seule ligne signalant la mort accidentelle de Fillan Drummond et fixa ces quelques mots, au départ pour lui sans intérêt. Leur résonnance était maintenant différente. Comment ne l'avait-il pas envisagé plus tôt, lui d'ordinaire si perspicace ? Cette maudite presqu'île entamait ses réflexes. Quoi qu'il en soit, nous partageâmes cette nuit-là la même et trouble sensation : c'était la seule piste sérieuse pour un début d'explication valable. Le moment était bien choisi pour le reporter roué de me poser l'opportune question : qu'avait-il à gagner s'il me venait en aide ? Nous devions jouer cartes sur table. Dire ce que nous savions. Ne pas nous mentir ! Malbec n'était pas un bon samaritain. Je n'avais pas toqué à sa porte en l'ignorant. Il cherchait un scoop pour sa survie, pas l'absolution pour l'éternité. J'optai donc pour la transparence. J'évoquai le plan concocté par le curé. L'idée, un peu folle, c'est vrai, de convaincre Drummond de renoncer. Le Père Mirande en était persuadé : sa robe noire d'ecclésiastique et une somme d'arguments imparables formeraient un rempart suffisant pour faire reculer l'Écossais. J'avouai à Malbec en douter. Mais tenter le tout pour le tout était la moins stupide des solutions. Le maire, de son côté, pourrait toujours remuer ciel et terre en invoquant les lois de la République et en déposant ses référés administratifs : il ressemblerait à un boxeur ridicule, seul sur le ring, exécutant d'inutiles moulinets dans le vide. Posture politique qui ne nous mènerait nulle part. Nous ne devions pas oublier les magistrats craintifs et méfiants : ils botteraient en touche, donnant raison à toutes les parties pour sauver leur cou d'hermine. La situation s'enliserait…

Malbec devina tout de suite le bénéfice qu'il pourrait tirer de cette équipée : être au premier rang. Ses conditions étaient simples, je devais le prévenir de la date choisie pour notre excursion. De sorte qu'il serait présent, mais tapi dans l'ombre, à bonne distance derrière les pins pour ne rien manquer de la scène. Il observerait sans intervenir, en noircissant ses petits carnets de notes avant de rédiger, enfin, son papier exclusif. Prudent, il ne me confia toutefois pas immédiatement son intention de prendre des photos. Il savait qu'une pareille exigence nous ferait reculer, Mirande et moi. Moi le premier : voir ma bobine à la Une m'aurait épouvanté. Il avait certes l'intention de nous les montrer avant parution, il me l'avoua plus tard, mais il ne songeait pas demander son autorisation à l'Écossais. La réussite vitale de son scoop terrassait toute forme de respect. De toute façon, quelle importance ? Drummond voulait mourir, n'est-ce pas ? Malbec procéderait donc à une enquête fouillée sur son passé et sur sa possible implication dans la disparition de son fils unique. Nous nous serrâmes la main comme deux maquignons concluant une profitable vente de bovins. Je l'abandonnais dans sa tanière aux murs parés de sa gloire radiée.

***

La route du retour vers la presqu'île me parut interminable. Faire le tour du bassin était une épreuve. Cela expliquait pourquoi les touristes comme les habitants du coin privilégiaient la traversée en pinasse. Il n'était pas loin de quatre heures du matin. La fatigue inondait mon corps. Mes paupières s'alourdissaient. Je tentai de garder ma concentration sur une route devenue presque invisible. Deux ou trois fois, je m'arrêtai sur le bas-côté pour reprendre un peu de forces. En un peu plus de deux heures, je parvins sain et sauf au village.

J'aurais dû aller tout de suite me coucher. Quelques maigres heures de sommeil n'auraient pas été inutiles avant d'affronter mes petites recrues de la grande section. Mais une irrésistible envie d'aller du côté de la Pointe m'empêcha d'entendre raison. Je n'avais pas envie de quitter tout de suite l'Écossais : il avait accompagné une partie de ma nuit. Il m'avait lancé sur ses traces. M'avait propulsé vers Malbec, cet inconnu dont tout le monde se méfiait et dont la vie recelait des secrets si bien enfouis. Drummond était devenu un camarade collant qui bousculait ma banale existence et ouvrait des portes dérobées. Le saurait-il jamais ? Ce n'était pas une nuit de déluge. La nature était au repos. La lune oblique offrait un éclairage généreux. Peu de chance de croiser l'Écossais par temps calme, du moins m'en étais-je persuadé. Le jour n'allait pas tarder à se lever. L'horizon traçait des lignes roses dans le ciel sombre. Je roulai vers le terrain de la Pointe. Je garai ma voiture à l'orée de la propriété. Je marchai, le col de mon caban relevé. Le froid était coriace. Une partie de la terre avait commencé à sécher. Des trous boueux encombraient encore le sentier. Je m'avançai au centre d'une haie de pins monumentale : armée silencieuse au garde-à-vous, comme si elle avait attendu toute la nuit ma venue. Là-bas, tout au bout du monde, se trouvait le terrain de la créature obscure. Ce n'était jadis qu'un morceau de sol insignifiant dont on n'osait pas trop s'approcher quand les vents hurlaient. C'était désormais le décor d'une chronique dénudant nos âmes : une part de nous-mêmes était ensevelie sous des sables ordinaires livrés aux colères de l'Océan. J'arrivai au bout de l'allée. Je vis alors la grande maison encore inachevée de Drummond. Une sorte de *Sagrada Familia* plantée sur la Presqu'île. Je fixai l'ouvrage. Mélancolique. Bâtir et accepter la destruction de nos efforts consentis. Vies absurdes comme devait l'être celle de Sisyphe remontant en vain son rocher sous le regard sévère des dieux inflexibles. Comme le serait désormais celle de Sir Romuald Drummond édifiant sa maison incomplète, et qui le resterait, sur une terre vulnérable.

Je m'assis sur le sable humide et frais. Les gros camions-bennes, sentinelles vertueuses, attendaient la reprise des travaux. Les ouvriers avaient dû travailler toute la nuit : ils s'accordaient une pause quelque part loin du village. Je sentis le sommeil peser à nouveau. Mes paupières succombèrent. Mon buste tangua, quand une enclume s'écrasa sur mon épaule. Je sursautai, me retournai et vis le Minotaure roux, son épaisse carcasse penchée sur moi. Je ne l'avais pas entendu approcher. Cette détestable habitude qu'ont les spectres d'entrer dans votre vie sans prévenir ! À cette différence près que j'étais chez lui et qu'il ne m'avait pas invité. Pas de tempête. Pas de pluie. Mais il était bien là. Il n'en faisait décidément qu'à sa tête. J'étais mal à l'aise. Il me regarda un instant. Son regard vert traversait ma pauvre carapace. Il me sourit. Mais d'un sourire sans vie. Il voulait me rassurer. Sa grande paluche était encore collée sur mon épaule, comme plantée dans ma peau. Je ne bougeai plus. Nous nous regardâmes en silence. J'eus le sentiment de m'enfoncer dans le sable. Puis il retira enfin sa patte d'ours. J'en sentais encore le poids sur mes os.

Au même moment, un sourd craquement se fit entendre. Devant nous, une partie du terrain de la Pointe s'abandonnait, paisible et soumise, aux eaux capricieuses des passes, entraînant un pan complet de la maison. L'œuvre de ces dernières nuits fut engloutie en quelques secondes par une vague félonne. L'enfer en avalait des bouchées entières. Je me retournai à nouveau. Le géant avait gardé son sourire. Plutôt une cicatrice en travers de son visage morne. Ma bouche était sèche. Mon cerveau bouillonnait comme ces eaux enragées.

— Qu'espérez-vous, Sir Drummond ? Un miracle ? Vous perdrez votre santé et sans doute votre vie, à vouloir bâtir ici votre maison. Mais je ne vous apprends rien, n'est-ce pas ?

— Je n'espère rien. C'est vous qui attendez un miracle. Vous savez, ce petit miracle qui fait tout le charme de la chrétienté : une vie sacrifiée pour le salut de vos âmes.

— Vous vous prenez pour le Messie ? Vous faites vôtres ses paroles sur la Croix : *Père, pourquoi m'as-tu abandonné ?*

Je prononçai, moi le mécréant, les mots du Christ avec une telle force que Mirande m'aurait béni.

— Il m'a aussi abandonné… Mais je ne peux pas le lui reprocher.

— De quoi parlez-vous, bon sang ?

— Ce n'est pas à vous, je le crains, de recevoir ma confession.

— À Dieu ?

— S'il existe, oui.

— Vous en doutez donc ?

— Le doute est un ami sûr !

J'aurais été bien en peine, une fois encore, d'expliquer pourquoi me vinrent les paroles suivantes, moi qui cultivais une solitude entêtée, évitant jusqu'à présent de trop solides relations avec mon prochain et me gardant de formuler des promesses corrompues. Mais je les prononçai néanmoins avec la spontanéité d'un élève s'adressant à un camarade de classe perdu dans sa nouvelle école :

— J'aimerais moi aussi être votre ami.

L'Écossais en resta muet de stupéfaction. Son sourire disparut. Depuis combien de temps n'avait-il pas été confronté à la sincérité d'un sentiment exprimé ? Au fil des ans, le vide avait dû se faire autour de lui. Son ascension sociale aux arômes de soufre avait éloigné pas mal *d'amis sûrs*. Ne restait que *le doute*. Ma demande lui avait paru aussi incongrue qu'à moi-même. Depuis mon installation sur la presqu'île, j'avais soigneusement évité toute forme de camaraderie. Je rentrais chez moi dès la fin de l'école. Je me cloîtrais dans ma tanière. Je lisais. Je sortais rarement. Pas de déjeuners avec mes collègues confinés dans la salle des professeurs, ces grands nigauds pour lesquels je n'étais qu'un ours mal léché. Pas de dîners, sinon ma toute récente expérience avec Charlotte, et tant de repas à base de pain de mie. Quelques rares passages à l'église le dimanche, et encore, pour exercer la malsaine curiosité d'un naturaliste en mal d'inspiration observant du coin de l'œil les coutumes de villageois nébuleux. Il m'arrivait de passer aux veillées dans les cabanes des pêcheurs pour les écouter, pleins de verve, conter leurs histoires fabuleuses. Les anciens rivalisaient d'esprit et d'éloquence. Les rires fusaient. Chacun échangeait avec l'autre des regards entendus. Mais je demeurais au fond de la salle, comme au Café du centre, comme à l'église, spectateur invisible. Du moins jusqu'à ces derniers jours ! Je n'oubliais pas ma fidèle visite à la supérette du village pour remplir mon cabas de délicieuses saloperies si mauvaises pour ma santé, ce qui m'avait valu la curiosité de Charlotte... Toujours est-il que je n'étais pas en quête d'amitié nouvelle. Je me complaisais dans ma solitude. Charlotte, il est vrai, en avait changé la donne par petites touches exquises. Mais le géant de la Pointe, c'était une autre affaire : une créature surgie des décombres de nos vies. Un homme désirant mourir et nous ramenant à notre indigente condition. Cette rassurante limite dans le temps m'avait-elle encouragé à oser parler d'amitié? Si tel était le cas, quel être démoniaque étais-je moi-même devenu?

L'Écossais déplia sa longue carcasse. Me regarda de son impressionnante hauteur, les mains sur les hanches, sa légendaire posture, puis retrouva son sourire pour me dire, ironique :

— Vous voulez être l'ami d'un mort? Drôle d'ambition!

Je ne me démontai pas. J'avais tiré un fil. Il s'agissait maintenant de ne pas le rompre trop vite.

— Vous n'êtes pas mort. Ou alors nous le sommes tous les deux en ce moment. Vous qui ne cessez de parler de Dieu, ou des Dieux, laissez donc se dévoiler la volonté divine et, en attendant faites ici, dans cette vallée de rires et de larmes comme ne manquerait pas de nous le rappeler notre bon curé, ce que vous avez à faire, Drummond.

— C'est précisément ce que je m'emploie à réaliser, monsieur l'instituteur, ne vous en déplaise... cette maison qui inspire la peur ou bien dont on se moque, c'est selon... eh bien : je n'ai rien trouvé de mieux à accomplir pour occuper le restant de ma vie en sursis. Cela n'a aucun sens pour le commun des mortels, n'est-ce pas? Mais pour moi, misérable pécheur, cela prend tout son sens désormais.

— Vous êtes agaçant, Romuald. Vous me permettez de vous appeler par votre prénom ? (Il m'en pria). Oui, vous m'énervez avec vos ellipses, vos intrigues, vos secrets… vos phrases qui n'ont de logique que pour vous. Je ne suis pas devin, moi. Et d'ailleurs de quel sursis parlez-vous ? Seriez-vous atteint d'un mal incurable ?

— Le seul sursis qui me sera imposé sera celui que la nature acharnée voudra bien m'accorder. Je ne vous l'apprends pas. Quant à mes péchés, je ne souhaite pas pour le moment vous en dire plus, fussiez-vous mon ami comme vous me l'assurez avec cœur, j'en suis certain. J'ai du reste perdu pas mal de supposés amis en cours de route. Je crois bien qu'il ne m'en reste plus l'ombre d'un seul. Je m'y suis habitué. Votre proposition d'amitié est d'autant plus déroutante pour un homme dans mon genre peu accoutumé à l'exercice.

— À qui le dites-vous, ne pus-je m'empêcher de rétorquer instantanément en riant de bon cœur. Cela vous fera sourire vous aussi, je vous demande d'être mon ami, moi qui suis proprement incapable d'en garder un seul. Et je ne cesse, comme vous, de parler de Dieu, moi qui ai tant de mal à croire en sa présence.

— Et cependant, Guillaume, c'est bien votre prénom n'est-ce pas ? (j'acquiesçai), et cependant, Guillaume, le seul intérêt de nos vies n'est-il pas d'approcher Dieu ? C'est ce que je m'emploie à faire, à ma manière. J'ai dit hier à l'église que ma foi avait été sérieusement écornée. C'est vrai ! J'aurais pu me prétendre agnostique. Mais à partir du moment où votre foi s'évapore, où l'existence du Divin est un doute, votre quête de Dieu redouble avec douleur : elle devient plus sourde, plus tourmentée et même honteuse au regard des hommes qui ont su préserver intacte leur propre foi. Peut-être est-ce là le secret de l'espoir : ne plus croire pour chercher la preuve de notre erreur.

— Et pour parvenir à votre but, vous faut-il donc subir cette pénitence ? N'existe-t-il pas une route plus sereine ? Une manière de vous dire que tôt ou tard la réponse vous sera donnée ? Vous avez raison, au fond : je n'ai pas forcément envie de devenir l'ami d'un mort. Vivez donc encore un peu, Sir Romuald... Le moment venu, Dieu saura se rappeler à votre bon souvenir.

— C'est très gentil cette sollicitude, Guillaume. Cela me touche. Mais c'est moi qui me rappelle au bon souvenir de Dieu. Je l'avais oublié. Il m'a délaissé. Rien de plus normal. Il est temps de nous retrouver et d'avoir lui et moi une explication... En attendant, j'en serai honoré, demeurez mon ami de la Pointe.

Le jour se levait. Drummond emplit ses poumons du souffle de l'océan. Puis il se plia lentement et tapota de sa lourde main mon épaule engourdie. D'un pas las, je le vis disparaître derrière les murs encore debout de sa maison incertaine. C'est alors que les camions-bennes se mirent à rugir. Le grincement épouvantable de leur moteur arracha la Pointe à sa torpeur. Les forçats de Drummond étaient prêts. L'Océan guettait sa proie. Le soleil orange de l'hiver était en place. Une nouvelle journée pouvait commencer dans la vie des hommes perdus. Ici et ailleurs.

14

Les gendarmes

Une fin d'après-midi, monsieur le maire débarqua à l'école et se posta devant la porte-fenêtre de ma classe. Il semblait agité. Sa mâchoire crispée faisait des mouvements saccadés et grotesques comme pour m'inviter à accélérer la fin du cours et à le rejoindre sans tarder. Il m'était difficile de libérer mes élèves cinq minutes avant que retentisse la sonnerie, surtout pour me voir réprimander par madame Langon, notre directrice si rigide sur les horaires. Je pris toutefois la responsabilité de demander à mon petit groupe de commencer à ranger sagement ses affaires et, d'un signe de la main, invitai l'élu en surchauffe à pénétrer dans la salle. Il se posta devant mon bureau, dos aux élèves, puis se pencha vers moi en sueur pour m'annoncer à voix basse : « Il s'en passe de belles, à la Pointe… »

Je rangeai calmement mes cahiers dans mon vieux cartable de cuir marron pour ne pas lui montrer ma hâte d'en savoir plus. Nous sortîmes et commençâmes à marcher dans les couloirs frais de l'établissement.

Puis, tel le sage qui avait fait preuve de patience, je le priai de m'en dire plus en usant du ton solennel de l'expert que l'on vient consulter en dernière extrémité. Il ne sut pas tout de suite par où commencer. Les idées s'entrechoquaient dans son cerveau secoué. Un élément nouveau s'était immiscé dans notre affaire. De quoi émouvoir notre édile. Il prit le temps de rassembler ses idées et de les mettre dans l'ordre, puis il se lança.

Il avait décidé de retourner à la Pointe. Mais accompagné cette fois d'un huissier et d'une escouade de gendarmes dirigée par le Lieutenant Raoul Romarin, l'officier qui commandait le groupement de la presqu'île. Leur mission serait de constater l'acte délictueux de l'Écossais et de lui demander sur-le-champ de cesser toute construction en ce lieu déclaré officiellement *non constructible*. On lui offrirait un délai raisonnable pour débarrasser le chantier des hommes et du matériel. On ne pouvait certes l'en déloger. Mais on était néanmoins en mesure de lui interdire tous travaux.

Je me gardai bien d'émettre un avis, ces agitations officielles étaient, selon moi, vouées à l'échec. L'Écossais n'avait que faire de ces intimidations. Inutile cependant de décourager notre maire. Il avait probablement mesuré la fragilité de son entreprise : l'Écossais semblait buté et il était certain qu'il n'entendrait pas davantage raison que les fois précédentes. Mais le maire devait agir, sa fonction l'exigeait. Je m'étonnai d'un pareil aveuglement. Il faudrait bien plus que des lois républicaines pour faire vaciller l'Écossais de la Pointe. Mais le premier magistrat avoua du bout des lèvres avoir imaginé cette feinte pour tenter de ramener Drummond à la raison. Rétablir un dialogue serein entre deux hommes pouvant tout se dire avec de la bonne volonté demeurait une option vertueuse.

Voilà donc nos compères : l'élu, l'huissier et la maréchaussée partant à l'assaut de l'Écossais. Temps calme. Océan au repos. Le maire avait garé sa Mercédès non loin du chantier, sans grand risque. La voiture tout terrain des gendarmes s'en était approchée à la lisière. Leur plan était simple : l'huissier ferait quoiqu'il advienne son constat en bonne et due forme. En l'absence de l'Écossais, il serait chargé de lui remettre une lettre officielle dans les plus brefs délais, sans doute en main propre, car aucune adresse n'apparaissait sur le cadastre. N'était-ce pas ici, l'endroit que l'on nommait, depuis l'aube des temps, *le terrain de la Pointe*? Quant aux gendarmes, ils seraient présents pour faire respecter la loi dans les délais décidés. Bien entendu, dans ce plan parfait, la présence de Drummond était souhaitable, lui qui veillait au grain matin et soir sur son chantier. Personne ne savait où il créchait à la nuit tombée. D'aucuns prétendaient qu'il s'était installé sous une tente, sous les pins, pour ne pas s'éloigner de son purgatoire… et ne surtout pas rater son rendez-vous avec Dieu ou le diable, les avis divergeaient. Des on-dit de plus sur les habitudes du fantôme de la presqu'île. Où vivait-il? Comment vivait-il? Quelle importance? Un spectre n'a point d'existence charnelle. Ni de besoins particuliers.

Tout en marchant vers l'extrémité du terrain de la Pointe, l'huissier, le maire et les gendarmes entendirent un concert de voix et de cris se rapprocher. Ils débouchèrent sur le chantier et découvrirent une scène hallucinante : la maison de la Pointe avait quasiment disparu. Ne restait qu'un seul mur, témoin vaillant d'un rêve impossible. Un début de toiture gisait au sol. Un plancher abandonné stationnait sur le sable, tel le ridicule vestige d'une demeure invisible. Une partie du terrain formait un trou béant, là où l'eau bouillonnante avait laissé son empreinte assassine. L'Océan, ce goinfre, n'avait fait qu'une bouchée de la construction de l'Écossais. Une fois de plus. Mais plus surprenant était le mélodrame qui venait de débuter. D'un côté notre colosse roux, immobile, silencieux, séquoia enraciné dans le sol. Face à lui, ses ouvriers et ses camionneurs, nerveux, exaspérés, irrités, certains levant les poings au ciel. Les cris fusaient : « Assez ! On s'en fiche de votre argent ! On va tous crever ici ! Arrêtez ça ! On en a marre ! » La révolte des forçats de Drummond était née au petit matin lorsque, arrivant sur place, ils avaient découvert le désastre : presque plus rien ne subsistait du travail acharné de ces dernières heures. Une bourrasque au cœur de la nuit avait dévasté le patient mécano érigé en quelques semaines. Tous ces efforts pour rien ! Jusqu'à présent, aucun ouvrier n'avait posé la moindre question ni ne s'était inquiété des conséquences des choix de l'Écossais. La paye était bonne et personne n'avait osé faire la fine bouche, ce boulot de quelques mois leur rapportait des sommes équivalentes à ce qu'ils pouvaient récolter en trois ans. Mais l'argent était devenu une maigre compensation face aux dangers encourus sur ce terrain maudit. Cette nuit, c'était la maison qui avait été emportée. Mais la fois d'après, qui finirait dans les entrailles de l'Océan ? Il était déjà miraculeux de n'avoir pas eu à déplorer la moindre victime depuis le début des travaux.

L'un des ouvriers, levant la main, prit la parole, osant émettre une idée absurde : « Mr Drummond… Nous, on est tous prêts à redoubler d'efforts pour vous, ça oui ! Et personne parmi nous ne viendra vous dire le contraire, pas vrai les gars ? Mais ne pensez-vous pas qu'un autre terrain serait plus adapté à la situation ? Ici, c'est l'enfer, vous l'avez bien vu ! Ailleurs, votre maison sera plus solide et vous pourrez bien mieux en profiter ! »

La touchante innocence du porte-parole improvisé montrait à quel point les hommes de Drummond ne pouvaient imaginer ce qui se tramait ici, et encore moins le but terrifiant que poursuivait le milliardaire imprudent. Étaient-ils capables d'admettre qu'en embauchant une autre équipe qu'il constituerait sans difficulté, il irait au bout de son supplice ? C'est d'un châtiment dont il était ici question. Pas d'un simple chantier avec ses retards et ses impondérables. Pas d'une belle et vaste maison que l'on édifie pour le seul plaisir de son propriétaire. Mais d'un tribut offert aux cieux… S'ils l'avaient su, pas mal d'artisans auraient déposé leurs outils. Ils auraient refusé de prêter leur concours à un mort en sursis. La foi sincère de quelques-uns leur aurait ordonné de ne pas contribuer à une sentence ne relevant que de Dieu. Deux ou trois parmi eux, des mercenaires, auraient fait le boulot sans états d'âme : *il voulait crever, l'Écossais ? C'était son droit. Tant que ça rapportait gros !* Être pris pour un fou ne le dérangeait pas. Il devait l'être pour avoir mené cette existence où seule avait compté sa visqueuse richesse amassée au mépris des hommes. À commencer par ceux qu'il aurait dû aimer et protéger. Le voici, son argent ! Tout son or. Le voici déversé chaque nuit dans le bénitier des passes enragées. L'Océan pouvait engloutir sa fortune tout entière. Il ne demandait que ça. Elle ne lui serait plus d'aucun secours. Qu'ils se plaignent… qu'ils hurlent… qu'ils quittent tous le chantier, les ouvriers en colère, si ça leur chante : il ne les retiendrait pas. Qu'ils partent vite ! D'autres prendraient la relève. Un nouveau gros chèque gommerait leurs réticences. Puis d'autres encore arriveraient par la suite. En échange de son pognon coupable, ces gars-là assureraient leur mission. Obéissants et gavés comme des oies… Drummond restait un sale gamin insolent refusant de se faire la moindre illusion sur la nature humaine. La duplicité des hommes l'horrifiait, la sienne d'abord, devenue le féroce miroir de ses trahisons. Un peu d'argent, une flatterie, une promesse, le sourire d'une femme nous détournent aussitôt des sincères résolutions prononcées aux heures triomphantes de nos vies. Mais lui, qu'on se le dise, plus rien ne le dévierait de son destin. Ne tentez pas de l'acheter, ce serait peine perdue. N'évoquez pas son génie des affaires, il se montrera insensible. Ne lui présentez pas la plus ravissante des muses en ce bas monde, son doux sourire n'apaisera plus l'âme torturée du colosse accablé. Il s'épuisera à construire le temple de son impossible rédemption et attendra le châtiment divin, le sourire aux lèvres, enfin soulagé du fardeau de ses péchés. Tout en l'observant, le maire admettait avec effroi l'impasse dans laquelle s'enferrait l'affaire. Deux mondes rivaux se faisaient face : le sien, rationnel et charnel ; celui de l'Écossais, irréel et dissous. Il en arrivait maintenant à se demander si la compassion de Marguerite Guadet à la messe pouvait encore changer quoi que ce soit dans cette obstination morbide. L'huissier ahuri restait en retrait. Dans quelle étrange affaire l'avait-on entraîné ? Qu'on lui explique ici son utilité ! On lui faisait perdre son temps. Les gendarmes demandaient leurs ordres. L'élu restait muet de stupeur. Et ce grand roux qui n'avait toujours pas bougé d'un centimètre. Buste de latérite faisant face aux ouvriers en colère tel le taureau dans l'arène laissant le matador, ce coq multicolore horripilant, agiter sa muleta avant de lui foncer dessus et, si possible, de l'encorner. Que décider ? Le lieutenant Romarin suggéra d'intervenir sans attendre. Il se retourna vers le maire qui ne disait mot. L'officier fit un signe à ses hommes qui le suivirent aussitôt. Il avait été mandaté par le sous-préfet et ne pouvait s'être déplacé sans intervenir. Qu'aurait-il pu sinon écrire dans son rapport au risque d'écoper d'un blâme délivré par sa hiérarchie et par le représentant de l'État ? L'escouade s'avança donc vers le géant roux. Le maire demeura un moment immobile, pétrifié par la scène à laquelle il assistait. Puis il se décida enfin à se diriger à son tour vers le théâtre des hostilités, restant à bonne distance derrière le solide mur de protection formé par les gendarmes, et suivi de près par l'huissier ronchon.

Le lieutenant se campa devant ce Drummond sans tenir compte de la présence des ouvriers en colère. L'apparition des uniformes imposa de toute façon un silence immédiat. Romarin expliqua être ici au nom des lois de la République. Il était ordonné à Sir Romuald Drummond de cesser toute forme de chantier. Un délai de deux semaines lui était accordé à compter de cette minute pour faire place nette. L'officier, soucieux de respecter les lois dans leur moindre aspect, rappela que rien n'empêchait le propriétaire des lieux de contester la nature *non constructible* de son terrain auprès des autorités. Mais, jusqu'à nouvel ordre, on ne pouvait rien édifier sur cette terre qualifiée officiellement de *dangereuse*.

Des sourires apparurent sur les visages fermés des artisans révoltés. On les libérait de leur carcan mieux qu'ils n'auraient su le faire. Plus encore : on leur donnait raison devant leur irresponsable patron. Cependant, le lieutenant Raoul Romarin, dont on louait le courage et la ténacité en toutes circonstances, ressentit à cet instant un étrange sentiment, si nouveau, si bizarre pour lui, qu'il ne comprit pas immédiatement d'où lui venait cette goutte de sueur perlant sur sa tempe. Il lui sembla soudain que l'homme auquel il s'adressait n'était pas un être humain. Il avait d'abord sous-estimé la taille de son interlocuteur en se plantant, concentré, devant lui et en lui récitant d'une traite son allocution réglementaire sans vraiment évaluer la situation. Pour l'officier, Drummond était un justiciable comme les autres, il n'était nul besoin de prendre des précautions particulières avec celui-là. Mais ce lourd silence en bronze, cette puissance prodigieuse qui se dégageait d'un buste qu'on aurait dit taillé par Charès de Lindos dans le même moule que son colosse de Rhodes, ce large visage encadré d'une vaste couronne rousse qui l'observait froidement, ces deux bras tatoués épais comme des poutres et plantés dans ses reins, son souffle lent et fracassant, donnaient le sentiment que l'on venait de s'adresser à un ours brutalement réveillé de sa paisible et sacro-sainte hibernation… Et le plantigrade en question semblait sur le point de charger pour ne faire du lieutenant Romarin qu'une immonde bouillie. Drummond aperçut, en retrait, le maire presque contrit et un autre individu au visage renfrogné, l'huissier, dont il ne savait rien. Et dont, pour tout dire, il se fichait éperdument. Comme il faisait peu de cas des déclarations officielles lui étant délivrées, que son messager fût un gendarme ou non ! Ce verdict inflexible traversa son regard comme une lance perçant l'autorité exemplaire du lieutenant Romarin. Lequel toussota et se redressa face à la bête gigantesque pour reprendre un peu de sa prestance. Puis, tout en reculant, il crut bon de préciser :

— Deux semaines, n'est-ce pas monsieur Drummond ? C'est ce que nous pouvons vous accorder. Pas une minute de plus… Sinon…

— Sinon ? grogna Sir Drummond.

— Sinon, nous serons dans l'obligation d'intervenir par la force. Ce que nous préférerions éviter.

On ne sut si ces dernières paroles devaient être mises sur le compte d'une bienveillante prévention ou bien d'une secrète prière de Raoul Romarin, car l'officier était à présent persuadé que la force était plutôt concentrée dans ce corps de pierre qu'entre les mains de son corps d'armée. Tout en rebroussant chemin non sans avoir salué réglementairement l'Écossais, le gendarme préféra probablement songer à une issue plus favorable. Déloger des forcenés était dans ses cordes. Combattre une créature antique n'avait pas fait partie de sa formation…

Drummond adressa un petit sourire ironique au maire, comme pour lui indiquer à quel point sa manière de rester en retrait l'avait amusé. *Quel adversaire vous faites !* semblait-il lui dire, moqueur. L'édile tint alors à expliquer sa prudence : les gendarmes avaient agi dans les règles de l'art. Que dire, que faire de plus ? Derrière lui, l'huissier accroché à sa serviette fronçait les sourcils. Comment ? On l'avait dérangé pour une affaire de la plus haute importance. La loi était bafouée, lui avait-on bien dit. Et voilà maintenant qu'on levait le camp sans l'once d'une intervention digne de sa mission. Le maire le calma d'un regard sévère. Le vieux fauve n'avait rien perdu de son mordant. Ce fat d'huissier n'inquiéterait pas son insubmersible pouvoir sur la presqu'île. En rentrant au village et après avoir souhaité bonne route à l'officier public de plus en plus ronchon à l'arrêt du car départemental, le maire avait foncé à l'école. J'étais en quelque sorte devenu, à mon corps défendant, l'incontournable *spécialiste es Écossais* en titre. Plus question pour moi de fuir mes responsabilités : j'avais mis le feu aux poudres à coups de théories au départ fumeuses et qui s'étaient révélées par la suite d'une troublante vérité.

« Voici pourquoi, conclut-il, je suis venu vous voir. La donne va peut-être changer. Drummond a beau fanfaronner, son affaire est comptée. Il est aussi possible que la rumeur se propage bien au-delà de nos terres et refroidisse les ardeurs de tous les artisans à la ronde, même avec d'avantageuses conditions. À quoi bon s'il est interdit de chantier ? Je propose que vous alliez lui faire entendre raison à votre tour. Que nous évitions une confrontation avec les forces de l'ordre ! On n'est jamais trop nombreux dans cette affaire. Mettons-lui la pression. Ah ! Il va comprendre enfin l'impasse dans laquelle il se trouve. Et c'en sera fini du plan fou de l'Écossais. Chez nous, en tout cas ! »

Le maire était intenable : sous le masque d'un parangon de vertu coulait l'obscène maquillage d'une ambition bouffonne. Décidément, le destin d'un homme venu s'infliger chez nous un châtiment éternel et la mort possible qui l'escortait, ne le dérangeaient pas. Du moins, si l'affaire se déplaçait loin de son territoire. S'il avait pu, il aurait donné un sérieux coup de main à l'Écossais pour l'aider à déménager tout son barda, et même à l'autre bout de la terre, en lui souhaitant bon vent.

Je n'avais pas la moindre envie de me rendre à la

Pointe pour affronter Romuald Drummond, surtout après notre dernière et troublante conversation… Le curé et moi avions un plan. Et il était trop tôt pour le mettre à exécution. J'attendais d'abord les conclusions de l'enquête de Malbec, que nous espérions en mesure de nous apporter de nouveaux éléments. L'avis du maire évoquant, empressé, un possible changement de situation, ne me convainquit pas. J'avais commencé à mieux cerner notre étranger hanté par ses démons. Notre dernier échange avait confirmé mon intime sentiment, malgré un attachement naissant à son égard : le géant de la Pointe s'était enraciné dans nos vies. Il ne tenait pas compte des dommages collatéraux que provoquait son désir ardent d'affronter Dieu en personne en nous prenant à témoin, que nous le voulions ou non. Et ce n'est pas une escouade de gendarmes dûment armés qui feraient basculer les choses. Du reste, j'aurais été bien en peine de mesurer les sentiments contradictoires qui auraient pu naître ces dernières semaines dans nos âmes tourmentées. J'étais peu enclin à nouer de confiantes relations avec quiconque, à l'exception notable de l'ardente Charlotte. Fâcheuse nature. Je ne pouvais cependant m'empêcher de m'interroger, empli d'une curiosité avide : quelques-uns avaient-ils ressenti l'impérieux besoin d'une profonde remise en question ? Enfin quoi, un village, même peuplé de cœurs froids, de tendresses engourdies, d'émotions pétrifiées… pouvait-il ignorer la poignante question que posait Drummond ? Moi-même, je n'étais pas en reste : les fantômes de l'Écossais se mêlaient aux miens et formaient une sarabande infernale au cœur des nuits qu'il me volait. L'idée de ma propre mort naviguait à nouveau à la surface de mes pensées. Étions-nous faits, tous autant que nous étions, pour cette vie-là ? Ressentir et disparaître. L'organique puis le néant. Je finissais par envier l'Écossais : appeler la mort… puisqu'il redoutait plus encore ce qu'avait été sa vie. Ou ce qu'elle pourrait être désormais si aucune sentence ne venait mettre un terme à ses tourments. N'avait-il pas raison ? Se libérer d'une vie inepte… Quelle hardiesse, tandis que nous restions blottis dans l'étau de nos illusions…

Et cependant, rien ne me détournait d'une idée ridicule, insensée, déraisonnable, malgré les déceptions, les rancunes, les peines, les découragements entassés… malgré les rochers dévalés : j'avais envie de vivre. Je n'avais rien trouvé de mieux à faire dans l'immédiat.

Le maire prit congé, m'encourageant à aller me promener du côté de la Pointe. « N'oubliez pas de me tenir informé quand ce sera chose faite ! » Sa silhouette agile disparut au tournant d'un couloir. Je restai seul dans les courants d'air.

Les semaines qui passèrent démentirent cruellement la théorie de l'édile : l'Écossais n'avait pas seulement renoncé, mais il avait accéléré la cadence. On aurait dit que la quantité de camions avait doublé tant on en croisait aux abords du village. Et le colosse de la Pointe demeurait debout à l'entrée de ses terres…

15

Monsieur le Maire

Il était assis, seul, lumières éteintes, dans l'antre de son pouvoir. Seul face à des souvenirs résolus à le hanter en ce début de soirée maussade tandis que la pluie frappait aux carreaux de son bureau. N'en avait-il pas assez d'être réduit à des batailles électorales ? Quelle valeur leur attribuer dans la dernière séquence de sa vie ? Il ne s'était jamais posé la question. Il avait tant eu le goût des conquêtes, des combats et des victoires… Il passa la main dans sa crinière blanche et en retira quelques cheveux gris. Un rictus amer se fixa sur ses lèvres. Il s'étiolait. *Memento mori* rappelait l'esclave à l'empereur romain triomphant sur son char au moment de poser sur sa tête la couronne de laurier. Toute victoire est fugitive. La vie l'était aussi. Ces dernières années, personne dans son entourage n'aurait osé le lui rappeler. Et c'est peut-être ce qui lui avait le plus manqué. Se représenterait-il ? Cette dernière option n'était pas d'actualité. Il éprouvait une sensation exquise à l'envisager, mais quelques instants seulement, se gardant bien d'en parler à quiconque. Il laisserait se répandre les racontars sur son possible renoncement. Puis, au moment opportun, il ferait taire la rumeur en annonçant sa décision. Laquelle confirmerait sa présence à la prochaine consultation. Jamais ne s'était posée à lui la question d'un abandon de poste, il n'aurait pas su quoi faire de son temps. L'idée d'un agenda vide l'angoissait. Il éprouvait une sincère admiration mêlée d'effroi devant l'inconnu pour toutes ces personnes au rancard parlant avec délices de leur *univers intérieur*. Là était sa défaite : en dehors de la politique, lui n'en avait aucun. Pas de hobby, pas de passion particulière. Loin de son bureau, de ses réunions, de ses entrevues, de ses conseils municipaux… l'ennui menaçait. Il aurait aimé finir ce troisième mandat en toute sérénité. Sans vague. Fin prêt pour une quatrième élection, puisqu'enfin aucun adversaire digne de ce nom n'aurait eu l'audace de constituer une liste d'opposition. Prenez cet idiot de Moulau : il ne fallait pas davantage le redouter. Une grande gueule. Hurlant au loup. Mais pas assez courageux pour prendre la tête d'une battue. Et voici que se présentait l'Écossais de la Pointe. Bien pire qu'un concurrent à la mairie. Un chardon. Une épine. Un terrain glissant, comme celui sur lequel il prétendait ériger sa maison. Demander son avis à l'instituteur ? Quelle sottise ! Monsieur Maurel était le nouvel animal de compagnie des habitants du village. On le sait bien : tout ce qui est nouveau est exotique. Alors chacun lui demandait son opinion, à l'ébouriffé. Ils avaient vu le résultat ! Satanés conseils municipaux publics. Une imbécillité ! Il n'avait pas eu le choix. Il fallait bien le leur dire, aux électeurs. Le terrain diabolique de la Pointe… vendu. Le propriétaire ? Un Écossais millionnaire. Tu parles ! Un malade, oui ! Et rien d'autre. Son but ? Un palais qu'on ne verrait jamais achevé. Une hérésie. Voilà comment s'annonçait la fin de son troisième mandat. Quelle pitié ! Cela en valait-il encore la peine ? Qu'un autre prenne sa place. Qu'un petit malin vienne donc régler cette sale affaire. Non ! Bien sûr que non ! Personne n'en serait capable. Personne n'oserait. Et si un furieux tentait sa chance, Moulau ou un autre, il l'aplatirait sans pitié. Jamais ses doutes ne survivaient à son instinct : ils le nourrissaient ! Le vieux lion blanc s'aiguisait les crocs sur des batailles imaginaires. Mais qu'était sa vie ? Une succession de combats immatures comblant le vide terrifiant d'une existence étroite et anodine. Ne lui restait que son pouvoir de séduction : une arme de destruction massive dont il abusait, à l'image de ces hommes au cœur creux. La demoiselle aux livres l'avait appris à ses dépens. Dès le début de son activité de libraire, il l'avait surnommée ainsi : « Tu es donc maintenant la *demoiselle aux livres* », lui avait-il balancé peu de temps après leur rupture, en la découvrant un matin relever pour la première fois le rideau de fer de la librairie. Il avait eu ce sourire facétieux de gamin blagueur auquel s'opposait l'allure naturelle d'un aristocrate élancé et agile, une parfaite combinaison de trompeuse innocence et de secrète expérience. Aucune grossièreté ne débordait de cet écrin feutré. Il plaisait sans effort. La belle de Lange venait de prendre la succession de Désirée Roland. Éreintée par des mois d'une liaison détraquée, elle avait préféré s'éloigner de lui. Cette activité nouvelle la sauva d'un naufrage intime. À cette époque, il était encore marié. Elle le savait. Mais personne ne connaissait son épouse. Personne, ô grand Dieu, n'aurait su dire à quoi ressemblait la femme du maire. L'avait-on jamais croisée une seule fois dans le village ? Aux vœux de son mari en janvier, peut-être ? Pas de mémoire d'ancien. La vie sur la presqu'île l'asséchait, disait-on. L'agitation urbaine lui convenait mieux. Cet entonnoir n'était pas fait pour elle. C'est donc lui qui, chaque week-end, s'esquivait pour la retrouver en ville dans sa galerie d'art sur les bords du fleuve. Le reste de la semaine, il était seul. Si bien que le miel des prunelles de la libraire était devenu l'onctueuse source d'un émoi en friche… et d'un égocentrisme fécond. Il avait usé de mille attentions pour la séduire. Il aurait pu s'en passer, ils l'avaient tous deux compris à leur premier regard. Mais qu'importe : elle avait été touchée par tant d'égards. Sa reddition fut immédiate. Sa victoire acquise, le séducteur facile devint au fil du temps dédaigneux, tout en s'appliquant à excuser ses désordres. Il lui donnait des rendez-vous précis « Ne sois pas en retard ! » prenant soin de garder secrète cette liaison qui aurait pu lui coûter une élection « Tu dois le comprendre ». Des rendez-vous auxquels il ne se rendait pas, ou qu'il avait oubliés. Ou auxquels il arrivait avec un retard de diva. Elle l'attendait d'un cœur impatient et anxieux. Souvent, il osait s'affaler, exténué, sur le lit d'une chambre d'hôtel louée par la dévouée maîtresse et suffisamment éloignée du village « Pas moins de trente kilomètres s'il te plaît, c'est important », et il piquait un somme odieux avant de repartir bien au chaud chez lui. « Promis, je serai plus en forme la prochaine fois. » De temps en temps, l'attendant indéfiniment, allongée sur un couvre-lit usé et la tête posée sur un oreiller de mousse, elle finissait sa nuit seule, l'estomac noué, devant un stupide programme de télévision. Il lui arrivait de sombrer de longues minutes dans un sommeil machinal. Puis elle se réveillait en sursaut, se demandant où elle était, pour enfin se souvenir de sa déroute et de ces heures gaspillées. Elle se levait le dos endolori et la tête lourde. Replaçait ses cheveux d'un geste las. Présentait sa carte bleue au gardien de nuit. Puis reprenait la route vers la presqu'île. « C'en est fini ! », se juraitelle. Elle le congédierait, le mufle ! Lui n'ignorait rien de ces nuits pourries ; elle les lui avait tant de fois racontées. Mais il s'en fichait. D'un coup de fil matinal, l'amant furtif implorait son pardon, lui exposant d'un alibi ciselé la raison de son absence : une réunion d'urgence en préfecture à cause d'alertes orange répétées sur le littoral ; une entrevue sensible et forcément tardive avec un élu local suivie d'un inévitable dîner ; ou encore un long coup de fil de sa femme se plaignant d'un tout et d'un rien « Si tu savais… quelle plaie ! » de sorte qu'à nouveau elle courait, heureuse, vers lui, s'excusant de lui avoir imposé l'humiliation d'explications inutiles. Elle se pensait éprise. Que savait-elle de l'amour ? Elle n'était qu'un hochet entre les mains d'un enfant gâté. Eh bien soit ! Lorsqu'il repensait à cette liaison, comme à toutes les autres, il ne se voilait pas la face : il assumait ses manies, ses abus, son égoïsme poisseux. On ne demande pas à un scorpion de se muer en moineau. Ne comptez pas sur lui pour tenter une vaine défense. L'orgueilleux plaidait coupable. Bien sûr, il lui avait imposé ses principes, ses envies, ses fantasmes. Il avait transformé jusqu'à son apparence : « Coupe-toi donc les cheveux, tu feras bien plus jeune. Ces longs filaments blancs te vieillissent et cela n'est guère excitant ! » Déstabilisée, elle s'exécutait sans un mot. Ce fut enfin le désir d'un enfant, suggéré comme le chemin d'un apaisement possible. D'une relation solide. Un désir naturel, en somme. « Oui, ma douce. C'est une idée qui mérite réflexion… » répondait-il en substance, reculant ainsi l'échéance d'une grossesse qu'il n'envisageait pas le moins du monde. La belle idée s'évanouissait avec le temps. Marie-Claire de Lange revenait à l'assaut, en laissant passer du temps, pas encore découragée, certaine que son ventre porterait tôt ou tard leur promesse clandestine. Il s'étonnait de la crédulité de ses conquêtes, parfaitement conscient de séduire des femmes fragiles et perdues. Il figurait, le temps d'une séduction appliquée, la branche solide à laquelle elles rêvaient toutes de s'accrocher… puis cédait sous le poids de leur lassitude en les laissant choir dans la boue de ses offenses. Il ne méritait aucune circonstance atténuante. On le condamnerait. Mais il s'en sortirait. Comme toujours. La mort soudaine de sa femme – accident de la route… perte de contrôle… voiture encastrée dans un car – avait laissé prospérer dans l'esprit désarmé de sa maîtresse un optimisme illégal. Leur relation sortirait enfin du gouffre où il l'avait déposée, songeait-elle en silence. Puis elle tentait aussitôt d'étouffer de si malsaines pensées, se contentant d'espérer un amour plus serein, même s'il demeurait caché. Un matin, il comprit que quelque chose avait changé chez elle. Il n'aurait pas su dire quoi au juste. Il avait admis que plus rien ne serait comme avant : une réaction chimique connue, pareille à celle qu'il avait décelée chez toutes les autres avant elle, l'avait détournée de son emprise. Sur le moment, il en avait conçu l'amertume de la défaite. Puis, les heures passant, comme à chaque fois, il avait laissé un fatalisme victorieux l'enivrer, attendant une prochaine proie qui passerait à portée de serres. Qui aurait pu imaginer sur la presqu'île une convenable personnalité publique si retorse dans sa vie intime ? Toutes ces années, l'édile avait su donner le change : prenant à bras le corps sa fonction, protégeant le village contre toutes sortes d'atteintes ou d'offensives politiques, imaginant des programmes d'aménagement plus séduisants les uns que les autres et les mettant en œuvre… Une ambition démesurée nécessitait l'adhésion de tous pour lui permettre de maintenir sa position. Faire bien les choses était encore sa meilleure assurance pour un nouveau mandat. Même Malbec ne pouvait rien contre lui. Il le tenait. Et le reporter se garderait bien de pondre un article dérangeant contre ce vieux camarade, témoin lointain de son impardonnable faute. Ça remontait à un autre temps. À une autre vie où le maire lui-même était titulaire d'une carte de presse, avant d'opter pour la carrière politique. Tous deux s'étaient rencontrés sur le même front, celui de l'invasion du Koweït par les troupes de Saddam Hussein en 1990. Pas loin de trente ans, déjà. C'était, à cette époque, l'endroit du globe où il fallait être quand on se prétendait témoin de l'Histoire. Une forêt de reporters en treillis avait poussé au milieu du désert saoudien et chacun pourrait raconter plus tard qu'il en avait été, un peu comme ces vétérans du Vietnam ressassant au comptoir de leurs souvenirs de courageux et vains assauts au milieu d'une jungle hostile. Entre ces deux-là, une amitié presque spontanée était née de leurs conversations nocturnes au bar de leur hôtel de Damman, au sud de la frontière koweïto-saoudienne. Et ce, même si Malbec accusait cinq ans de plus et une copieuse expérience acquise sur le théâtre sanglant et sans entracte des conflits du monde. Une ambition sans limites et un humour froid avaient scellé leur entente. De sorte qu'ils décidèrent, avec un autre confrère de la radio et un photographe, de former une amicale brigade, faisant vœu de solidarité et de protection. La belle promesse vola en éclats au cours d'un déplacement de l'armée française, encadrée par un bataillon de *GI*, vers la frontière koweïtienne. Une opération peu risquée et parfaitement bordée selon les militaires des forces armées nationales. Une simple incursion côté koweïtien qui devait durer à peine une heure sur un territoire que l'on disait, dans un langage poétiquement guerrier, *désinfecté* par les Américains quelques jours plus tôt. Une démonstration de l'efficacité des opérations en cours. Et une opération d'image parfaitement calibrée. Les confrères avaient pris place dans un camion roulant entre deux véhicules blindés sous un soleil de plomb. Le convoi était arrivé dans un hameau constitué de petites maisons carrées en pierres ensablées. Les directives des officiers français étaient formelles : personne ne s'éloigne. Pas assez claires pour Malbec qui, en toute discrétion, avait entraîné le photographe entre les masures vides. Le maire avait vu l'inconscient s'éloigner. Il était parti sur ses pas, décidé à lui demander de revenir dans le rang. C'est alors qu'un soldat irakien isolé et résolu à en découdre sans se rendre, avait ouvert le feu sur tout ce qui passait à portée de son fusil. Malbec avait plongé à terre tout en poussant le photographe devant lui comme si, dévoré par sa peur, il avait voulu créer un barrage de protection. Le maire, lui aussi à terre, n'avait rien manqué de la scène, pourtant restée ambiguë dans sa mémoire : Malbec avait-il sciemment poussé son confrère ? Ou bien n'était-ce qu'un geste malheureux ? Quoi qu'il en soit, le photographe n'eut pas le temps de se repasser le film de sa vie : son crâne accueillit une balle qui éclata son os frontal d'où gicla une partie de sa cervelle, tandis que les militaires français surgissaient et abattaient l'Irakien d'une rafale de mitraillette, sans sommation. Les soldats étaient effarés. Sur la scène du drame, tous, militaires comme reporters, savaient que Malbec avait merdé. C'était le mot. Le journaliste restait immobile, allongé face contre terre. On entendit un lieutenant hurler : « Évacuation ! » Deux soldats décollèrent le maire du sable. Ils se retrouvèrent dans le camion, assis de chaque côté de la bâche recouvrant le cadavre du photographe à leurs pieds et Malbec la tête dans les mains, silencieux et coupable pour le restant de sa vie. Le soir, à l'hôtel, le reporter avait disparu. Le maire avait tenté en vain de l'appeler dans sa chambre. Il était allé frapper deux ou trois fois à sa porte. Rien. Il avait un instant imaginé que son confrère avait mis fin à ses jours. On le découvrirait à l'aube, inerte sur son lit ou peut-être pendu à une cordelette. Vers minuit, il avait préféré monter dans sa chambre et grappiller quelques heures de sommeil après le choc subi. Ce fut peine perdue : il avait passé la nuit à tourner et retourner sur son lit. L'image d'un cerveau aux os brisés d'où s'écoulait une cervelle ne le quittait plus. Des larmes de lassitude s'étaient échappées de ses pensées. Le lendemain, il avait appris de la bouche même d'un capitaine que son ami avait été prié de quitter l'Arabie Saoudite sans délai. L'armée ne voulait plus de cet indésirable dans ses pattes. L'état-major, pour faire court, avait pris la décision de les expulser, lui et son inconscience. Par précaution, un rapport militaire avait été rédigé à la hâte relatant par le menu la légèreté du correspondant de guerre ayant entraîné la mort d'un photographe. L'armée, évidemment, se couvrait. Elle avait pourtant sa part de responsabilité dans cette tragédie : le village n'avait pas été aussi *nettoyé* qu'on avait bien voulu le dire. Mais dans ce fatras qu'était la guerre, personne n'irait chercher une once de vérité supplémentaire au milieu des décombres.

Le futur maire de la presqu'île revint chez lui deux semaines plus tard. C'est à cette période de sa vie, il en était certain, qu'il renonça, écœuré, à une carrière de grand reporter. D'autant que l'opportunité d'une élection printanière le propulsa au conseil municipal du village, avant de s'emparer, par d'habiles manœuvres, du fauteuil de maire. Son prédécesseur avait été victime, peu de temps avant la fin de son propre mandat, d'un exquis infarctus dans les bras d'une ravissante maîtresse. (Hommage républicain à Félix Faure ?) Quelques semaines plus tard, à peine assis dans son bureau d'élu, le nouveau maire prit la peine de passer un ou deux coups de fil auprès d'ex-confrères, histoire d'obtenir des informations fraîches quant au sort de Malbec. Il apprit que la direction de son journal avait décidé de se passer *sine die* de ses services. Pas le choix : son comportement au cours de cette échauffourée était une honte. Sa signature serait indigne de la réputation du magazine. Malbec n'avait opposé aucun argument. Il encaissait en silence et c'était le mieux qu'il pouvait faire en de telles circonstances. Aucun tribunal n'eut été nécessaire pour lui signifier sa totale absence de responsabilité. Comme l'Écossais, il s'était condamné sans attendre le jugement de son prochain. Il savait à quoi s'en tenir. Rien ne l'absoudrait. Pourquoi lutter, désormais ? Il se retrouvait sur le carreau. Trente et un ans. Pas une seule rédaction pour ouvrir ses portes au pestiféré, même pas pour s'occuper, dans l'ombre, du carnet mondain. Qui aurait toléré pareille cohabitation dans la profession et même parmi ses propres amis ?

Le maire aurait pu aussi se détourner de lui. Ils ne se devaient rien l'un à l'autre. De surcroît, son insouciante attitude au Koweït se doublait d'un criant déshonneur. Mais, pour l'élu, bien pires étaient les curées. Les humiliations publiques. Les exécutions sommaires. L'homme avait un genou à terre, inutile de l'enfoncer un peu plus dans son infamie. Un zeste d'humanité, un brin de calcul démoniaque, aussi, prit le dessus sur le dégoût. En souvenir de ces soirées au bar de leur hôtel, là où avait germé leur amitié, le maire décrocha d'un geste lent son téléphone et demanda à parler au directeur général du quotidien régional. Sa suggestion fut dans un premier temps fort mal accueillie. « Pardon ? ! cria le patron indigné. Abriter cette crapule au sein de la rédaction ? » Avait-on pensé une seule seconde aux réactions des autres journalistes ? Une bronca était possible. Un mouvement de grève parfaitement envisageable. Non ! Définitivement non ! L'élu ne se démonta pas : il avoua son dépit, et sans doute serait-il amené à parler de ce refus obstiné aux actionnaires du quotidien qu'une vieille amitié liait à ses parents. Le Directeur avait-il oublié cette évidence ? La solitude des provinces cimentait les alliances. Plus les terres étaient petites, plus la mémoire commune était grande. De surcroît, le maire insista pour que Malbec devînt le correspondant du Bassin. Un endroit tranquille où il ne gênerait personne. Un enterrement de première classe ! Les confrères se moqueraient à n'en point douter de ses nouvelles fonctions de correspondant local dans un coin abandonné. Quant à lui, le magnanime directeur, il aurait su ma foi faire preuve d'une solidarité professionnelle exemplaire, à mettre tôt ou tard à son crédit. Tout le bénéfice lui en reviendrait. Vile formule pour faire passer l'amère pilule. Un silence se prolongea au bout du fil. Puis, d'une voix sèche, le patron du quotidien obtempéra. Mais à une condition : que Malbec se rende directement à son bureau de localier dans un mois. Et sans protocole ! C'est-à-dire sans se présenter à la rédaction. Le maire raccrocha et se frotta les mains. Il avait sauvé un imbécile et s'était bâti, pour le même prix, une digue médiatique empêchant les courants contraires de l'emporter dans de futures controverses. Une digue jusqu'à présent plus solide que celle imaginée par l'Écossais dont les plans menaçaient désormais son fauteuil. Toutes ces années de vigilance maintenue, de coups tordus détournés, de polémiques étouffées. Et voici, surgissant des eaux tumultueuses des passes, ce monstre roux débarqué de Dieu sait quelle contrée écorchée pour provoquer un séisme. Certains de ses électeurs, furieux, lui en voulaient d'avoir ainsi laissé filer les choses. Un peu de clémence, enfin : il n'avait pas été programmé pour se confronter à ce genre d'adversaire irréel. Il avait appris à vaincre ceux qui tenaient à la vie et se battaient pour leur gloire. Pas à combattre un étranger exigeant de mourir. Un sourire ironique se dessina sur ses lèvres, car une douce et inavouable pensée traversa son esprit épuisé. Il ne l'aurait confiée à personne, pas même à sa défunte épouse. Mais, ce soir-là, dans son bureau de maire, sa forteresse, sa raison d'être, il aurait aimé, tel un gros rocher, se laisser glisser le long de la colline et ne plus éprouver le besoin d'être remonté vers le sommet.

16

Ivresse

À la sortie de l'école, j'avais voulu griller une cigarette sans attendre la tombée de la nuit (je n'en avais pas fumé depuis la veille au soir, assis devant le Bassin, mon immuable rituel). J'allai donc jouir de ma nicotine au bord de l'eau, avant la tombée de la nuit. Le Bassin évacuait petit à petit l'éclat du jour sous une splendide lumière écarlate s'affaissant sur la ligne d'horizon, loin derrière les dunes de l'Océan. Un léger clapotis créait des pointes argentées à la surface de l'eau. De fins nuages ourlés colonisaient le rouge du soleil couchant. Un voilier lointain épousait les formes du vent, sa voile blanche et bombée allongée sur l'eau telle une odalisque alanguie. Une mouette immobile dans le ciel se divertissait en narguant la brise face à l'océan. Je sortis une cigarette de mon paquet. Je la regardai longuement. J'éprouvai la culpabilité du fumeur en rémission. Je la fis tourner entre mes doigts jaunis, en humai le tabac frais. Je la remis dans mon paquet. Ma petite victoire. Je rentrai chez moi ne sachant trop à quoi ou à qui consacrer ma longue soirée. Sans doute m'affalerais-je sur mon canapé défoncé en quête d'un vieux film en noir et blanc diffusé sur une chaîne du câble. Aucune nouvelle de Malbec, passé Dieu sait où. Il n'était plus sur la presqu'île. Personne ne l'avait vu dans les parages depuis au moins une semaine. Lui d'ordinaire si assidu au feuilleton de la Pointe demeurait invisible. Bien sûr, notre enquête en était la cause. Je me demandai jusqu'où elle l'entraînerait. Que découvrirait-il ? Me donnerait-il enfin raison ? L'Écossais s'invita dans ma solitude. C'était inévitable. Je commençai par m'interroger : que faisait-il en cet instant ? Guettait-il seul dans les vents du soir les vagues menaçantes. Peut-être aurais-je dû me rendre à la Pointe comme le suggérait le maire. Pas pour satisfaire sa supplique. Plutôt pour m'inquiéter du sort de cet homme seul. Car on l'avait affublé de bien des surnoms : *l'Écossais de la Pointe*, *le géant roux*, *l'ogre de la presqu'île*, *le fantôme des passes*… Mais, dans nos divagations, nous avions oublié qu'il était d'abord un homme endommagé. Dormait-il vraiment sous une tente ? Vivait-il dans un abri de fortune érigé par son équipe dès le début de son titanesque chantier ? Ou franchissait-il, la nuit, tel un clandestin délaissant son passé, les frontières de la presqu'île pour s'abriter dans la chambre d'un minable hôtel de bord de route ? Je ne l'imaginais en tout cas pas bloqué dans la suite d'un palace niché au cœur de la grande ville. Pas son genre. Plus sa vie. Ce luxe honni… il avait dû le connaître en long et en large. En abuser. Dépenser des fortunes pour célébrer ses réussites orgueilleuses. Mais désormais, n'est-ce pas, cher Romuald Drummond, tout cela ne comptait plus pour vous. Expliquez-nous à quoi a servi votre vie ? Me direz-vous à quoi servent les nôtres ? J'avais envie de boire un bon verre d'alcool. Hormis un mauvais vin de table rouge me restaient les trois quarts d'un Bas-Armagnac hors d'âge planqué dans un placard. Je m'emparai du flacon aux reflets ambrés et en remplis les trois quarts d'un verre à eau poussiéreux. Ne faisons pas les choses à moitié, cher Romuald. Je levai mon verre à la santé de notre Écossais, ridicule et seul dans mon salon, et en bus une généreuse gorgée comme un chameau avalerait l'eau d'une oasis après une interminable traversée du désert. Le Bas-Armagnac avait cette vertu d'opposer un arôme puissant de fruits confits, d'épices et d'alcool à une onctuosité traîtresse. Il était certes fait pour être lentement dégusté. Pour tapisser doucement le palais. Je ne tins évidemment pas compte de ces sages conseils. Je le bus cul sec. Je me versai à nouveau une belle rasade. Je sentis l'alcool commencer son irrésistible ascension vers mon cerveau. Un sourire béat vint à mes lèvres. Mon corps se relâchait. Mon esprit s'en détachait, il flottait avec souplesse au cœur d'idées folles et de mélancolies faciles…

…Tel le visage de cet amour gâché qui regagnait ma mémoire embrumée.

J'en voulus un peu à mon ami l'Écossais de nous rappeler nos vies en friches et qui le resteraient malgré tous nos efforts. Je m'imaginai remonter ce rocher qui me glissait soudain des mains avant de parvenir au sommet pour retomber en bas de la colline… tout en m'affaissant sur mon canapé comme une baudruche dégonflée. Cette vision absurde tournait dans ma tête dansante. Et puis… un sentiment de bien-être s'empara de moi. Grâce soit rendue aux vapeurs d'alcool. Après tout, si ne pas atteindre nos rêves était notre sort, était-il utile de continuer à en faire trop désormais ?

Était-il permis de s'en foutre ? Au diable les ambitions perdues ! Aux oubliettes les rêves inassouvis ! Abandonnées les promesses de succès ! Libre, enfin. Qu'il était brave, mon Armagnac ! Mon gosier était à nouveau sec. Je me saisis de la bouteille. Je laissai couler la savoureuse mixture dans mon verre imprégné de pruneau. J'avais fière allure sur mes coussins usés : les cuisses écartées, mes chaussettes trouées, mes cheveux ébouriffés, mon verre plein dans une main, l'autre tenant fermement mon nombril comme s'il allait s'envoler. Ne bouge pas, stupide petit trou sans importance. C'est fou à quel point l'alcool vous fait penser à ces détails si vite oubliés le lendemain. On ne me l'ôtera pas de l'esprit : c'est rudement sournois, un nombril planqué dans les replis de votre bedaine. C'est difficile à laver. Ça ne sert à rien. Ma vie était un nombril ! Pas de réelle utilité. Je dispensais certes un savoir à des enfants enchantés. Mais comment leur expliquer la mascarade qui les attendait par la suite ? Tais-toi ! Ne leur dis rien ! Ils découvriront tout ce cirque plus tard, et advienne que pourra. Certains atteindront plus vite le sommet que les autres. Quoi qu'il en soit, chacun poussera son rocher devant lui. Avec un peu de chance, les dieux magnanimes en épargneront quelques-uns dans la masse. Bon. Je vais me lever, maintenant. Non. Pas maintenant. Finalement, je suis bien, assis comme ça. Pourquoi se presser ? La terre n'est pas très stable, en ce moment. Il serait prudent d'attendre un peu… le temps qu'elle retrouve son axe. Il faudra tout de même, en résident responsable, que je le signale aux autorités, au maire et à sa clique : une terre flottante, c'est pénible. Je me mis à rire assez fort. Quelle chance d'occuper seul une maison : aucun voisin pour se plaindre à l'étage du dessus tout en sentant des larmes couler sur mon visage. Je naviguais entre deux mondes incertains. Dis-moi, l'Écossais : que fais-tu ce soir ? Viens donc partager quelques illusions perdues si cela t'inspire. Grimpons ensemble, toi et moi, cette butte piégée ! Chemin faisant, l'alcool s'évertua à arracher mon cerveau à mon corps, de sorte que je ne commandai plus rien à mon organisme imbibé d'eau-de-vie. Deux entités distinctes venaient de se perdre de vue, là, devant moi ! Mon esprit entendait l'écho lointain de ma voix intérieure lui assurer le parfait contrôle de la situation en cours. Mais j'avais bel et bien perdu mes chairs dans la nuit vaporeuse. Ma dépouille encore vivante était nichée quelque part dans un coin de cette pièce. J'aurais été bien incapable de dire où. L'esprit ainsi écarté du corps était, de toute évidence, cette approche vertigineuse et si soudaine de la mort. Il me fallait à tout prix revenir en arrière. *Je ne suis pas prêt...* Seul dans mon salon, je répétais ces mots : « Je ne suis pas prêt ! Vous m'entendez ? Je ne suis pas prêt à mourir ! » Dans un ultime effort, je m'emparai du téléphone comme si mon corps avait enfin perçu une action que lui ordonnait mon cerveau exclu. Qui appeler ? Réfléchis, imbécile ! Charlotte. Oui ! Charlotte ! Tant pis pour l'image dégradante que j'allais lui offrir. Je devais sauver ma peau. Ne pas finir étouffé dans mon canapé comme un goéland dans le pétrole gluant d'une marée noire. Peut-être aurais-je la force de l'aimer comme un amant ardent toute la nuit... *Oublie ça, imbécile ! Regarde dans quel état tu es !* Je cherchai son numéro dans les contacts de mon portable. Mon regard embrouillé avait du mal à trouver son nom. Je finis par le repérer. Je composai lentement les chiffres de son portable. La sonnerie déboucha sur cet étrange message vocal que j'entendais pour la première fois : *Si vous êtes désespéré, oubliez-moi ! Si vous êtes amoureux, laissez-moi y réfléchir ! Si vous êtes un ami, laissez-moi votre message !* Spontanément, et fin saoul, je lâchai d'une voix pâteuse : « Je suis désespéré, amoureux de toi et aussi ton ami, si tu le veux bien ! » Puis le téléphone me glissa des mains, comme la vie qui vous quitte…

Il y eut un long trou noir avant que des coups sur une porte lointaine parviennent à mon cerveau comateux. J'émis des grognements indistincts. Je n'étais pas certain que l'on m'entende. Je devais me lever. Retrouver mon corps puis m'extirper à tout prix de mon linceul. Marcher en me tenant aux murs ou, bon sang ! à n'importe quel truc assez solide pour m'éviter une chute précoce. Me diriger vers le sas de l'entrée sur lequel on tambourinait. La porte si loin… trop loin ! La terre encore agitée… Ça ne s'arrêterait donc jamais ? Je parvins tant bien que mal au vestibule. Mon cerveau tenta une nouvelle évasion de sa forteresse crânienne. Je me rattrapai à la poignée de porte et réussis à ouvrir un passage aux secours. Du moins espérais-je tomber nez à nez avec les pompiers, forcément prévenus par Charlotte et venus me ranimer à temps… Je m'écroulai comme une marionnette désarticulée. Puis, ce furent des images bizarres, des hallucinations baroques se succédant les unes aux autres entre deux tunnels sombres. D'abord, Charlotte n'était plus petite et blonde, mais grande et rousse. Une barbe et une tignasse frisée encadraient son visage rude. Elle ne m'avait pas du tout laissé ce souvenir ingrat… Ou bien alors commencions-nous une affreuse mutation : nous nous transformions tous en *Écossais de la Pointe*. Une nouvelle malédiction s'était abattue sur nous. Un miroir ! Par pitié, donnez-moi un miroir ! Si ça se trouve, me voici moi aussi roux, tatoué et barbu… Tunnel… Combien de temps ? J'ouvre les yeux… Il me semble être à nouveau sur mon canapé. Avais-je cauchemardé ? Peut-être n'avais-je jamais ouvert à qui que ce soit. Dans mon état, c'est vrai, je n'aurais pas tenu sur mes jambes plus d'une seconde. J'entendis une voix rugueuse – rien à voir avec le timbre mélodique de Charlotte – me balancer :

— Dire que vous vouliez être mon ami…

M'étais-je vraiment confié de la sorte à Charlotte ? J'avais plutôt laissé planer une ambiguïté favorable, ne cherchant pas à qualifier trop hâtivement la relation que la ravissante caissière du 8 à Huit et moi-même entretenions. Depuis mon départ de Paris, je m'étais juré de me poster à la périphérie de la vie, celle des autres tout autant que la mienne. L'affaire de l'Écossais dérogeait à la règle. Ma rencontre avec Charlotte aussi… Il était évident qu'à cet instant précis, dans mon ivresse, j'étais agacé par ces images déformées. Où était Charlotte ? Qui était la créature rouge qui se penchait au-dessus de moi ? Quel terrible mal de crâne ! Et cette lumière vive transperçant la fenêtre… *Faites quelque chose, enfin ! Tirez les rideaux ! Ou bien éteignez les projecteurs !*

— Arrêtez de vous agiter. Vous en tenez une bonne, mon vieux ! Reposez-vous. Vous ne mourrez pas cette nuit…

Encore cette voix lente et grave. Ce très léger accent roulant les « r ». Pas la peine de me la faire ! Ça ne pouvait pas être la délicate Charlotte. J'aperçus un dos large et des boucles rousses. Que fichait-il ici, mon fichu fantôme ? Il était sorti de sa tanière du bout du monde pour venir me sauver de mon naufrage ? Qui l'avait prévenu ? Personne ne savait comment le contacter. Une nuit, il était parmi nous, le lendemain, il avait disparu. Un fantôme… Bon sang ! mon corps tout entier était comme écrasé par une plaque de marbre. *Oh ! après tout, je ne contrôle plus rien. Trop crevé. Dormir ! Trou noir…* Quel étrange ballet d'images improbables dans un moment incertain. Ce fut tout d'abord le regard fixe de l'Écossais auquel j'opposai un sourire faible. Puis, le temps de fermer mes paupières (cinq minutes ? Deux heures ?) et de les rouvrir, voici qu'apparut comme par magie la douce blondeur de Charlotte, penchée sur ma triste dépouille.

— Je n'ai écouté ton message de dingue qu'il y a quelques minutes. Cela n'avait aucun sens, tu t'en rends compte à présent, n'est-ce pas ? J'ai foncé chez toi. La porte à l'entrée était entrouverte. Je passais la soirée dans un bar de la ville avec des amis. Tu peux te vanter de m'avoir fichu la trouille. Mais tu es encore vivant. La prochaine fois, viens avec nous. Une cuite à plusieurs, c'est tout de même plus gai et moins pathétique que seul chez soi.

Je ne me souvenais plus trop de mon message abandonné sur sa boîte vocale. J'espérai secrètement ne pas avoir commis d'impair. Ou pire : avoir éructé des sottises d'ivrogne ! Quoi qu'il en soit, elle avait diablement raison. Dans mon état, je n'étais pas en mesure de plaider quoi que ce soit pour ma défense. Du reste, j'aurais été bien en peine d'expliquer pourquoi m'était venue cette irrépressible envie de boire. Seul chez moi… Ce n'était pas dans mes habitudes. De temps à autre un verre de vin, soit. Mais là ! Quasiment une bouteille entière de Bas-Armagnac vidée comme de la grenadine… C'était la première fois. Je me levai péniblement de mon canapé. Mon corps était une vivante courbature. Je regardai autour de moi, traquant une ombre disparue. Charlotte était pourtant seule dans cette maison. Elle me demanda ce que je cherchais ainsi. Dans un souffle je répondis :

— L'Écossais de la Pointe, pardi !

Elle m'observa, moqueuse. J'avais dû faire un mauvais rêve où m'était apparu le démon de la presqu'île. Je niai faiblement. Il m'avait semblé, dans une réalité floue, avoir bel et bien vu Drummond en chair et en os, chez moi, cette nuit. Raconté comme ça, c'était du pur délire.

— Oui, me confirma Charlotte. Tu divagues. Réfléchis un peu, Maurel : personne n'a pu le prévenir. Et personne n'aurait songé à le faire.

Retrouvant au fur et à mesure l'usage de mes sens, un simple détail, plutôt un mince indice, me donnait pourtant raison. C'était une odeur. Un parfum aux essences de cuir et de violette hantait mes narines. Je ne l'avais pas rêvé. J'en percevais encore les chétifs effluves dans la pièce. Je préférai ne rien dire à Charlotte. L'image peu glorieuse offerte à son regard quand elle m'avait découvert suffisait à me tricoter une réputation de poivrot clandestin. Inutile de passer, en plus, pour un détraqué assumé. De toute façon, avec l'Écossais dans le coin, plus rien ne fonctionnait normalement. Seul soulagement : je respirais mieux. Mon cerveau migraineux avait réintégré mon corps égaré. J'étais, je l'avoue, heureux de voir Charlotte auprès de moi.

Dehors, le matin germait. Mon cœur battait.

Cette nuit encore, j'avais survécu à mes peurs.

17

Une nuit à la Pointe

Malbec m'appela un dimanche matin, longtemps après avoir disparu de la circulation. Trois semaines s'étaient en effet écoulées depuis notre conversation impromptue et notre deal passé chez lui. Je ne sais comment il s'était arrangé avec sa rédaction pour en rester si longtemps éloigné, à moins que la direction du journal et ses confrères ne fussent plutôt heureux de le voir décamper le plus loin possible, avec le fol espoir de ne plus jamais le recroiser. J'entendis sa voix lointaine, presque métallique à cause d'une déplorable liaison téléphonique, m'annoncer que j'avais eu raison, et sur toute la ligne ! C'était même, hurlait-il de l'autre côté de la Terre, *plus grave* que ce que nous avions pu envisager. Où était-il passé ? Cette voix du bout du monde grésillait et la communication avait fini par rompre comme une corde élimée. Maudite technique vaincue par les distances ! Quelle frustration ! J'avais attendu ce coup de fil durant des semaines et, au moment de découvrir le fin mot de l'histoire, tout s'évaporait dans une petite machine rectangulaire à touches. Il me faudrait connaître le supplice de l'attente et patienter jusqu'à son retour. On ne savait quand.

***

En attendant, l'image du géant roux penché sur moi au détour de ma cuite solitaire ne me quittait pas. Je voulais en avoir le cœur net : était-il, oui ou non, venu chez moi cette fumeuse nuit? Et, si tel était le cas, si donc je n'avais pas rêvé, quelle raison l'avait poussé vers ma maison? Je pris la direction du terrain de la Pointe après la fin de la classe et avant que dégringole la précoce nuit d'hiver. J'étais décidé à faire la lumière sur ce curieux épisode où l'ivresse avait volé mes certitudes. Le vent persistait, mais la pluie s'était calmée depuis quelque temps. Je roulai sur un terrain sec me permettant de m'approcher au plus près de celui de l'Écossais. Je garai ma guimbarde à la lisière du chantier. Pouvait-on encore parler de chantier? On aurait dit un champ de bataille au lendemain d'une sinistre défaite. Un lieu de désolation où ne subsistait que le squelette d'une mémoire emportée par les vents : quelques murs branlants encore debout par Dieu sait quel miracle. Des tronçons de bois et des branches de pin éparpillés sur le sable humide. Un toit affalé. Des tuiles mitraillées. Une portion de terrain évanouie. Un ou deux camions abandonnés, guerriers las d'un combat acharné et perdu. Et cette eau, toujours... Cette eau furibonde cognant les blocs de pierre déversés par l'armée impuissante de l'Écossais. Ces vagues entêtées partant à l'assaut de la digue friable, s'immisçant dans ses moindres bourrelets, en pénétrant la matière pour enfin la dissoudre. Je regardais les passes moqueuses raillant la côte mutilée. Je regardais l'Océan lançant ses rouleaux turbulents contre le littoral rongé, et ce dernier faisant encore face à l'ennemi sournois. Je regardai l'horizon, impassible témoin d'un conflit ancien, du temps où les océans régnaient en maîtres à la surface de la planète et avaient d'emblée exclu toute cohabitation sereine avec les continents surgis de leurs propres entrailles. Drummond s'échinant à bâtir une maison sur ces quelques hectares de terre livrés à l'onde belliqueuse réincarnait bel et bien le fils d'Éole condamné par les dieux irrités. Mais en était-il lui-même conscient ? Je me tenais à présent debout au bord de l'eau. Ici, rien n'était fixe. Les bancs de sable posés à l'entrée du Bassin s'érodaient ou se recomposaient selon les courants et les marées. Les dunes n'étaient pas assurées de retrouver leur envergure d'une année l'autre, terres provisoires nous rappelant nos vies précaires. Mais de l'Écossais, nulle trace. Les dernières bourrasques l'avaient-elles emporté au-delà de l'horizon mouvant ? Avait-il enfin abandonné, à bout de forces, son combat inutile ? Préférait-il, si tel était toujours son souhait, une mort plus douce ? Il m'arrivait souvent, depuis le début de cette affaire, de me poser cette singulière question. Je me l'étais encore posée durant mon propre naufrage nocturne où l'Écossais m'était apparu : était-il réel ? N'étions-nous pas les jouets de nos ombres infâmes ? Nos vieux marins aux veillées brodaient avec un enchantement indicible et un certain succès la légende de ce spectre roux n'apparaissant qu'à ceux dont la vie précédait le purgatoire. Un ange sombre, racontaient-ils encore plein de gouaille, exigeant la mise à jour de nos erreurs, de nos fautes et de nos regrets (l'image n'avait pas déplu au curé, même s'il n'y prêtait pas foi). Je me ravisai : mes discussions avec Drummond ne relevaient pas d'un songe. Il suffisait pour m'en convaincre de me souvenir de la douloureuse trace qu'avait laissée sa lourde main sur mon épaule aux aurores glacées de notre dernière rencontre. Non, nous n'avions certes pas affaire à un fantôme en goguette. Mes pensées vagabondes suivaient les courants ombrageux de l'Océan. On ne pouvait être que fasciné par le spectacle s'offrant à cet endroit précis de la Presqu'île. Tout au bout de la terre… L'Océan entrait et ressortait du Bassin à sa guise, emportant ses eaux comme l'aurait ordonné Moïse guidé par Dieu en des temps anciens. Ne pas croire aux cieux n'ôtait pas à la Nature sa dimension biblique. Me revenaient en tête ces mots d'un vieux maître des écoles, sur son lit de mort : « Quand on regarde le monde tel qu'il est, mon cher Maurel, on ne peut pas croire en l'existence de Dieu. Mais quand on observe la beauté du monde telle qu'elle est, on ne peut pas nier son existence. » Il avait pour sa part choisi, lui le vieil homme malade et pétri de connaissance, de faire le pari de Pascal. Mais notre vie tout entière figurait ce balancier permanent : nous nous sentions abandonnés, incrédules, sur le bord de nos routes chaotiques, tout gonflés d'espoir devant l'immensité de la tâche et l'étendue du chemin.

J'ai pensé un moment : endors-toi sur le sable aux vents du large. À ton réveil, il sera là. Mon imagination galopait à bride abattue. C'était poétique, mais ça ne servait à rien. La nuit tombait. Le vent se renforçait. Mes os gelaient. Il était temps, ce soir, de quitter la Pointe. L'Écossais n'avait pas déserté la Presqu'île, j'en avais la conviction. Rien ne pourrait le faire renoncer à poursuivre son œuvre destructrice. Car, si j'avais raison, une vie ne suffirait pas à subir son châtiment mérité. Je regagnai ma voiture, sans la moindre envie de rentrer chez moi. Pas tout de suite… La perspective d'un rogaton de fromage à grignoter sur un morceau de pain rassis devant un mauvais film ne m'enchanta guère. Un restaurant ferait l'affaire. J'optai pour une bonne grillade sur le Port de la Vigne. Je voulais éviter le café du Centre et ses cohortes de pipelettes. Ne plus me laisser entraîner au cœur des débats avec le risque d'être poussé dans la meute vorace par la main caressante de Marie-Claire de Lange. Il m'était particulièrement agréable d'entrer dans la salle d'un restaurant quasiment vide. Et, ce soir, celui-ci l'était totalement ! Pas un bruit. Une sensation de plénitude. L'illusion fugace d'un lieu public privatisé pour mon seul plaisir. Pas de nuisance, pas de coudes qui s'effleurent. De la place ! Le patron était sur le point de fermer, faute de clients. Mon arrivée de dernière minute ne l'emballa pas et il ne s'en cacha pas : un vrai commerçant. Il était sur le point de donner congé à son cuisinier. Il s'était lui-même fait à l'idée de rentrer chez lui. Manque de chance, un appétit égaré débarquait dans son auberge. Je souris. Lui demandai une table. Il me répondit, ironique, me montrant d'un geste ample de la main la salle déserte : « Il doit forcément nous rester de la place quelque part… » Je commandai une solide entrecôte et des frites (pas de salade, merci). Un verre de bordeaux rouge, lui aussi bienvenu (il m'avait tendu la carte des vins, espérant vendre au moins une demi-bouteille). Je regardai au-dehors les mâts des petits voiliers amarrés au port de la presqu'île, se balançant doucement et faisant tinter leur hauban, lorsque je sentis mon téléphone vibrer dans la poche de mon pantalon. Je vis s'afficher le numéro du Père Mirande. Impatient, il me demanda si j'avais des nouvelles concernant notre affaire. Je lui répondis brièvement : « Pas encore, mais cela ne va pas tarder ! J'ai en effet, Mon Père, bon espoir de récolter des informations de premier ordre... ». Je lui expliquai la mise en œuvre de mon plan récent avec le recrutement de Malbec comme enquêteur privé. Mirande me demanda si je n'avais pas fait imprudemment entrer le renard dans le poulailler, il craignait que Malbec vienne tout renverser, telle une boule de bowling lancée à toute vitesse. La vie d'un homme pouvait être jetée en pâture à un public avide de drames. Ce serait fort dommageable. Je le rassurai : Malbec et moi avions passé un accord : pas une ligne ne serait publiée avant le dénouement. Et ce quel qu'il soit. En échange de quoi le reporter fouillait le passé de Drummond afin de vérifier le bien-fondé de nos intuitions. Le silence embarrassé de Mirande me contraria, non parce qu'il exprimait un doute sur mon choix, mais parce que l'entrecôte venait de m'être servie. Son fumet provoquait mon odorat et mes papilles la réclamaient. Je ne voulus pas être impoli en raccrochant sèchement, mais j'en mourais d'envie. Le curé finit par souffler et s'excusa d'avoir exprimé ses doutes. « Après tout, me dit-il, vous avez probablement raison. Nous pourrions avancer plus vite avec l'aide d'un enquêteur professionnel. Votre idée se défend. » Il me souhaita une bonne soirée, non sans m'avoir précisé sa hâte de m'entendre à nouveau. Je n'en doutais pas. Je mettais de côté mon portable. M'emparai des couverts, prêt à en découdre avec mon morceau de barbaque saignant, quand le téléphone vibra encore. Nom d'un chien ! Qui me dérangeait, cette fois ? C'était le maire. Je refusai de répondre, laissant mon répondeur se déclencher. Mais aussitôt, il retenta sa chance. Quelle guigne ! Que lui arrivait-il à celui-là, maintenant ? Je me décidai, agacé, à prendre son appel, me persuadant qu'il détenait une information de la plus haute importance. Cruelle déconvenue : « Ah ! Maurel ! Écoutez, mon vieux, êtes-vous allé voir ce qui se passe à la Pointe ? Enfin… dites-moi : les travaux se poursuivent-ils ou bien tout est-il à l'abandon, là-bas ? Cela nous soulagerait tous, n'est-ce pas ? » J'opposais à ce flot de questions un pieux mensonge : non, je n'étais pas allé à la Pointe. Toutefois, je n'osai plus asséner au maire mon sentiment profond : l'Écossais ne renoncerait pas. On continuait çà et là d'apercevoir ses colonnes de camions stoïques se diriger vers son terrain. Il était tapi dans l'ombre, embusqué dans un recoin de la presqu'île, prêt à relancer sa machine infernale. L'élu cherchait désespérément une issue possible à ce piège politique et, tôt ou tard, médiatique. Je le comprenais. Mais une entrecôte m'attendait… Je le saluai, promettant vaguement de le rappeler à la première occasion. Je poussai mon maudit téléphone loin de mon assiette. Je découpai un généreux bout de cette tendre entrecôte probablement tiède à présent. Je le portai à ma bouche tout en entendant une fois de trop l'horripilant vibreur de cet engin démoniaque se déclencher. Je lâchai d'un geste las ma fourchette et lus le prénom de Charlotte sur l'écran. Je ne lui avais pas donné de nouvelles depuis un bout de temps, à elle non plus. Ce n'était guère correct de ma part. J'aurais pu ignorer cet appel et sauver ce qui restait de ma patiente entrecôte… Que m'arrivait-il ? Je me voulais ours solitaire. Je m'étais choisi une grotte oubliée pour hiberner et je me retrouvais cœur tendre, répondant à ce moineau piaillant au bord de mon hiver. « On ne peut pas dire que tu aimes te manifester, monsieur l'instituteur !

Combien de temps aurais-je dû attendre avant que tu ne daignes m'appeler ? Tu veux que je te dise, Guillaume Maurel ? Tu es chiant. La seule question que je me pose c'est : pourquoi un gars aussi chiant que toi m'attire-t-il à ce point ? Je suis pathétique. » Elle possédait cet art vertueux et si rare de l'auto-ironie, transformant les démarches les plus compromettantes en gracieuses tentatives. Difficile de lui en vouloir. Du reste, de quoi aurais-je pu lui en vouloir ? Elle avait envie de me revoir. Ne s'en cachait pas. S'en moquait. Et se moquait de moi. Je me demandai comment elle avait pu me trouver attirant. Je pouvais plaire, admettons, mais je n'avais rien à offrir d'exaltant. Instituteur aux cheveux paillasses. Maître dans une école entourée d'eau. J'en souriais. C'était le mieux à faire : me moquer de moi, à mon tour. Pour l'heure, et sans rien en laisser paraître, Charlotte m'en voulait sans doute un peu de me comporter avec elle comme sur une montagne russe. Pour cette jeune tige, seul comptait l'instant à vivre. Je regardai maintenant mon entrecôte abandonnée. Le goût d'en déguster une m'était passé, et pour un moment ! Je proposai à Charlotte de nous retrouver sur la plage du Centre vingt minutes plus tard. De parler de tout cela et d'autres choses encore, si elle le voulait bien. Elle ne se fit pas prier.

Je la trouvai à l'heure dite sur un banc en bordure de Bassin. Je m'assis à ses côtés, prenant aussitôt la parole : je m'excusai de mes manquements à son égard. Je la rassurai en lui affirmant qu'elle n'était pour rien dans mes dérobades. Qu'une vieille et risible blessure n'avait pas encore cicatrisé. Le résultat ne se fit pas attendre : Charlotte partit dans un fou rire tonitruant, aussi inattendu que désarmant. Je me sentis idiot. Je l'avais mérité. J'étais à côté de la plaque. Je parlais à cette cadette comme à une veuve lasse prête à tout entendre pour préserver l'éphémère bénéfice d'une émotion retrouvée. Je me tus, un peu honteux. Elle se leva, me saisit la main et me dit simplement d'une voix espiègle et d'un ton assuré :

— Viens donc faire l'amour, Guillaume Maurel.

Nous montâmes dans mon break Volvo. Je lui dis :

— Allons chez moi.

Elle prit un moment avant de répondre :

— Ni chez toi ni chez moi.

Elle indiqua alors la direction de la Pointe. Et elle me précisa d'une intonation plus ferme :

— Un peu d'imprévu, monsieur l'Instituteur... Allons au bout de la terre, là où les seuls témoins sont des fantômes et où les souvenirs s'évaporent dans les brumes de l'Océan.

Je ne répondis rien. Je ne posai pas de question. Je m'estimai bêtement heureux... Le vent se leva. La température baissa. Et elle, si vigoureuse, elle si invincible, m'entraîna à la Pointe de la presqu'île, là-bas, sur ces terres sacrifiées. Elle ne redoutait ni la nuit ni les vents. Et encore moins les fantômes roux, qu'ils soient des diables d'Écossais ou des démons d'Irlande. Peu lui importait que l'on dérange ou non le géant de la Pointe. Qu'il soit ici ou loin de chez nous. Elle opposait à nos conventions étriquées une légèreté souveraine.

Nous arrivâmes à la lisière du terrain de l'Écossais. Les vigiles jadis postés à l'entrée par Drummond avaient disparu depuis longtemps. Ces cerbères avaient passé des nuits entières à surveiller des ombres sur un bout de terre en ruine. Personne ne venait traîner par là. La nuit, encore moins. À l'exception du maire, du curé, de Charlotte et de moi. À moins que l'Écossais, résigné, n'ait de lui-même renoncé à éloigner les curieux et les médias qui, tôt ou tard, se précipiteraient sur sa tombe encore vide… Qui aurait été assez fou pour se perdre la nuit à la lisière du terrain maudit? Peut-être une caissière intrépide et un instituteur docile.

Nous nous approchâmes du bord de l'eau, nous tenant l'un à l'autre. Sur notre droite se dressait le squelette d'une maison en partie détruite. Sur la gauche un nouveau bataillon de camions rutilants prêts à parcourir les routes de la région pour revenir déposer ici leurs chargements de pierres et de bois. Le vent malmenait nos corps dansants. L'Océan charriait ses lames acharnées qui brutalisaient la côte. Charlotte s'avança le plus loin possible, s'approchant du rebord de la crête. Défi idiot d'une enfant désinvolte. Ses rires s'égaraient dans le grondement des flots. Elle me tira vers elle. Je restai en retrait, la retenant par le bras. Je n'étais pas rassuré. Je trouvais cette idée complètement folle. Un quartier de lune nous procura une once de lumière. Puis elle se plaqua soudain contre moi et me demanda de l'embrasser. Je craignis de ne pas être à la hauteur en dépit de notre première nuit passée ensemble. Mais son insouciance m'incita à gommer mes doutes. Je posai mes lèvres sur les siennes, heureux de retrouver le goût enivrant des printemps oubliés. Le vent s'intensifia. Je partis chercher un gros plaid à l'arrière de la voiture. Nous nous allongeâmes sur le sable, nous emmitouflant dans la couverture en collant l'un à l'autre nos corps engourdis. Je plaquai ma tête dans son cou parfumé de jasmin. J'entendis à peine sa respiration. Nous restâmes silencieux. Je sentis mes paupières se fermer. Le froid figeait nos impatiences. Nous nous abandonnâmes. Combien de minutes ? Un bruit sourd. Un craquement… Je me levai en sursaut. J'eus le temps de voir une portion du terrain de Drummond glisser vers les fonds, emporté par la houle. Charlotte était encore endormie sous le plaid. Je la secouai. Elle se leva dans un demi-sommeil, ses cheveux pleins de sable recouvrant une partie de son visage hagard. Je lui montrai ce morceau de terrain évanoui. Il nous fallait reculer tout de suite : nous n'étions plus très loin du bord, à présent. La dernière partie encore debout de la maison commençait à tituber. Les restes de ses fondations étaient en équilibre dans le vide, au-dessus du trou béant creusé à l'instant par l'océan : ils menaçaient à tout moment de s'écrouler. Nous nous retournâmes pour nous éloigner prudemment de la côte et là… nous vîmes Drummond sorti de Dieu sait quel cauchemar. Il ne bougeait pas. Regardait fasciné les ravages de la bourrasque. Grands dieux ! Mais d'où venait-il ? Où vivait-il ? Les contes à dormir debout de nos vieux pêcheurs n'auraient cette nuit aucune prise sur moi. Ce gars-là était de chair et de sang. Qu'on ne vienne pas prétendre le contraire. Mais sa façon d'apparaître et de disparaître comme dans un théâtre d'ombres avait quelque chose de terrifiant. Or, cette nuit-là, un détail plus singulier retint mon attention : il souriait ! Il regardait, satisfait, la destruction en cours de la dernière tranche de sa maison. Comme s'il l'attendait. Comme s'il l'espérait. Et j'étais sûr qu'il recommencerait et j'étais sûr qu'il la bâtirait à nouveau, sa maison. Qu'il s'épuiserait. Jusqu'à son dernier souffle. Cet homme, son regard vert irradié, ses longues mèches rousses battant ses tempes, ses poings épais enfoncés dans ses hanches, personne ne m'ôterait de l'idée qu'il célébrait son combat inutile. Je m'avançai vers lui. Il ne me regarda pas. Il semblait absent. On aurait dit que ses paupières ne se fermaient plus. Il fixait un point à l'horizon. Je criais :

— Drummond. Drummond… Drummond, m'entendez-vous à la fin ?

Il cligna des cils comme s'il revenait dans le monde des vivants. Il m'aperçut. Son visage soudain s'apaisa. Il posa la main sur mon épaule, avec précaution cette fois, et me demanda :

— Mon ami. Avez-vous dessoûlé depuis la dernière fois ?

Charlotte, épatée, dut se rendre à l'évidence : cette nuit d'ivresse, je n'avais pas été le moins du monde le jouet de mes délires, tout fin saoul que j'étais. Drummond avait bel et bien débarqué chez moi, en chair et en acier, et sans doute m'avait-il sauvé la mise. Comment avait-il su où je créchais ? Et pourquoi d'ailleurs était-il venu ce soir-là en particulier ? Je me fis fort de dénouer le nœud de l'énigme sur-le-champ et lui posai la question aussi sèchement qu'un policier mal luné exige vos papiers lors d'un contrôle. Mais la réponse nous laissa, Charlotte et moi, sur notre faim :

— Je m'arrange toujours pour savoir ce que je veux savoir, Guillaume. Et cela dure depuis des années. Comment aurais-je pu amasser une telle fortune, sinon ? Sans deviner aussi bien mes adversaires que mes propres amis ? Quant à cette nuit-là et pas une autre… eh bien ma foi disons que le hasard et l'inspiration ont bien fait les choses. J'avais envie de voir où vivait mon nouvel ami de la Pointe et, qui sait, partager un verre ou deux avec lui. Mais hélas, quand vous m'avez ouvert, j'ai pu constater sans mal que vous ne m'aviez pas attendu. Vous aviez même pris une sérieuse avance, petite crapule.

Et l'Écossais partit dans un fou rire irrépressible

qui, une fois de plus, tranchait avec le motif accablant de sa présence parmi nous. Comme s'il avait fini par s'habituer à tout… comme s'il avait appris à tout digérer, la vie, la mort, la fidélité, la trahison, l'amour et la haine, et à s'en moquer ouvertement. Puis il se tourna vers Charlotte et lui adressa un sourire lumineux accompagné de cette noble révérence dont il avait le secret et qu'elle accueillit, presque intimidée (sentiment rare chez Charlotte), comme un hommage. Drummond semblait heureux de la croiser à nouveau sur la terre désolée de ses chagrins obscurs.

— Mademoiselle, permettez-moi d'exprimer le plaisir de vous voir chez moi. (Ce *chez-moi* avait un je ne sais quoi de décalé sur ce terrain dévasté, songea-t-elle). Vous propagez si bien la force de la vie que j'ai moi-même du mal à vous contester. Je me surprends à vous faire cet aveu, car ce n'est pas dans mes habitudes. Mais vous avez du cran et cela me plaît. Je n'ai jamais rencontré quelqu'un capable de s'opposer à moi comme vous le faites : avec conviction et hargne… en d'autres circonstances, vous auriez renversé la table des négociations.

Charlotte voulut immédiatement exploiter cette brèche ouverte malgré lui ou volontairement. Elle le coupa et lui demanda sans protocole, sans même prendre le temps de le remercier pour ses compliments sincères :

— Dites-moi alors que vous renoncerez enfin à ce projet de dingue ! Je préfère parler aux vivants plutôt qu'aux morts en sursis.

— Je suis encore vivant, il me semble, mademoiselle. À moins que je ne sois devenu un spectre, comme le prétendent les anciens de votre village qui ne tarissent pas de contes à dormir debout à mon propos. (Oui, il savait tout, se renseignait sur tout... Mais après tout pourquoi pas ?) Depuis pas loin de dix ans, je ne vis plus vraiment... J'erre sur cette Terre. Me voici au bout du chemin, au sens propre comme au figuré. Car ce terrain choisi par mes soins est, tout bien considéré, comme le terminus du monde. (Il nous avouait un plan parfaitement prémédité. Il nous offrait une pièce nouvelle au puzzle que nous tentions de recomposer et un élément qui validait un peu plus ma thèse initiale.) Quant à être en sursis, quelle importance ? Matthieu n'a-t-il pas dit dans les Évangiles, *Veillez, car le moment n'est connu que de Dieu* ? Je veille, mademoiselle... Je veille, vous pourrez en attester chaque fois que vous me ferez l'honneur de votre visite. Car je ne compte pas me jeter du haut de cette berge comme un médiocre suicidaire, oh non ! Je bâtis cette œuvre extravagante qui renaîtra de ses miettes, de ses copeaux, de ses fragments... tant que je serai vivant. Je vous l'ai dit : la nature décidera. Dieu ne commande-t-il pas à la nature ? Eh bien ! Je m'en remets à la nature.

— Ne comptez pas sur moi pour venir vous rendre visite dans votre couloir de la mort, rétorqua Charlotte. Votre histoire est lugubre ! Autant tenir seule la corde du pendu avant qu'elle ne me glisse des mains. Je ne suis pas tentée, merci. Le moment venu, comme vous le dites si bien, vous parlerez à Dieu. Vous Lui balancerez tout ce que vous avez sur la bile. Il vous écoutera. Il décidera. En attendant... rangez vos jouets, monsieur Drummond... vos beaux camions... vos grandes grues. Démontez ce Lego funèbre. Et garez-vous sur le bas-côté de la vie pour prendre le temps d'en voir les ultimes beautés !

— Ah ! Mais si Dieu n'existait pas, mademoiselle,

dans quelle direction chercher mon propre purgatoire… (Soudain son ton se transforma en une plainte amère.) À qui demander mon impossible pardon ? Comment espérer ma nécessaire rédemption ? Non, ce serait trop simple. Je fais ce que je dois.

— Dites-nous au moins ce qui vous tourmente… opposa Charlotte d'un ton un peu las. Permettez-nous de vous comprendre plutôt que de vous obstiner à nous laisser dans l'incertitude.

— Notre ami Guillaume ici présent ne tardera pas à le découvrir, j'en ai l'intuition.

Charlotte me jeta immédiatement un regard plein d'interrogation, presque de reproche, à l'idée d'avoir été écartée de la solution de l'énigme. C'était d'autant plus injuste que je ne connaissais moi-même rien encore du secret de l'Écossais à cet instant précis. Mais que savait Drummond de son côté ? Malbec ? Notre enquête ? Se pouvait-il qu'il en fût informé d'une manière ou d'une autre ?

— Et l'intuition ne m'a jamais trompé, poursuivit Drummond. Sauf une fois ! Une seule ! Ce funeste matin de mon existence, l'orgueil a aveuglé mon esprit. J'ai laissé mon âme vagabonder entre les mains du diable. Maintenant, permettez-moi de prendre congé. Le jour ne va pas tarder et j'ai des ordres à donner à mes troupes. Je crains de vous décevoir, mademoiselle : non ! je ne vais pas ranger mes jouets. Pas tout de suite… La fin du combat n'a pas sonné.

Drummond nous sourit avec une infinie tendresse et s'en retourna d'un pas lourd et résigné vers son armée de monstres d'acier au repos. Il attendrait l'arrivée de ses fantassins de fortune. Lesquels s'échineraient dans les heures à venir, toutes aussi inutiles que les heures passées, à bâtir une utopie.

18

Le retour du journaliste

Je ramenai Charlotte chez elle, elle s'endormit contre la vitre du break. Nous avions laissé l'Écossais sur son terrain. Plus exactement, nous l'avions vu s'éclipser à nouveau derrière les ruines de sa maison. Il avait jeté un dernier regard sur son champ de bataille. Il s'était retourné vers nous et nous avait salués, index et majeur posés sur le front. Puis il avait disparu au-delà des pins.

Je réveillai délicatement Charlotte une fois garé devant son immeuble. Dès qu'elle porta son regard sur moi, je devinai sa rage intérieure. Cette discussion avait ouvert son envie insatiable de défier Sir Drummond, de ne pas l'abandonner à un sort écrit sur les tables du destin. Le curé avait la même idée. Ne poursuivions-nous pas un valeureux combat voué à l'échec ? Charlotte m'embrassa furtivement et me suggéra de la rappeler avant la Fin des Temps, si possible.

Je le lui promis.

Je n'avais pas envie de retourner chez moi. À quoi

bon me coucher de trop courtes heures ? Pierrot venait d'ouvrir son estaminet. À sa grande surprise, il me vit entrer chez lui à une heure inhabituelle. Je surgissais d'ordinaire en début de soirée pour me rincer le gosier avec une bière ambrée ou un verre de vin blanc. Mais jamais le matin ! Naturellement, il voulut aussitôt connaître la raison de ma présence dès potron-minet. Je lui répondis, laconique : une nuit inachevée. Je ne lui avais pas menti. Tout avait eu un goût d'inachevé, de mon entrecôte jusqu'au dernier baiser de Charlotte. Quoi qu'il en soit, Romuald Drummond ne quitterait pas nos terres avant longtemps. Seul au bout du monde, il poursuivait son œuvre sinistre. Il chercherait à détruire son existence qu'entachait une faute impardonnable. Une douleur vive que seules les colères de Dieu et de l'Océan pouvaient apaiser en donnant un sens à sa vie comptée. Ah ! son sourire face au désastre : quel aveu ! Le maire n'aurait pas assez de tous les recours existants dans les lois du monde pour faire plier l'Écossais.

Moulau entra dans le café. Il se dirigea droit sur moi. Il venait boire son expresso du matin au comptoir avant d'aller lever le rideau de fer de sa pharmacie.

— Eh bien, cher ami ! On me dit que l'Écossais aurait renoncé. Son terrain n'est plus qu'un champ de ruines. Il faudra que j'aille m'en rendre compte par moi-même. Mais quelle histoire, tout de même ! Heureusement que cela se termine bien !

Il n'était pas question de lui révéler ce que je savais. J'avais assez parlé. Je réclamais le droit au silence. Et à l'oubli, aussi. Je me contentai d'opiner :

— Oui, sans doute cet étrange monsieur a-t-il quitté la presqu'île. Il aura compris la vanité de ses actes !

Autant calmer, par un mensonge éhonté, les esprits

vite échauffés. Je savais que Moulau répétait tout, ne savait rien garder pour lui. Très utile ! Chacun, ici, connaissait la recette pour diffuser une rumeur. Il suffisait de se confier au pharmacien en lui faisant promettre de ne rien divulguer. Vous pouviez être certain que les habitants du village et de ses environs seraient au courant dans les vingt-quatre heures. Ainsi le bavard Moulau pourrait-il tout à sa guise se répandre sur le départ de Drummond. Il avala d'une traite son café et me proposa à mi-voix une bonne place sur sa future liste aux municipales, si toutefois il se présentait. L'arrogant ! Puis il partit ouvrir son officine. J'étais à nouveau seul au bar de Pierrot, lequel rinçait quelques bocks dans son évier. Soudain, le patron du bistrot, qui n'avait rien perdu de notre conversation, se pencha vers moi et me chuchota :

— Il reviendra. L'Écossais ! Vous m'entendez ? Il reviendra… J'en suis persuadé.

Il attendait impatiemment l'écho que donnerait tôt ou tard la presse, mise au parfum de cette tragédie. On se déplacerait du monde entier pour parcourir de long en large le *village de l'Écossais*. Ce serait redoutablement bon pour les affaires ! Comme elle était déroutante, cette soudaine manière de nous déposséder de la presqu'île. Comme elle était révélatrice de l'humeur abîmée régnant sur nos dunes. Pierrot désignait formellement le village comme celui de l'Écossais. Voilà à quel point l'empreinte de notre pénitent marquait d'un sceau indélébile des terres somnolentes. Ne nous en déplaise, Drummond poussait à l'ombre de nos vies. Il s'enracinait sur son terrain. Pas encore découragé face à l'Océan.

Jamais il ne le serait.

***

Une journée d'école m'attendait. Je passai en coup de vent chez moi prendre une douche chaude et me changer. Mes habits gardaient les traces ensablées de ma courte nuit et aussi le parfum de Charlotte. Je me rendis d'un pas mou vers l'école. Une migraine violente frappait les parois de mon crâne. J'envisageai un programme allégé pour ma petite troupe. Pas question de trop mobiliser mon cerveau éreinté. Je n'avais décidément plus l'âge de ces nuits blanches. Plus d'inspiration pour ces promenades nocturnes comme naguère dans la capitale, jusqu'à l'aube. Plus la force de multiplier les escales improvisées d'un bar à l'autre, lointaine tradition adolescente. Et encore moins l'envie de dormir sur du sable dur comme une planche sous un plaid. Je n'avais pas le choix : mes élèves attendaient leur maître et Madame Langon, cette bique, veillait au respect scrupuleux des horaires de son établissement. Seule satisfaction notable : ma petite classe ne me parlait plus du grand monstre roux. Cela ne durerait pas.

Durant la pause-déjeuner, je m'isolai à la bibliothèque. Je cherchai quelques minutes de sommeil pour récupérer de ma nuit agitée. Hélas ! mon cerveau fiévreux repoussa mes louables efforts. Impossible de fermer l'œil. Étonnamment, l'Écossais n'était pas la cause de mon trouble. Non, c'est Charlotte qui me tenait éveillé. Nulle autre que Charlotte et ses baisers réclamés, Charlotte et ses petits sourcils froncés. Charlotte brisant les codes grotesques qui régentaient nos protocoles amoureux, se laissant guider par son instinct sans redouter les émotions trahies.

Bien des solitudes, à l'évidence, sont la conséquence de nos méfiances innées. Mais, pour Charlotte, faire confiance était aussi naturel que remplir ses poumons d'air. Nul besoin de se lamenter sur nos passions écorchées. Nous devions oser sans crainte. Je pensais à elle en secret, j'étais maintenant disposé à franchir le pas qui sépare le songe de la réalité, et notre première nuit d'amour avait été un encouragement. Il m'avait été agréable, jusqu'à présent, d'imaginer les choses à ma convenance. De bâtir des scènes improbables entre une femme convoitée et moi. Une histoire rêvée que nulle réalité ne viendrait importuner. Je m'accordais toutes les partitions, de l'aventurier solitaire et blasé au romancier égoïste et déçu, m'offrant le beau rôle de l'homme inaccessible derrière lequel courait une exquise soupirante. Quel confort que l'imaginaire ! Quelle douceur que le fantasme ! Mais face à Charlotte, toutes ces résolutions m'avaient paru frivoles et s'étaient évaporées. Je dus m'assoupir quelques minutes, rêvant d'une vie sans embouteillages ni circulation. Mais avec Charlotte…

La cloche de l'école me délogea de ma somnolence. J'entrai en classe l'esprit cotonneux, pas vraiment disposé à apprendre quoi que ce soit à mon équipe de minimes. Je proposai de créer des petits groupes de trois ou quatre élèves et que chacun invente une histoire. Son histoire. Et ces histoires, nous nous les raconterions en fin d'après-midi. « Une histoire sur quoi ? », demanda en toute logique la petite Nina. Pris de court, n'ayant pas du tout réfléchi à un thème en particulier, je proposai vaguement : « Disons des histoires de héros ! Ou de chevaliers ! » L'essentiel était que l'après-midi ne me coûte pas d'insurmontables efforts de concentration. N'en déplaise aux ligues moralisatrices et à toutes les sacro-saintes associations de protection de l'enfance, j'avais décidé de faire travailler mes petits esclaves disciplinés à la gloire de ma paresse et en offrande à mon vital repos. Je ne fus pas le moins du monde surpris de découvrir un grand nombre de leurs petits contes improvisés mettant en scène un colosse roux à la force herculéenne, terrassant à qui mieux mieux dragons ou sorcières. Nina avait même imaginé qu'une fée rose et verte était descendue du ciel poser un doux baiser sur le front du gentil géant rouge pour qu'il redevienne prince. Qu'en aurait pensé Drummond ? Je ne songeai évidemment pas une seule seconde à le faire venir en classe à la rencontre de son fan-club en culottes courtes. Que n'aurait-on dit sur mon compte ? Les parents scandalisés m'auraient cloué au pilori et Madame Langon m'aurait indiqué la direction de la sortie.

***

Je rentrai bien vite chez moi. Ma tête continuait de cogner. Des courbatures insolentes torturaient mon corps affaibli. Je m'affalai sur mon vieux canapé. Du bout des doigts, j'actionnai la télécommande. Une bande de femmes décolorées et d'hommes tatoués au cerveau de fonte s'écharpait dans une maison de verre à Miami, ou peut-être à Saint-Domingue. Je n'en demandai pas plus pour sombrer.

Plus tard, bien plus tard, je crus entendre mon nom. Quelqu'un hurlait mon nom dans mes songes. Ou bien était-ce là, tout de suite, dans une réalité délaissée ? Quelle heure pouvait-il bien être ? Combien de temps étais-je resté endormi ? Oui ! Je l'entendais distinctement maintenant : quelqu'un m'appelait de l'autre côté de la porte d'entrée. Je voulus me lever d'un coup. Funeste erreur. Je sentis mon corps se révolter. Une atroce douleur parcourut ma colonne vertébrale et enflamma mon cou. Je me rassis tandis que la voix d'un homme insistait : « Maurel ! Bon sang êtes-vous là, oui ou non ? » Bien sûr, quelle question ! Il devait faire nuit depuis longtemps. Il était… Il était… bon sang ! Deux heures du matin ! La télévision était restée allumée. Je finis enfin par me stabiliser en position debout. Le corps raidi par la douleur, j'avançai vers la porte tel un automate. Ma migraine persistait. Je parvins à ouvrir et aperçus dans l'entrebâillement de la porte le crâne lisse de Malbec, surmontant un sourire mélancolique. Je le pensais au bout du monde ! Il était rentré dans la soirée, me précisa-t-il d'emblée. Et il ajouta :

— Je vous rends la politesse. Me voici à mon tour débarquant chez vous en pleine nuit. Mais ça en vaut la peine. Puis-je entrer, s'il vous plaît ?

Nous nous installâmes dans mon salon en désordre. Je nous préparai du café et du thé, pressentant une nuit de sommeil aussi courte que la précédente. Mais, cette fois, j'espérais un récit complet des évènements me confortant dans mes intuitions : Fillan Drummond avait-il perdu la vie par la faute de son propre père ?

— Alors ? Racontez-moi, Malbec…

Sans me faire remarquer la discourtoisie de mon impatience, Malbec me répondit aussitôt, ou plutôt se lança dans un long récit, tellement ahurissant que je n'osai plus l'interrompre une seule fois.

19

La vérité

Avant tout, monsieur l'instituteur, laissez-moi vous dire ceci…

Mon numéro de carte de presse est le 55 184… Quoiqu'il advienne, que je sois renié par la profession ou que je reprenne une dernière fois mon bâton de reporter du bout du monde, ce numéro sera le mien à vie. Personne ne pourra me le retirer. Personne ne pourra l'attribuer à un autre. Il ne me restera plus que cette succession de cinq chiffres inscrite sur une petite carte plastifiée barrée des couleurs tricolores pour me souvenir que j'appartins jadis à cette tribu d'aristocrates en voie d'extinction : celle des *historiens de l'instant*, selon l'exacte formule d'Albert Camus. Ces dernières années, j'ai vécu comme une ombre. On m'a enterré vivant sur une langue de terre encerclée par l'Océan. Je suis devenu un pestiféré. Ostracisé par l'ensemble de la profession. Et par un paquet de donneurs de leçons ; ces grands phraseurs ! Quelques minutes au Koweït ont suffi à me faire perdre tout crédit. J'ai entraîné un photographe, un confrère… un ami à la mort. Abattu par un sniper à la frontière Koweïto-Saoudienne. Une erreur impardonnable pour un malheureux scoop. Je m'étais battu pour entrer dans le cercle prestigieux des reporters. Pas de diplôme. Un peu de chance. Pas mal de culot. Et la rage du métier chevillée au corps. C'est cette obsession de l'exclusivité, ce plaisir à nul autre comparable du reportage parfait qui m'a perdu ! Je ne me le pardonnerai jamais. J'ai refusé à l'époque d'entrer dans les détails. D'autres se sont chargés de raconter à ma place l'histoire en long et en large. Beaucoup n'étaient pas là. Qu'importe : ils ont prétendu savoir. Ils ont parlé. Ils m'ont jugé. Je ne ferai pas appel au tribunal des hommes. Juste un point, toutefois : on a dit pis que pendre sur mon compte. Normal. Mais un mot dégueulasse m'a plus atteint que tous les autres : celui de *lâche*. On a prétendu que j'avais sciemment poussé mon camarade devant moi pour en faire un rempart, pour me protéger des balles du soldat irakien qui nous visait. Une ignominie. C'était un ami, nous nous étions maintes fois croisés sur les différents fronts que nous étions chargés de couvrir pour nos rédactions respectives. Pas une seule seconde je n'aurais pu agir de la sorte, ni à son égard, ni à l'égard de n'importe quel autre camarade sur le terrain. Il faut que vous compreniez une chose importante, Maurel, ce n'est pas la peur de mourir qui guide nos âmes de reporter de guerre. C'est tout le contraire : nous trompions la peur… du moins nous avons souvent oublié de la mettre dans la balance de nos vies devant le poids que prenaient un article remarquable ou une photo exceptionnelle. Ce métier nous a rendus dingues, mon vieux. Comme si au nom de notre sacro-sainte mission d'informer, les balles d'un sniper isolé pouvaient rebondir sur nos torses… nous prenions des risques pour être en première ligne comme si la mort pouvait nous épargner devant n'importe quel danger ! Oui, notre boulot nous rendait cinglés et pourtant nous ne manquions pas d'expérience. Nous savions parfaitement prendre nos précautions sur les zones de conflits. Ce matin-là nous portions, comme l'exigeaient les règles immuables de la guerre, gilets pare-balles et casques militaires. Et c'est bien là toute l'horreur de la scène que je me repasse dans la tête depuis des années, incapable d'oublier une seule image de ces terribles secondes où nos vies, celle de mon pote et la mienne, ont basculé. J'ai vu ce soldat sorti de Dieu sait où se dresser soudain devant nous dans cette petite bicoque de terre séchée, abandonnée depuis longtemps par ses habitants. Il nous regardait, halluciné, son visage en sueur recouvert d'un masque de poussière. Il nous visait en tremblant, avec son fusil calé sur l'épaule. N'importe qui à ma place aurait eu une trouille bleue et se serait planqué. Mais moi… moi j'ai tiré mon photographe par le bras, je l'ai propulsé devant moi en lui hurlant, nom d'un chien, de prendre la photo. Dans cette bousculade son casque a valdingué sur le sol. La balle du tireur l'a atteint en plein front. Mort sur le coup ! J'ai plongé à terre. J'ai instinctivement enfoncé la tête dans mes bras, protection dérisoire. J'ai entendu le bruit caractéristique du levier d'armement : le soldat était prêt à faire feu à nouveau. Sans l'intervention immédiate des militaires qui nous encadraient, c'était mon tour. Mitraillade assourdissante… Et soudain, plus un bruit. Tout est redevenu étrangement calme. J'ai doucement relevé la tête… Tout près de moi était allongé mon ami, ses mains crispées sur son appareil photo, son regard immobile et décidé, son crâne à moitié déchiqueté. Et bien que miraculeusement vivant, je savais cependant que je venais d'entrer dans un long cauchemar. Je n'ai aucune excuse. J'ai été totalement irresponsable, oui, bon sang ! Je le sais. Mais je n'ai pas été lâche, Maurel…

Prêcher ma cause dans le désert de nos certitudes serait vain. Je me contente de traverser en silence ces terres nues depuis tant d'années maintenant. Pas certain d'en voir jamais le bout. Il est amusant de constater qu'à différents niveaux, si nous voulons prendre la peine de nous en rendre compte, chacun porte en soi la pénitence de Sisyphe. Quelques-uns, c'est vrai, en sont plus conscients que d'autres. Il est prodigieux, ne trouvez-vous pas, de noter comment Drummond, ou plutôt *l'Écossais de la Pointe*, puisque c'est ainsi que vous le désignez tous, nous a tendu un cruel miroir dans lequel nous ne cessons de nous contempler. Et qu'apercevons-nous ? Rien d'autre que l'hideux maquillage de nos duperies. Quand vous êtes venu chez moi cette nuit-là me proposer d'effectuer des recherches sur Drummond, j'ai entrevu immédiatement les voies de ma propre rédemption : sortir à nouveau un scoop ! Réaliser un travail soigneux. Le publier aussitôt. Respirer le doux parfum de la revanche. Savourer ma réhabilitation. Maintenant que j'ai bouclé mon enquête et que j'ai entrevu l'atroce vérité, je me rends compte à quel point cette obsédante idée de réhabilitation ne pèse plus guère dans la balance. Je ne sais s'il faut croire en Dieu. Mais s'Il existe, lui seul saura effacer le tableau de nos erreurs. Le purgatoire a commencé ici, monsieur l'instituteur, au cœur de nos vies. En l'acceptant, nous supportons un peu mieux, je crois, le poids de nos hontes.

Pardonnez-moi cette confession, mais il m'a semblé utile de replacer les choses dans leur contexte.

Il est vrai que nous nous connaissons si peu, vous et moi… Revenons à mon *enquête*.

Je suis d'abord parti à Londres. Cela s'imposait. C'est là que se situe le siège du conglomérat de Drummond, la *D Corporation.* Mais c'est aussi à Londres que m'est venue l'idée de reprendre contact avec un vieux camarade du front. Un ancien officier des forces spéciales britanniques qui ne m'avait pas tourné le dos malgré ma faute. En tant que soldat, lui au moins était en mesure de comprendre ce que l'on pouvait ressentir face à la menace d'une arme. C'est sans doute la raison pour laquelle il s'est toujours refusé à me poser des questions. Même s'il se doutait de ma défaillance ! Je n'ai du reste, sachez-le, jamais nié ma faiblesse au Koweït. Je n'en ai pas parlé, c'est tout. On ne m'a rien demandé…

Le capitaine Nathan Burgless m'a donné rendez-vous au bar de l'Hôtel Goring, au cœur de Belgravia, un de ces lieux londoniens où chaque détail conservé dans sa sève victorienne, des murs rouges aux fauteuils de cuir marron, vous maintient dans une atmosphère parfaitement britannique. Même le personnel cultive sans excès cette petite pointe d'humour à froid qui fait le bonheur du visiteur à l'heure du thé. Je le retrouvai tel que je l'avais laissé dans mon souvenir lointain : corps long et sec, visage creusé barré d'une fine moustache noire comme un trait dessiné au feutre au-dessus de ses lèvres serrées. Petit groin animé. Prunelles légèrement globuleuses veinées de rouge, traces d'un excès de breuvages variés, dégustés dans tous les recoins du vaste monde. J'entrai dans le vif du sujet. Je cherchais des informations sur Romuald Drummond, précisément sur la mort de son fils unique. Vu les endroits du globe que mon ami avait explorés, le nom de Drummond ne lui était pas inconnu. Un homme extrêmement discret, me dit-il. Invisible sur les réseaux sociaux. Pas ou peu de photos de lui. Aucun entretien accordé à la presse. Presque un spectre, s'amusa mon vieux camarade. Le capitaine me précisa que la vie de Drummond était un tissu opaque d'affaires entremêlées où la vente d'armes avait occupé une place importante. Ce n'était pas le seul socle de sa fortune car, désormais, pétrole et immobilier dominaient son business. Mais cette ancienne activité peu avouable avait amorcé sa fabuleuse richesse. Il évoqua aussi son anoblissement par la Reine. Car on ne pouvait suspecter Drummond, toutes ces années, de ne pas avoir servi avec zèle la couronne. *Rien n'est prouvé*, précisa Burgless, *mais il est fort probable que Drummond ait aussi été un précieux informateur du MI 6*[1]. *À force d'en savoir si peu sur le businessman, on a fini par lui prêter mille rôles qu'il n'a pas forcément interprétés.* Ces éléments, pourtant, étaient encore insignifiants. Je demandai donc à Nathan de m'aider à recoller les morceaux. Il me manifesta son immédiate curiosité : pourquoi s'intéresser à cet obscur personnage ? Un inconnu du grand public sur lequel pas mal de confrères s'étaient cassé les dents quand ils avaient eux-mêmes voulu récolter quelques informations sur son compte. Connaissant la discrétion de l'officier, je lui contai l'affaire qui agitait la presqu'île : l'arrivée chez nous de Drummond. Son chantier infernal sur un terrain condamné. Et, bien sûr, ce que vous aviez vous-même tout de suite perçu comme une pénitence, une théorie au départ hasardeuse, mais qui s'était

1. Military Intelligence, section 6. Service de renseignements extérieur du Royaume-Uni.

vite vérifiée. Je précisai sans détour à mon interlocuteur mon envie, mon besoin ! de publier l'histoire en exclusivité. *Comprends-moi, Nathan. Je ne cherche pas l'absolution après ce qui s'est passé au Koweït. Mais ce serait pour moi une revanche sur toutes ces années d'enlisement.* Burgless me sourit. De ce genre de sourire intègre que connaissent les compagnons d'armes liés par des souvenirs pénibles… C'est, je l'admets, un cliché dégoulinant, mais ne m'en tenez pas rigueur, Maurel : je me contente de vous raconter la scène telle que je l'ai vécue. Il s'engagea sans condition à m'apporter son aide et ses multiples réseaux dans la mesure du possible. Je vous avoue avoir ressenti une paix intérieure. Car ce n'était pas si fréquent, mieux, ça ne m'était plus arrivé depuis des années, que l'on me tende ainsi la main sans me regarder d'un air écœuré.

Après notre discussion, disposant de quelques heures de temps libre devant moi, je décidai de me rendre au siège de la *D Corporation.* Juste pour m'imprégner du lieu. M'approcher de cette boîte de Pandore où restaient enfermés les secrets du fantôme de la Pointe. Je me rendis à l'adresse indiquée sur Internet. Je ne trouvai pas facilement le site. Je cherchais un immeuble imposant. La rue n'était pavée que de sages maisons victoriennes contiguës, bâties en briques beiges régulières et agrémentées de fenêtres à petits carreaux et à croisillons blancs. Aucune plaque n'était visible pour repérer le siège de la société. Pas de vigiles à l'entrée de l'une de ces maisons toutes identiques. Il me fallut entrer dans une épicerie pour me renseigner : où se trouve la *D Corporation* ? Ni les vendeuses ni les deux clients présents, interloqués, ne surent me répondre. Une vieille dame maquillée comme une poupée de porcelaine entra dans la boutique. Elle habitait le quartier depuis plus de quarante ans. Elle m'indiqua une banale maison toute proche. *Êtes-vous certaine que c'est bien là?* osai-je lui demander. Elle plissa ses paupières peintes en bleu turquoise, m'opposa un air digne et, d'une voix grésillante, me dit : *Jeune homme, vous savez sans doute pas mal de choses et il ne me viendrait pas à l'idée de remettre vos connaissances en question. Pourriez-vous être assez aimable pour m'écouter et suivre mes indications?* Comme pour rattraper ma bourde, je la remerciai vivement sous le regard hostile des deux autres clients outrés par mon manque de tact. Je quittai précipitamment l'épicerie et me postai en face de ladite maison. En une heure de patiente planque dans cette rue maussade, je n'aperçus qu'un seul homme quittant l'étroit bâtiment : costume de tweed trois-pièces, chapeau melon et parapluie suspendu à l'avant-bras. Il s'engouffra dans un taxi qui disparut au coin de la rue. Je me demandai comment l'entreprise de l'Écossais fonctionnait sans son capitaine à la barre. Donnait-il secrètement de ses nouvelles à ses proches collaborateurs? Que leur disait-il pour expliquer une si longue absence? S'arrangeait-il pour se tenir informé de l'évolution des marchés? Communiquait-il ses dernières recommandations? Ou se fichait-il éperdument de son passé, préférant emporter dans les flots turbulents son empire patiemment bâti? À vrai dire, je n'imaginais pas Romuald Drummond abandonnant ceux auxquels il avait fait confiance pour mener à bien ses ténébreuses affaires. Ne retrouvait-il pas, en quelque sorte, le chemin d'une humanité négligée en s'infligeant son châtiment? Une dévorante curiosité pulvérisait ma prudence. À quoi ressemblaient ses bureaux ? Que me répondrait-on si je demandais à rencontrer Sir Drummond ? Je traversai la rue le cœur battant, je montai les quelques marches qui séparaient le seuil de la maison du trottoir. Je sonnai. Une caméra, placée dans un coin en haut de l'entrée de la bâtisse, m'observait. Un petit bip se déclencha. La porte s'entrouvrit automatiquement. J'arrivai dans un hall de taille modeste et au décor dépouillé. Un parquet en chêne clair recouvrait le sol. Les murs étaient d'un blanc immaculé, presque aveuglant. Deux bouquets de fleurs blanches s'épanouissaient sur des petites tables basses. Trois grandes photos en noir et blanc trônaient sur le mur, face à la réception : des immeubles au centre de mégapoles, des plateformes pétrolières, des mines d'or et d'argent. Les trois mamelles de la fortune de l'Écossais. Sur le mur opposé était accroché un portrait flatteur et en couleur du fondateur de la *D Corporation.* J'avoue avoir eu grand-peine à retrouver dans ce cliché le géant roux de la Pointe : ses cheveux courts étaient proprement peignés. Pas la moindre trace de l'épaisse tignasse rouge qu'il arborait désormais. Plus surprenante encore était la panoplie du parfait gentleman que portait l'Écossais sur la photo : costume gris et cravate rouge en laine, nouée sur une chemise Oxford bleue. Je découvrais dans cette image l'autre vie de l'Écossais. Celle qu'il cherchait à oublier. Son visage coriace, son menton carré, son regard brûlant exprimaient une rage que seuls partagent les ogres dévorant la vie et les hommes n'accordant aucune valeur au monde qui les entoure. À la réception se tenait une ravissante jeune femme aux cheveux blonds retenus dans un impeccable chignon. Derrière elle, un cerbère impassible en costume-cravate sombre surveillait les allées et venues. L'hôtesse souriante me demanda ce qu'elle pouvait faire pour moi. Je lui répondis que je souhaitais voir Sir Romuald Drummond. Sans lui laisser le temps de répliquer, j'ajoutai plein d'aplomb :

— Romuald m'a expressément demandé de le retrouver ici, à Londres, cette semaine. Et de me manifester dès mon arrivée.

Un scénario culotté tricoté dans l'instant, celui d'un correspondant clandestin de Drummond se pointant pour évoquer une affaire importante. Je n'avais rien à perdre. Je savais qu'il serait difficile pour qui que ce soit, dans cette boîte, de vérifier la véracité de mes propos. Je jouais avec un coup d'avance. L'Écossais n'était pas près de refaire surface.

La fille ne sut d'abord pas quoi répondre. Elle en perdit un instant son amical sourire. Mais elle le retrouva bien vite. Elle demanda mon nom. Je le lui donnai volontiers, sans chercher à me dissimuler derrière une fausse identité. À quoi bon ? J'avais disparu des radars de la presse. Du reste, un ancien reporter de guerre pouvait fort bien faire partie du cénacle restreint et clandestin de Drummond, immergé dans des affaires internationales de toute sorte. Elle m'invita à m'asseoir, le temps pour elle de procéder aux vérifications d'usage. Pour adoucir mon attente, elle me proposa un thé, nature ou au lait. Je refusai poliment. Je m'assis. Ouvris un vieux magazine consacré à la voile et attendis, pas totalement rassuré. Je n'avais pas fait preuve d'une extrême prudence. Je prenais aussi le risque de court-circuiter les efforts de Nathan Burgless. Lequel, de son côté, avait probablement commencé sa discrète enquête. Pas très malin de ma part. Mais mes vieux réflexes de reporter avaient ressurgi. Je ne pouvais pas m'empêcher de pousser une porte sans espérer récolter des informations exclusives. Dix interminables minutes s'écoulèrent avant que l'hôtesse ne revienne vers moi, plus détendue : *on* allait me recevoir, me dit-elle, rassurée. Qui exactement ? Il ne fallait pas compter sur elle pour le dévoiler. Elle s'était probablement vu transmettre des instructions précises. Elle se contentait de répéter doctement ce qu'on lui avait ordonné de me dire. Le cerbère n'avait pas bougé d'un pouce. J'en étais arrivé à me demander s'il n'était pas un leurre en cire. Je me gardai de vérifier… Quelques minutes encore s'écoulèrent avant que le téléphone de la réception ne sonne. La gentille blonde décrocha, se contenta d'un discret *Well*, raccrocha, me regarda, se leva, fit le tour du comptoir et me pria de la suivre. Une inquiétude sourde me tenaillait. Sur le théâtre sanglant des conflits où l'on m'avait dépêché, les risques pris étaient certes autrement plus grands. Mais, dans ce décor si onctueux, on voilait plus facilement les sourdes menaces. Vers quelle trappe m'entraînait-on ? Nous traversâmes d'étroits couloirs aux murs tendus de papier peint aux lignes verticales bleues et blanches. Que d'espaces insoupçonnables et dérobés dans cette bâtisse si modeste vue de la rue ! La jeune femme arrêta enfin son interminable course et ouvrit une épaisse porte en bois à double battant. D'un geste sec de la main, elle m'invita à entrer. C'était une vaste salle de réunion au milieu de laquelle s'ancrait, posée sur une moelleuse moquette blanc cassé, une immense table ovale recouverte de téléphones et d'écrans tactiles escamotables. Au fond de la salle, deux hommes et une femme m'attendaient. Je n'eus pas le temps de me retourner que la double porte était fermée et la blonde s'était évaporée. Les trois individus m'observèrent, muets. La femme était légèrement en avant. Une belle quarantaine : petit nez pointu, cils fins et longs, lèvres fermées et charnues. Elle gardait les bras croisés sur son tailleur gris cintré. Ses deux comparses, mains dans le dos, portaient le même costume en flanelle grise et une coupe de cheveux identique. Ils n'étaient sans doute pas frères, mais suggéraient dans leur étrange allure une malsaine gémellité, peut-être étudiée pour mettre mal à l'aise le visiteur indésirable. Sans doute la curiosité les avait-elle poussés à recevoir sans rendez-vous celui qui prétendait connaître leur Président. La femme m'offrit un beau sourire tandis que les deux pantins demeuraient impassibles. Elle me proposa de m'asseoir. Elle fit de même. Les deux mannequins restèrent debout, en retrait. Elle me posa la même question que l'hôtesse docile : *Que pouvons-nous pour vous, Monsieur Malbec ?* Je répondis qu'il m'était délicat de donner la raison exacte de ma venue au siège de la *D Corporation.* J'étais attendu par Sir Drummond, il était le seul à qui je pouvais confier les éléments d'un dossier dont il m'avait personnellement chargé. J'étais certain, lui dis-je encore, qu'elle serait en mesure de comprendre. *Certes,* me répondit-elle. *Mais comprenez à votre tour notre souci : Monsieur Drummond s'est absenté pour une longue période. Nous sommes ses plus proches collaborateurs, et en de telles circonstances il serait plus facile, pour vous comme pour nous, de parler maintenant de tout ceci afin de ne surtout pas ralentir un dossier sensible pour notre société.*

Je restai de marbre. Poursuivant mon petit numéro culotté, j'avouai mon embarras. Et lui demandai sur un ton faussement inquiet :

— Que se passe-t-il ? Pouvez-vous me dire où est Romuald ?

— C'est bon, Margaret, laissez-nous… balança

doucement l'un des deux faux jumeaux. Vous aussi, Ambrose.

La femme se leva et quitta la salle sans un mot. L'autre homme lui emboîta le pas. Celui qui resta s'assit près de moi et me dit avec un sourire triste : *Monsieur Henri Malbec... Ne pensez-vous pas que nous nous sommes assez amusés ? C'est à vous de nous expliquer où se trouve actuellement Sir Drummond. Vous détenez une information que nous ignorons.* Il existe des intervalles dans nos vies où l'on ressent cette étrange sensation qui vous laisse nu devant l'obstacle imprévu. On les nomme communément, vous ne l'ignorez pas, des *moments de solitude* : ce terme usé, presque caricatural, trouve toute sa dimension lorsque votre cerveau bouillonnant, disposé à contrer toutes les feintes de l'ennemi, vous abandonne devant une réalité négligée. J'étais prêt à multiplier les mensonges, comme un jongleur multiplie les quilles lancées au-dessus de sa tête en les rattrapant de ses mains agiles. Je pensais être au point pour camper mon personnage de *contact secret*. Un seul détail m'avait échappé : on m'attendait ! Ma venue à la *D Corporation* n'était une surprise pour personne. Sauf pour moi, à la rigueur, qui ne l'avais pas envisagée une seconde. L'homme qui venait de m'interroger d'un ton posé continuait de me sourire tout en me fixant de ses yeux immobiles et impatients. J'étais déstabilisé. Il le savait. Et son silence prolongé creusait mon malaise. Heureusement pour moi, nous n'étions pas dans un médiocre film d'espionnage, aucune brute épaisse n'entra dans la salle de réunion pour me convaincre de lâcher le morceau avant de me dissoudre dans un bain d'acide. J'étais perplexe : que l'on puisse démasquer ma petite mascarade, admettons. On m'aurait demandé des comptes. On aurait voulu connaître mon métier. Mes intentions. Mais que l'on sache à l'avance ma venue dans les bureaux de Drummond m'épatait. Un espion à la solde de l'Écossais s'était-il infiltré dans mon entourage ? Vous, Maurel ? (J'opposai aussitôt à Malbec un petit rire entendu, censé m'innocenter.) Charlotte, si volubile et légère... en apparence ? Ou bien le maire en personne, profitant de ses relations obscures avec Drummond ? N'auraient-ils pas été liés, ces deux-là, par un business secret ?... Allons, taisons ces soupçons grotesques ! Mon interlocuteur à Londres n'eut, lui, aucun mal à deviner l'interrogation que masquait mon silence gêné. Il décida sans attendre d'évacuer le problème et de répondre à la question que je ne lui avais pas encore posée : *Je manque à tous mes devoirs. Je ne me suis pas présenté : je suis Reginald Drummond, vice-président de la D Corporation. Et nous savons tous les deux parfaitement que mon oncle ne peut en cet instant se trouver dans nos bureaux. La grande différence entre vous et moi, Monsieur Malbec, c'est que vous savez ce que je ne sais pas, en l'occurrence où se cache le Président de la D Corporation. Sir Romuald m'avait prévenu de son absence pour* quelque temps, *mais sans autre précision. Il m'a instamment demandé de ne pas chercher à savoir où. Soit. J'ai obtempéré. On ne discute pas une décision de Sir Romuald ! Je n'ai usé d'aucun moyen susceptible de le localiser. Mais cela dure depuis trop longtemps, vous en conviendrez. Vous aimeriez savoir comment j'ai appris votre venue ici ? C'est fort simple : par un banal e-mail. Nous n'avions aucune nouvelle de Romuald et voici qu'il m'écrit, à mon adresse personnelle, pour m'informer qu'un* enquêteur *français va venir se renseigner sur lui. Il m'a donné votre nom. Et, le plus déroutant dans tout cela, c'est qu'il me demande de vous recevoir avec tous les égards et de vous ouvrir toutes les portes que vous souhaiterez... Alors ? À quoi jouons-nous, dites-moi ?*

Sir Drummond menait la partie dans l'ombre. Il avait eu, Dieu sait comment, connaissance de mon départ du Bassin. Le doute pour lui n'était pas permis : tôt ou tard, je débarquerais au siège de sa société à Londres ! Et, de son point de vue, il n'avait plus rien à dissimuler. Je notai au passage l'extrême prudence de l'Écossais : à aucun moment il n'avait précisé à son neveu mon statut de journaliste. Il avait juste écrit : un *enquêteur* viendra au siège de la *D Corporation.* Pas de quoi procurer le moindre indice à mon hôte. Car si Reginald Drummond avait trop rapidement découvert dans quelles colonnes je végétais, il en aurait sans peine déduit où se trouvait son oncle évaporé. Or, Sir Romuald Drummond avait encore besoin de temps... Le neveu déboussolé avait donc mis en place, ou improvisé, une petite mise en scène destinée à m'impressionner. On m'enfermait dans les locaux de la *D Corporation.* J'étais face à un menaçant triumvirat. Un molosse était posté à l'entrée des bureaux, pouvant intervenir à tout moment. J'étais supposé tout balancer par peur de possibles représailles. Peine perdue. Reginald Drummond avait bien vite compris que son stratagème n'était d'aucune efficacité. En me disant la vérité, il espérait en retour la même sincérité : que je lui confie où était son oncle. Je vous avoue ne pas avoir songé à lui livrer le secret. Cela vous surprendra : je n'ai pas agi uniquement pour protéger mon scoop. Mais aussi pour cet Écossais qui empoisonne nos vies. Oui, la mienne autant que les vôtres : je ne pense plus qu'à lui, du soir au matin. Je suis obnubilé par la publication de mon enquête. Cette fois, le rocher ne m'échappera pas, monsieur Maurel. Pas encore ! J'ai commencé l'ascension. Je ne veux pas à nouveau dévaler la pente… Je vous disais cependant avoir souhaité préserver le secret de Drummond aussi un peu pour lui. Après tout, cet inconnu entré dans nos existences délaissées s'inflige un châtiment qui nous effraie. Sa pénitence semble être la seule issue à son obscure souffrance. Pouvais-je être celui qui s'oppose à son destin ? Qui indique à ses troupes où le cueillir ? Qui se substitue en somme à Dieu, convoqué par l'Écossais au tribunal de son infamie ? Eh bien non ! J'ai regardé Réginald Drummond dans les yeux. Je lui ai soutenu mordicus ne rien savoir de l'endroit où se trouvait son oncle. Je lui ai dit que, moi aussi, j'avais reçu un étrange e-mail, non signé et d'une adresse inconnue. On me précisait qu'un mandat me délivrerait une somme importante si j'acceptais d'enquêter sur Sir Romuald Drummond, et plus précisément sur la mort de son fils Fillan. Je poursuivis ainsi d'une traite le nébuleux récit inventé à la minute, comme grisé par les effluves de mon imposture. *Le lendemain*, continuai-je, *une partie de la somme promise fut en effet versée sur mon compte courant. Je dois vous avouer que mon banquier, catastrophé par l'état de mes finances ces derniers mois, m'a appelé pour me féliciter d'avoir ainsi renfloué mon compte. Voilà pourquoi, Monsieur Drummond, j'ai accepté cette offre. D'où ma présence dans vos bureaux… Je ne saurais cependant vous expliquer comment votre oncle a deviné tout ceci. Je veux dire : mon enquête et ma venue au siège de son entreprise. Et encore moins pourquoi il souhaite que vous m'apportiez toute votre aide… Cela n'a pour moi aucun sens…* Cette dernière saillie garantissait la viabilité de ma fragile démonstration. Une tromperie n'était complète et recevable que si elle ne pouvait pas être confondue dans la foulée. J'observai Reginald. Il avait l'air absent. J'aurais été incapable de dire s'il me croyait ou non. Le regard du neveu de Drummond semblait s'être perdu dans d'impénétrables songes. Quelque chose l'avait atteint au plus profond de son âme, et je devinai ce qui pouvait en être à l'origine. En prononçant le nom de *Fillan Drummond*, j'avais porté un coup de rapière dans la carapace de cet homme d'apparence placide. J'avais sans doute atteint le croisement sensible où la naturelle brutalité du monde des affaires s'efface derrière la douleur contenue d'un secret enterré.

Reginald Drummond demeura cependant fort digne. Il quitta ses pensées lointaines pour revenir dans notre salle de réunion. Il se leva et m'informa que les archives de la *D Corporation* étaient à ma disposition, puisque tel était le souhait son oncle. Concernant cette triste affaire, il ne savait rien. Personne ici, d'ailleurs, ne pourrait me renseigner. Dans sa famille, on n'évoquait pas ce noir épisode. Il m'expliqua que le nom du fils unique de Sir Drummond avait été effacé des tableaux. Pas une photo, pas une image le représentant (contrairement à son père). Puis, il m'avoua du bout des lèvres avoir grandi avec Fillan. Son cousin était donc pour lui tout sauf un cliché flou et oublié. Plutôt un souvenir enraciné. Une plaie ouverte... Je restai assis. Immobile. Muet. Mon instinct ne m'avait pas trompé : Reginald Drummond éprouvait le besoin de se confier. D'une phrase, il avait ouvert cette petite grotte scellée au fond de son cerveau où restaient emmurées les ombres de sa vie. Il ne fallait pas interférer avec son trouble. Je retins ma respiration, gardai un regard neutre. Il se rassit, comme boxé par un uppercut. Il se demanda enfin, à haute voix, pourquoi il me parlerait, à moi, de cadavres oubliés dans un placard poussiéreux. Je ne lui répondis pas. Pas question de le couper dans son timide élan. Il se confronta à mon silence obstiné. Que pouvait-il faire d'autre, maintenant, sinon en combler le vide ? Un flot de mots trop longtemps retenus se bousculait dans sa tête. Les vérités bâillonnées voulaient s'exprimer. *Vous voulez savoir, Monsieur Malbec, n'est-ce pas ? Eh bien c'est Fillan qui devrait être aujourd'hui assis devant vous. Pas moi ! C'est à lui qu'était réservée la place de vice-président !* Ainsi, Sir Romuald Drummond pensait-il avoir tout prévu. Tout mis en scène dans une chorégraphie familiale impeccablement réglée. Il s'était néanmoins trompé. Rien ne s'était passé comme il l'avait envisagé. Nous devrions pourtant en être convaincus depuis l'aube des temps : ce qu'écrit l'homme ne se résout jamais à exister. Il est encore le seul à croire, l'orgueilleux, aux destins maîtrisés. Il n'est cependant rien de plus hasardeux que nos lendemains arrogants. Romuald Drummond, donc, envisageait une destinée domptée pour son propre fils. Mais, à un moment précis, les choses avaient basculé. Il me restait à découvrir quand et comment. Reginald me confia avoir très tôt considéré Fillan comme son propre frère. Ils étaient tous deux fils uniques. Chaque été passé sur l'île de Santorin, en Grèce, renforçait un peu plus ce lien quasi fraternel que rien ne pourrait voir détruire : ils se l'étaient promis au cours d'un pacte adolescent scellé par une nuit étoilée au bord de la mer Égée. Avec, comme uniques témoins, deux conquêtes estivales délogées une heure plus tôt d'un café local. Reginald me confia enfin que son oncle était terriblement rigide. Fillan se sentait étouffé par l'étau paternel. Il n'était pas ici question de désamour, encore moins de maltraitance, mais d'exigence. Sir Drummond n'avait qu'un fils et il entendait le façonner à son image. Il voulait lui fabriquer suffisamment tôt une cuirasse assez solide pour résister aux violences du monde. Drummond exigea bientôt que Fillan, encore adolescent, assiste aux réunions stratégiques de l'entreprise. Il le présentait comme son héritier. Personne ne mouftait. Fillan courbait l'échine, du moins en apparence. Tout en maudissant cette vie qui n'était pas, qui ne pouvait pas être la sienne. Une anecdote précise revint à la mémoire de Reginald. Un matin où devait se tenir l'une de ces barbantes réunions, Fillan ne se présenta pas au siège de l'entreprise. Son père l'attendait de pied ferme. Mais l'héritier en avait eu marre. Il avait voulu ainsi marquer par son absence soudaine la lassitude d'une contrainte pesante. Romuald mit tout en œuvre pour retrouver son fils, l'imaginant traîner dans les rues de Londres, d'un pub à l'autre. Celui-ci, en réalité, musardait depuis plusieurs heures dans une librairie de Chelsea, ouvrant un à un les romans qui lui tombaient sous la main. Il en lisait, avide d'espérance, les premières lignes. Débusquait, d'un chapitre l'autre, des mondes inconnus et baroques. Cherchait une inspiration nouvelle dans ces pages imaginées… Ce qui étonna le plus Reginald fut la réaction inattendue de Sir Drummond. On aurait pu s'attendre à un châtiment digne des espoirs déçus du père. Il n'en fut rien. Un long silence de plusieurs semaines s'instaura entre le patriarche et son fils. Moira, la mère de Fillan, se contentait de consoler celui-ci mais ne se s'opposait pas à la volonté du maître de maison. C'eût été peine perdue : Sir Drummond aimait son épouse comme un mâle protège sa femelle au cœur de la savane. L'autonomie triomphante des femmes au XXe siècle lui était étrangère. Et Moira n'était pas femme à brandir l'étendard de sa rébellion. Elle allait en silence. D'ailleurs son fils aurait pu devenir, plus tard, le président de la *D Corporation* : personne ne résistait bien longtemps à Sir Drummond… Mais il avait mis trop de hâte à bâtir ce destin cadenassé. *Vous savez,* poursuivit enfin Reginald, *si j'ai accepté ce poste de vice-président à la demande insistante de mon oncle, c'est bien plus en mémoire de mon cousin que par ambition personnelle. Ni Fillan ni moi ne rêvions de cette existence forcée. Je me contente, disons, d'occuper le vide qu'il a laissé. Je lui dois bien ça, non? C'était notre pacte.* À mon grand dam, Reginald fut incapable de me raconter ce qui advint par la suite. On lui annonça la mort de son cousin un matin très tôt, tandis qu'il se préparait à aller en cours à l'université. Il se calfeutra de longues heures dans sa chambre, terrassé par le chagrin. Fillan n'avait que dix-neuf ans. Aucune messe ne fut dite. Rien ne transpira à ce sujet. Fillan Drummond disparut deux fois : d'une mort factuelle et d'un oubli entretenu. Sur cette amère conclusion, le neveu de l'Écossais se leva. Il m'invita à rester dans ses locaux aussi longtemps que cela me serait utile. Qui sait : peut-être découvrirais-je quelque chose qui avait pu lui échapper? Car, lorsque son emploi du temps le lui permettait, il m'avoua s'enfermer une heure ou deux dans la salle des archives, au sous-sol. Il traquait depuis des années un indice. Un détail qui aurait pu expliquer la mort si brutale de son cousin. Sa secrétaire me guiderait. Il activa l'interphone interne et lui demanda de nous rejoindre dans la salle de réunion. Quelques minutes plus tard entra la stricte

Margaret, engoncée dans son tailleur gris. Reginald lui glissa un ordre simple : m'aider dans *toutes* mes demandes. Le vice-président de la *D Corporation* prit enfin congé, non sans me serrer fermement la main en ajoutant : *Prenez soin de vous, monsieur Malbec. C'est du reste ce que nous tentons tous de faire avec plus ou moins de bonheur en ce bas monde*. Margaret me guida vers la salle des archives, puis s'excusa de me laisser seul à cause du travail qui l'attendait. Je ne devais pas hésiter à la solliciter si besoin était. Elle m'indiqua son numéro de poste et comment la joindre par le téléphone interne posé sur un petit guéridon. Rester ainsi seul au cœur des archives de la *D Corporation* m'enchantait. Je pourrais tout à loisir, et sans être observé, compulser ces tonnes de documents en ciblant ma recherche sur 2007, l'année de la disparition de Fillan Drummond.

Les archives de l'entreprise étaient principalement constituées de contrats, de factures et de courriers officiels. Certains étaient signés de chefs d'État en personne, remerciant le magnat pour sa contribution à la victoire de la Nation. Une grande partie de l'activité de la *D Corporation*, cette année-là, avait vu son bénéfice croître, comme les années précédentes, grâce à la vente d'armes, notamment de missiles ultra-perfectionnés. Le Proche-Orient en était le terrain de prédilection. L'Afrique aussi. Si j'en jugeais par le niveau des transactions, la société de Sir Drummond avait dû engranger de considérables sommes d'argent, et pas seulement en 2007. Plus étonnante fut ma découverte concernant les activités de la *D Corporation* l'année suivante : en consultant le dossier de 2008, on eût dit que la branche armement avait littéralement disparu. Me revenaient maintenant en mémoire les trois grandes photos accrochées au mur de l'accueil : elles résumaient les principales activités de la *D Corporation*. Mais pas une seule image du matériel militaire qu'avait mis au point Sir Drummond, le socle sur lequel il avait bâti son empire. Mettre en avant sa réussite en étalant des armes pouvait, il est vrai, donner une image ouvertement immorale. Cependant, une énigme subsistait dans ces documents si bien classés : pourquoi abandonner aussi vite, d'une année l'autre, la très lucrative activité de la vente d'armes? Sir Drummond avait diffusé l'image d'un homme capable de sacrifier ce qu'il avait de plus précieux pour consolider sa fortune. Nathan Burgless me l'avait confirmé. Je revins sur le dossier de l'année 2007, histoire de voir si rien ne m'avait échappé. J'imaginais, assis à ma place, Reginald Drummond s'usant les rétines sur ces feuillets noircis. Cherchant un détail qui le mettrait enfin sur la voie. À force de lire et relire ces documents froids qui ne m'apprenaient rien sur cette double disparition, celle de Fillan et celle d'une activité bénéfique, j'avais fini par inverser ma réflexion : *Vois ce que tu ne vois pas*, m'étais-je dit à voix haute, dans le ton des injonctions prophétiques. Il me fallait procéder par ordre, je repris tous les dossiers de l'année 2007. Rien ne manquait : pour chaque transaction, on trouvait les contrats officiels. Le détail des factures. Les lettres confirmant tel ou tel marché. Le suivi logistique détaillé, de la sortie de l'usine jusqu'à la destination finale. Et, souvent, les lettres personnelles de chefs d'État ou de Premiers ministres saluant le grand discernement de Sir Drummond venu secourir leur nation en péril. Je passai une à une les feuilles ainsi réparties, transaction par transaction, État par État… Tout était là. Rien de plus officiel. De plus transparent. Du moins en apparence. Je ne doutais pas de l'existence de pots de vin. De rétrocommissions et autres enveloppes passées sous les radars des gendarmes de la finance mondiale. Autant de secrets arrangements inévitables sur ces terrains minés. J'allais refermer le dossier lorsqu'une petite feuille intercalée entre deux chemises glissa sur ma table de travail. Ce n'était pas grand-chose. L'annulation d'un contrat avec une petite nation du continent africain en guerre avec ses voisins. La facture portait sur une modeste quantité d'armes, fusils mitrailleurs et d'autres armes de poing, bien loin des faramineux contrats conclus la même année. Elle était barrée du mot ANNULÉ en rouge. Agrafée à la facture, on trouvait une petite note manuscrite : Sir Drummond demandait à son *directeur Afrique*, un certain Monsieur Claude, de bien vouloir poursuivre la transaction en cours, quoi qu'il arrive ! Quelque chose ne collait pas. Une contradiction flagrante entre cette facture annulée et les directives du fondateur de la *D Corporation*. La facture était datée, mais pas la lettre. Il était possible que la lettre ait été écrite avant qu'intervienne la rupture du contrat. Contrat qu'on ne trouvait nulle part dans le dossier… Je me mis à la place de Réginald tombant sur ces documents insignifiants : pour lui, rien d'anormal. Une transaction qui s'annule malgré le souhait de son oncle de la voir aboutir dans les meilleurs délais. Pour moi, en revanche, un possible indice. Sur cette petite tractation avortée ne subsistaient qu'une facture et une note oubliées. Bien maigre dossier quand on consultait les autres chemises remplies à ras bord de tous les éléments précis des contrats décrochés. Je photographiai les deux chétifs documents avec mon téléphone portable. Puis je remis en place tous les dossiers tels que je les avais trouvés dans leurs grosses boîtes cartonnées noires. Je décrochai le téléphone interne. Je composai le numéro du poste de Margaret. Elle vint me retrouver en quelques minutes au sous-sol, puis me guida vers la sortie. Sur le perron de la maison, avant de nous quitter, je lui posai ouvertement la question : avait-elle entendu parler de Fillan Drummond, le fils de Sir Romuald? Elle adopta un air pénétrant derrière ses lunettes carrées à monture d'écaille noire, fit une moue dubitative, leva ses prunelles au ciel, posa son index sur le menton, cambra son dos (quelle médiocre actrice, me dis-je), puis se montra aussitôt désolée : hélas non, elle ne savait rien concernant le fils de M. Drummond. Elle ne se souvenait pas de l'avoir croisé. Ne savait même pas que Sir Drummond avait un fils. Elle ne connaissait que son neveu, devenu son patron depuis la disparition du patriarche. C'était, en outre, un point que l'on n'évoquait pas au sein de l'entreprise. Cette ultime remarque, comme le reste de sa réponse dépourvue de sens, me convainquit qu'elle mentait lamentablement. Chacun savait que Sir Drummond avait perdu un fils. Mais personne ne connaissait la cause de cette disparition. En tout cas, Margaret avait réussi l'examen : elle ne s'était pas laissé piéger par mon interrogatoire, dût-elle passer pour une écervelée. Inutile d'insister. Je la saluai aimablement. Elle rebroussa chemin, accélérant le pas pour aller claquer la porte de la *D Corporation*.

Nous étions en fin d'après-midi. Ne me restait plus qu'à me calfeutrer dans mon petit hôtel à South Kensington. J'attendrais le coup de fil de Nathan en espérant des informations plus copieuses que ma maigre moisson. Je m'assoupis. Et fus réveillé quelques minutes plus tard par le coup de fil attendu. Hélas, le peu d'éléments récolté par le Capitaine Burgless me laissa d'abord sur ma faim : il était allé frapper à la porte d'anciens compagnons d'armes du renseignement militaire, en service en 2007. La mort du fils Drummond dans des circonstances restées opaques lui avait été confirmée. Mais personne n'avait été chargé d'enquêter. La raison en était simple : Romuald Drummond agissait en sous-marin pour le compte du MI 6 et des services de renseignement de l'armée. Il s'agissait de très utiles missions d'infiltration, son propre business lui servant de couverture. En résumé : le magnat signait de juteux contrats. Il se rapprochait de dirigeants d'États, amis ou ennemis. Il recueillait quelques confidences. Il notait ce qu'il apercevait du coin de l'œil, tout ce qui était de nature à dévoiler un pan inconnu d'une nation étrangère. Il n'avait plus qu'à faire son rapport. De sorte qu'on le protégeait plus qu'on ne cherchait à le contrarier. Lorsque son fils disparut, Drummond demanda qu'on le laisse en paix. *C'est un regrettable accident*, se contenta-t-il de dire. Les services du renseignement britannique firent sans doute preuve de légèreté en ne cherchant pas à en savoir plus. Mais rien ne semblait plus important à l'époque que de protéger les activités visibles et invisibles de ce fidèle et efficace ami de la couronne. *En somme, m'expliqua Nathan sans prendre de pincettes, fallait surtout lui foutre une paix impériale, à ton James Bond écossais !* Pourtant, et c'est là que je repris espoir, Burgless me dit avoir réussi à apprendre où l'on avait perdu la trace de Fillan. En Afrique. Mais il n'était pas encore parvenu à connaître l'endroit précisément. Je sortis immédiatement mon téléphone portable de la poche de mon pantalon. J'ouvris mes dossiers photos et relus un nom sur la facture prise quelques heures plus tôt dans les cartons de la *D Corporation*. Je suggérai à Nathan de chercher sans plus attendre du côté d'une petite enclave anglophone perdue au sud du continent et dont je lui communiquai le nom sans délai.

— D'où te vient cette information ? me demanda-t-il aussitôt.

— Si je te le disais, tu aurais du mal à le croire.

— Dis toujours !

— Des archives de la *D Corporation* !

— Tu es entré chez eux ? balança mon ami, incrédule. Tu avais bien préparé ton coup, j'espère !

— Inutile. On m'attendait.

Je dus expliquer à Nathan la scène extravagante vécue l'après-midi même au siège de la compagnie de Sir Drummond. Ma rencontre avec son neveu Reginald, prévenu par son oncle en personne de ma visite. J'avais découvert un homme affecté par la disparition de son cousin, cherchant encore une explication rationnelle. Puis, mon exploration aux archives de la société, avec la bénédiction du neveu. La piste que je lui ouvrais là n'était pas à proprement parler une information. Plutôt une intuition. Cette facture oubliée, à laquelle était agrafée la note destinée à un certain Monsieur Claude, responsable Afrique de la *D Corporation*, m'intriguait. Si Nathan ne m'avait pas parlé de l'Afrique, je n'aurais pas fait le rapprochement. Nous avions un nom et un territoire. Un étroit sillon dont nous devions suivre la trace… Il faut que je vous dise, Maurel, une fois le téléphone raccroché, j'éprouvai cette sensation que connaissent tous les reporters, celle d'approcher d'une vérité que moi seul serais en mesure de révéler au grand public, une fois l'affaire de l'Écossais publiée. Vos intestins se crispent. Votre tête flotte. Vous aimeriez vous reposer quelques minutes. Demeurer immobile sur votre lit. Inutile. Votre cerveau s'échauffe. Il ordonne à votre corps de ne pas rester en place. Vous vous levez. Vous faites les cent pas dans votre chambre. Vous aimeriez que le téléphone sonne. Ou bien passer un coup de fil. Mais à qui ? Pourvu que Nathan me rappelle vite. Je n'avais pas connu pareille émotion depuis si longtemps : me rapprocher d'un scoop relié à une sulfureuse affaire. J'étais comme un de ces personnages de romans policiers, un genre de flic à la retraite s'emmerdant copieusement dans un coin de sa campagne morne et soudain rappelé sur le terrain par son ancien patron, au motif qu'il est le seul à pouvoir dénouer les fils d'un dossier complexe resté sans issue. Un cold case ! Mais avec, en plus, le privilège d'écrire un article unique. Une exclusivité dont le monde entier parlerait. Mon nom à nouveau cité dans les revues de presse ! Qui sait ? Un éditeur important me signerait un contrat pour raconter dans le détail le roman vrai de l'Écossais de la Pointe. Vous m'aviez offert cette chance-là en entrant chez moi l'autre nuit. L'os que vous m'aviez donné à ronger était suffisamment gras pour me nourrir à nouveau d'un métier tant savouré d'où, à tort ou à raison, peu m'importe, on m'avait expulsé comme on chasse un malpropre d'une maison ne lui appartenant pas, ne lui appartenant plus.

Je finis par m'assoupir… Combien de temps ? Incapable de vous le dire. Je me réveillai en sursaut, vérifiant mon portable bêtement resté en mode silencieux. Nathan avait tenté de me joindre trois fois sans laisser de message. J'appelai la réception, le concierge m'informa qu'un gentleman m'attendait au bar. Je découvris Burgless me saluant d'un *Mais où étais-tu passé, bougre de couillon ?* Puis, sans me laisser le temps de répondre, il me balança : *Offre-moi un armagnac de ton beau Sud-Ouest. J'ai deux ou trois choses à te dire !* Une fois son gosier hydraté, Burgless m'expliqua ce qu'il avait pu collecter auprès d'un fidèle compagnon d'armes. En l'occurrence un ex-agent sur le carreau encore fourré en Afrique. *Tu sais,* me dit-il en guise de préambule, *ce camarade, Rupert, il a passé la majeure partie de sa foutue vie sur ce continent qui peut vous rendre dingue. Les gars comme lui n'en reviennent pas facilement. Entre nous, comment pourraient-ils se réadapter à une existence pressurée, eux qui n'ont connu que l'indolence des terres brûlées ?* Puis il enchaîna en me racontant que Sir Drummond menait en effet, courant 2007, une modeste transaction au regard de son business habituel. Mais on n'avait rien eu à redire. Tout comme personne ne s'était étonné qu'elle fût annulée quelques semaines à peine après le début des tractations. *Mais là n'est pas le plus important, mon bon ami,* poursuivit Burgless. *Non ! Le point le plus sensible, vois-tu, et je te le donne en mille, c'est que son fils l'accompagnait. Et c'est à partir de là, dans ce petit État africain, que se perd la trace de l'héritier. Le nœud de l'énigme, Henri !* Je l'aurais embrassé. Il venait de résoudre une partie de l'équation. Et même s'il m'avouait ne pas savoir ce qu'il était advenu là-bas de Fillan Drummond, il en avait probablement retrouvé la dernière trace. Pas difficile, en tout cas, de comprendre la situation. Sir Drummond l'avait décidé, que cela lui plaise ou non, Fillan l'accompagnerait. Cela faisait partie de sa formation accélérée. De quoi observer et apprendre sur le terrain les activités de la firme. Sinon, inutile de vouloir prétendre au trône de la *D Corporation*. Seul hic : Fillan haïssait l'idée même de prendre la succession de son père… Burgless me demanda de calmer mes ardeurs : il n'avait pas fini. Le seul qui pouvait nous révéler la partie encore obscure de l'histoire était ce fameux Monsieur Claude, cité par Drummond dans sa petite note. *Or tiens-toi bien, Henri, Rupert le connaît. Mieux : il le fréquente quasiment tous les jours au bar d'un hôtel de Dakar !* C'était là où les deux exilés avaient fini par échouer, unissant leur solitude d'hommes blancs presque gommés par leur propre civilisation. Une vie entre deux rives, sans vraiment pouvoir revenir ni sur l'une, ni sur l'autre. Burgless me précisa que Monsieur Claude avait été mis sur la touche en 2008. Soit un an après la disparition de Fillan Drummond ! Puis il conclut son prodigieux récit avec ces mots d'une exemplaire simplicité : *Pas de vol direct Londres-Dakar, Henri. Tu repasses par Paris demain à la première heure. Un avion décolle pour le Sénégal vers 15 heures. J'ai prévenu Rupert : il t'attendra au bar de l'hôtel Equator. Je me suis permis de te réserver une chambre, camarade. C'est l'hôtel ou Monsieur Claude traîne ses guêtres et a ses habitudes !*

Je ne savais comment remercier cet ami admirable, je lui en fis part… Il me posa la main sur l'épaule et me dit : *Soigne tes fantômes et abandonne tes démons. Ce sera un bon début.*

Dans l'avion qui me menait vers Dakar, il me sembla toucher au but. Monsieur Claude n'avait pas réapparu à la surface des affaires de la *D Corporation* depuis près de dix ans. Il en avait été écarté : plus assez efficace, trop vieux, trop imbibé d'alcool. Fallait-il ne voir dans la date de son licenciement qu'un simple hasard du calendrier ? J'en doutais. Ses patrons actuels avaient en tout cas commis, selon moi, une belle bourde : ce genre d'énergumène demeurait précieux. Il possédait des réseaux patiemment tissés au fil du temps. Il maîtrisait les codes de cultures multiples, ignorées des puceaux frais émoulus de leur école de commerce ou de sciences politiques. Il savait mieux que quiconque attendre d'interminables heures dans les antichambres d'un pouvoir nonchalant, une entrevue importante pour faire avancer un seul et unique dossier. Car, sur ces terres ancestrales, la lenteur du temps était une richesse cultivée. Un petit blanc pédant aurait perdu patience et ses contrats dans la foulée. De surcroît, en Afrique comme en Asie, les vieux étaient vénérés : on dit les *vieux* comme on affirme une noble et apaisante vérité. Virer Monsieur Claude avait dû être fort mal perçu d'un bout à l'autre du continent qu'il défrichait, arpent par arpent, au nom de la *D Corporation* depuis des années. Ses patrons avaient décidé de le négliger comme une poussiéreuse antiquité encombrant une cheminée. Monsieur Claude survivait désormais au vide-grenier d'un bar d'hôtel sénégalais : l'esprit vide et les verres pleins. En l'absence de Sir Drummond, seul capable de créer de solides liens pour son business, les affaires de la *D Corporation* en Afrique seraient tôt ou tard fragilisées et beaucoup moins florissantes. Reginald Drummond, neveu fort présentable et d'abord agréable, n'aurait pas su comment conclure un contrat délicat avec un patient potentat africain. Au mieux, on l'aurait poliment éconduit ; au pire, on lui aurait ri au nez. Le temps de la domination occidentale perdurait dans le comportement des profanes. Monsieur Claude était un trousseau rare et précieux pour réussir à ouvrir des portes fermées aux nez des colonisateurs moqués.

Perçant la foule dense, je réussis à m'extraire de l'aéroport de Dakar sous une chaleur moite. Je m'engouffrai dans un taxi jaune et noir aux rétroviseurs flottants, retenus par du scotch en partie décollé. L'aile droite était enfoncée. À l'arrière, une roue semblait moins gonflée que les trois autres. Je n'allais pas me plaindre, il était miraculeux que ce véhicule en possédât quatre. Les banquettes étaient défoncées. De la mousse jaune s'en échappait. Le rétroviseur intérieur était tacheté de points noirs. Mais le pilote de ce bolide souriait. Tant que la voiture avançait, inutile de s'inquiéter. J'indiquai ma destination. Le chauffeur jovial démarra. Il fonça sur les routes refaites. Histoire de parler, il me demanda ce que je venais faire à Dakar. *Voir des amis. Des amis qui vivent ici ?* voulut-il savoir. Une intuition me poussa à lui préciser : *Je viens retrouver un vieux camarade perdu de vue. Claude.* Dans le rétroviseur, je vis le regard de mon chauffeur s'illuminer. Ses globes roulèrent dans leurs orbites. Et, tout en conduisant, il se retourna. *Monsieur Claude ? Tu viens voir Monsieur Claude ? C'est le patron ici, tu sais ? C'est mon ami !* Je lui demandai, inquiet, de bien vouloir regarder la route. Mais mon pressentiment se confirma : ce Monsieur Claude était connu comme le loup blanc sur le continent. Ce n'était pas qu'une légende fugace.

Le taxi traversa les faubourgs de Dakar. Des échoppes éphémères pullulaient au pied d'immeubles vétustes aux briques nues. Les boubous des femmes rondes dansaient avec légèreté. Elles portaient en elles cette grâce indolente que maintenait, sous l'écrasante chaleur, leur inusable gaîté. Vélos et motos pétaradantes se faufilaient dans la circulation compacte, on aurait dit des slalomeurs aériens sur une piste d'asphalte narguant les tôles soudées dans les embouteillages.

Nous arrivâmes enfin devant L'Equator. Un vieux bagagiste aux cheveux de crépi blanc se leva péniblement de sa chaise en osier placée à l'ombre d'un manguier souffreteux, et vint en boitant à ma rencontre. Tout en sortant mon sac de son coffre mal fermé, mon chauffeur me précisa qu'il était sans doute encore trop tôt pour que Monsieur Claude fasse son apparition au bar de l'hôtel. Mais il me demanda de le saluer vivement de la part de son bon et grand et fidèle ami Ousmane. Je le lui promis. Le moment venu, ce serait, qui sait, une amorce de discussion.

À la réception, quand j'eus décliné mon identité, le concierge m'indiqua aussitôt la direction du bar : un ami m'attendait. Je louai l'efficacité de Nathan Burgless, son contact était en place. Je descendis un long escalier partant de la réception et menant vers l'immense piscine à côté de laquelle se trouvent le bar et un restaurant en plein air idéalement situés sur les bords de l'Atlantique. Le panorama était superbe. On apercevait au loin l'île de Gorée, larme de pierre amarrée à l'océan. Sur ce rocher amer se dressaient encore de sinistres bâtisses abritant les cellules humides où s'entassaient jadis des hommes et des femmes emportés loin de leur terre natale vers ce Nouveau Monde avide de leurs corps résignés et de leurs âmes enchaînées. J'arrivai au bar au bord duquel campait un solide gaillard aux larges épaules enserrées dans une veste de lin trop étroite. Un ventre prétentieux en débordait sous une chemise de coton rose. Malgré cette proéminence burlesque, Rupert avait belle allure avec ses fins cheveux blancs couvrant son front et sa nuque. Son regard bleu était vissé dans un visage ovale, aussi lisse que mat. Il me fit un large signe de la main, m'invitant à le rejoindre. Il n'avait eu aucun mal à me reconnaître. Une tête nouvelle au visage blême n'était pas chose courante dans les parages. Nous restâmes debout au bar. Il terminait un verre de bourbon. Je sirotai un verre de rosé de Provence. Rupert me raconta comment il s'était lié d'amitié quelques années plus tôt avec cet étrange animal qu'était monsieur Claude : ils étaient deux naufragés abandonnés sur ce continent. Ils s'étaient aussitôt reconnus au rivage de leur mélancolie camouflée sous des couches de gaîté feinte. Rupert avait été mis d'office à la retraite. Claude viré manu militari. Ils avaient vu tant de choses, ici, en Afrique. Qui les croirait ? Une première bouteille avait suffi à unir leurs solitudes. D'autres suivirent au fil du temps… À l'entendre, ce gars-là connaissait le continent comme sa poche. Mieux que moi, peut-être ! Il me raconta enfin que Monsieur Claude venait quasiment toutes les fins d'après-midi tenir sa permanence au bar. Il s'ancrait au comptoir, éclusant deux ou trois bouteilles de rosé. Son carburant. Rupert avait voulu me faire comprendre qu'une escale prolongée en Afrique pouvait vous cramer les neurones. Soleil permanent. Nuits désinvoltes. Rires faciles et filles accortes. Heures paresseuses. Certains repartaient chez eux à temps. D'autres, comme Monsieur Claude et lui, s'étaient enlisés. Et puis, un beau matin, on se rend compte qu'il est trop tard pour revenir chez soi : ils n'oseraient plus se confronter à un monde si brusque. On ne les attendait de toute façon pas. Ils étaient devenus des invisibles. Ici, au moins, des *fiancées* égarées leur tenaient compagnie certains soirs, contre quelques sous et un lit confortable pour la nuit. Juste le temps pour elles de fuir une poignée d'heures leur condition austère. Tendresse frauduleuse car, au bout du compte, ils demeuraient seuls. On s'était passé de leurs services. Ils se sentaient aussi utiles que ces pneus crevés remisés au fond d'un terrain vague attendant d'être brûlés. Eux se brûlaient l'estomac à coup de vin mauvais et d'eau de vie… et passaient leur temps à s'esclaffer sans ne plus croire à grand-chose. Pourtant ces vieilles carnes cramées au soleil d'un continent asséché quémandaient encore un peu de considération. Néanmoins, leur orgueil coriace, dernier vestige de leur vie ancienne où on les consultait, où on les écoutait, où on les respectait, leur interdisait d'en faire ouvertement état. Il me tardait de rencontrer Monsieur Claude. De lui arracher une vérité incertaine et de foutre le camp. Rupert me conseilla de ne rien laisser paraître de mon impatience. Ce serait un mauvais signal. Claude ne lâcherait pas d'emblée le morceau… si tant est qu'il sache quelque chose. C'était un animal rusé et rugueux qui prenait le temps d'apprécier à qui il avait affaire. Un Africain blanc.

Rupert et moi avions usé pas mal de sujets de conversation (du Proche-Orient à la recette du parfait gigot de sept heures) avant que Claude daigne faire son apparition en diva au bar de l'Equator. Mon correspondant anglais ne s'était pas freiné sur le bourbon, mais Dieu sait par quel miracle, il tenait encore debout. Je m'étais contenté de mon verre de rosé sagement siroté. Avec cette chaleur, l'alcool bu en grande quantité m'aurait terrassé. Ce n'était surtout pas le moment de flancher… Monsieur Claude se posta devant moi, sans me quitter du regard. Il demanda froidement à son compagnon d'exil de faire les présentations. Rupert enroba finement les choses : nous nous étions connus lui et moi sur de lointains champs de bataille. Il avait apprécié ma droiture. Mais il se garda bien de préciser ma profession. Je ne m'en offusquais plus depuis longtemps : le journalisme, socle d'informations vérifiées, était considéré en certaines zones du monde comme un tout-à-l'égout de commentaires infondés. Rupert avait tu ma fonction comme l'on cache le métier d'une pute de luxe à un dîner chez des amis de la haute société. Il s'agissait de ne pas alarmer Monsieur Claude, dont la vie était devenue une ombre commode. De toute façon, ce dernier ne posa plus de questions. Il savait mieux que quiconque la vertu des secrets bien gardés et des vies en sous-marin. Claude était un petit homme dodu à la tête de bouledogue accablé, aux cuisses épaisses et courtes, aux cheveux blancs en bataille et au regard en berne derrière des lunettes de vue rectangulaires. Mais dans ses prunelles délavées subsistait la lumière de ses succès voilés et de sa lucidité indemne. Impeccablement vêtu d'une chemise Ralph Lauren bleu ciel sans un pli, d'une veste de lin négligemment posée sur son épaule et retenue par son index, d'un pantalon de toile blanc s'arrêtant à la lisière de ses mocassins portés sans chaussettes, il préservait l'allure des heures illustres. D'une époque périmée où l'apparence était un langage. Il demeura debout une main dans la poche, l'autre tenant encore sa veste, sans serrer la mienne. Puis il se tourna vers le barman et lui hurla d'une voix cassée : *Oh ! Saliou ! Tu attends quoi pour me servir mon verre ? Que je crève, c'est ça ? Bon à rien... Vous aurez tous ma peau !* Un grand homme en veste blanche tachée se hâta vers lui, hilare, lui tendant une bouteille. *Non, patron. Tiens, voici ton bon rosé, patron !* Et Claude partit dans un rire tonitruant, puis se versa une généreuse rasade, la première d'une longue nuit. Il s'amusait – ou bien le vivait-il sans le dire au premier degré, comme à l'époque lointaine des colonies ? – à se comporter comme un odieux petit maître blanc. Je ne doutais pas qu'il mît une distance pleine d'humour dans son interprétation poussive. Mais en l'observant, si caricatural, je me demandai malgré tout jusqu'où ne subsistait pas encore en lui le regret des temps anciens.

Claude, ensuite, m'ignora. Il ne s'adressa plus qu'à Rupert, posant sur le comptoir quelques souvenirs communs en vrac, sans grand intérêt. Il évoqua d'obscures affaires menées pour le compte de businessmen libanais (une communauté importante à Dakar), raconta ses fortunes diverses, se souvint de quelques conquêtes confortables lui rendant visite tard dans la nuit, que Rupert semblait avoir connues dans de semblables dispositions. Je m'emmerdais. Ces souvenirs de vétérans égrenés au bar d'hôtels de transition avaient nourri ma vie de reporter. Jusqu'à l'indigestion. Sentant poindre ma lassitude, Rupert apostropha son camarade d'un air faussement désolé :

— Et dire que tout ça, c'était du temps où tu représentais la *D Corporation* ! Une sacrée belle époque, hein, mon Claude ?

Le visage du Français se raffermit. Il finit d'une traite son verre de rosé. S'empara d'une bouteille à peine ouverte, la troisième, et fit le plein sans trembler.

— Quelle bande de salauds, Rupert ! Me foutre à la porte, moi ! Comme une cloche. Tu te rends compte ? Tout ce que j'ai fait pour cette boîte à la con. Les contrats signés. Des millions de livres sterling, de dollars… et me voilà sur le carreau comme une fiente sur un pare-brise !

Je mourus d'envie, là tout de suite, de le mitrailler de questions. Mais inutile d'empêcher Rupert de poursuivre. Ni de couper Claude dans son élan. Le bonhomme chantait tous les soirs au bar la même complainte, celle de son arbitraire, de son amère mise à l'écart. Quant à moi, je continuai à jouer mon rôle à la perfection, celui de la potiche qui tient la chandelle. Qui boit sagement sans déranger deux camarades qui s'épanchent. La meilleure stratégie pour faire parler notre homme. Mon unique témoin. Le détenteur oublié du secret de l'Écossais de la Pointe.

— Ah ! Claude ! Quelle tristesse, enchaîna Rupert. Quand tu vois ce qu'ils m'ont fait à moi. Du jour au lendemain, paf ! C'était fini ! Sans un mot de remerciements. Soi-disant pour protéger ma couverture. Tu veux que j'te dise : une belle bande d'ingrats, tous autant qu'ils sont…

C'était, il est vrai, une manière habile d'encourager Monsieur Claude à se livrer : évoquer soi-même ses tourments pour inciter l'autre, mine de rien, à évoquer les siens. Claude se resservit un verre de rosé à ras bord. Son regard naviguait dans des souvenirs muets. Et Rupert, ne lui laissant pas le temps de réfléchir, posa la question qui m'obsédait depuis le début de cette fastidieuse soirée :

— Mais au fait, fidèle camarade de combat, tu ne m'as jamais dit ce qui t'avait valu un si mauvais sort. Moi, c'était écrit : j'étais trop vieux pour continuer à porter le smoking de James Bond. Je n'aurais plus dupé grand monde. Mais toi, enfin ? Tu aurais pu rendre encore de précieux services !

Monsieur Claude garda un long moment le silence. Je finis même, anxieux, par le croire déterminé à ne rien dire sur l'épisode fâcheux de sa disgrâce dont il devait, en cet instant, se repasser tous les chapitres dans sa mémoire ranimée. Il sortit une cigarette d'un paquet dissimulé dans la poche intérieure de sa veste et finit par balancer :

— Si on allait ailleurs, Rupert ? Dis à ton ami de nous suivre, sinon il va dépérir !

C'était déjà le cas. Et la perspective d'accoster sur d'autres rivages dans cette ville turbulente ne m'enchantait guère. Mais Rupert et moi ne disposions d'aucune autre alternative, nous devions lui coller aux basques pour récolter ses confidences. Nous nous retrouvâmes quinze minutes plus tard sur la terrasse criarde du Café de Rome, non loin du palais présidentiel. Sans doute l'une des premières escales de Monsieur Claude pour aborder sa nuit sans fin. J'avais envie d'aller me coucher, les heures d'avion commençaient à faire leur effet. Ma résistance s'effritait. Et ce n'est pas le sourire insistant des demoiselles aux attentes tarifées, assises seules aux tables du troquet, qui aurait pu me faire changer d'avis. J'étais de toute façon piégé : Claude nous entraînait dans son sillage et nous ne savions pas combien de temps durerait cette farandole désenchantée. Il commanda une bouteille de rosé. Je me crus obligé d'en accepter un verre. Rupert vida le sien d'un trait et s'adressa à son ami. Lequel, bien qu'éméché, n'en laissait rien paraître. Les effets scélérats de l'alcool avaient dû, à force, se dissiper. Rupert reprit la conversation le plus naturellement du monde, là où nous l'avions laissée. Comment un si méritant collaborateur de la *D Corporation* avait-il été ainsi méchamment poussé vers la sortie ? Monsieur Claude n'avait pourtant jamais évoqué le fond de cette affaire. Ce soir, il se demandait bien pourquoi, son silence ne lui avait rien rapporté. On lui avait ordonné de se taire, on lui avait promis une promotion. Un an plus tard, en guise d'avancement, on lui avait signifié son brutal licenciement. Un homme de main de Drummond, à la mine patibulaire, avait fait le déplacement avec un chèque bien mince, mais suffisant selon le patron de la *D Corporation.* Il lui conseillait de ne rien révéler, lui garantissant sinon de sérieuses représailles. Menaces à peine maquillées. Il devait impérativement la boucler. Car il avait vu, lui, de quoi était capable le grand Sir Romuald Drummond anobli par sa très gracieuse majesté !

— Une saloperie, Rupert. Une saloperie à laquelle je n'aurais pour rien au monde voulu être mêlé. Ni de près ni de loin. Et pourtant, tu le sais, j'en ai vu des saloperies, ici et ailleurs. Dieu sait pourquoi Sir Romuald Drummond, mon honorable patron, avait décidé de débarquer dans cette petite nation au sud du continent avec son rejeton. Imagine le tableau : on discute vente d'armes au beau milieu d'une guérilla sanglante. D'un côté un despote barbare, de l'autre des rebelles brutaux. Et le fiston au centre. Totalement irresponsable de l'embarquer dans ce marigot. Drummond avait beau marteler que son fils serait son successeur, qu'il devait apprendre sur le terrain… ce terrain-là était bien pourri, Rupert !

Cela s'était passé fin août 2007. Tôt le matin. La veille au soir, Romuald Drummond, accompagné de son fils et de Monsieur Claude, avait eu une entrevue avec le chef d'État de cette enclave : un petit territoire aux forêts humides et aux villages épars uniquement reliés par les fleuves qui le traversaient et dont les terres abondantes en or et en cuivre avaient fait une nation indépendante depuis seulement vingt ans. La dictature s'était vite imposée. Les idéaux de la liberté, ici aussi, avaient été trahis par une illusion plus puissante encore… Ce rêve sourd qui accorde aux hommes une exigence hideuse : le pouvoir absolu. Un accord avait donc été passé pour une quantité précise d'armes, fusils mitrailleurs, fusils à visée laser et un lot important de petits pistolets maniables. Pas d'armes lourdes. Drummond avait tenu à présenter son héritier au Président. Ce dernier lui avait souhaité le même succès qu'à son père. Fillan Drummond était resté impassible… Il s'en fichait et ne s'en cachait pas. À cette époque, des rebelles s'étaient massés aux frontières, prêts à mettre la capitale à feu et à sang et à renverser le Président de la République *à vie*. Il était recommandé de ne pas traîner en ville. L'Écossais repartirait le lendemain. Ce matin-là, il prenait un peu de temps dans la chambre du seul hôtel potable dans le coin. L'avion ne décollait qu'à 14 heures. Son fils, réveillé aux aurores, était descendu. Il était assis seul sur la terrasse de la salle à manger. Il laissait chavirer ses sombres pensées. Claude le savait : Fillan Drummond n'avait pas envie d'être ici. Il lui arrivait, loin des oreilles du père, de recueillir les confidences amères du fils. Prendre la suite de Sir Romuald dans un univers auquel il se sentait totalement étranger, qui le dégoûtait presque, l'horrifiait. Rien de tout cela ne l'intéressait. Il aurait voulu être ailleurs. Loin d'ici, en tout cas.

Ce matin-là… Tout s'était passé très vite dans le crépitement des tirs nourris. Un vieux serveur, seul au service à cette heure matinale, avait tout vu. En quelques secondes, un petit groupe de rebelles armés avait réussi à s'introduire dans l'hôtel sans surveillance. Des hommes surexcités avaient balancé des rafales en hurlant des ordres dans leur dialecte incompréhensible. Le vieux bonhomme s'était allongé à terre, épargné miraculeusement par les balles perdues. Les rebelles avaient foncé droit sur Fillan Drummond, comme s'ils savaient à qui ils avaient affaire. Aux dires du vieil homme, qui observait la scène d'un œil au-dessus de ses bras repliés sur son visage en sueur, l'épaule du garçon saignait abondamment. Une balle l'avait atteint. Un rebelle l'avait saisi par le haut du bras blessé. Fillan avait hurlé de douleur. Aucune compassion sur les visages haineux des soldats de fortune. Ils étaient venus pour lui : le vieux serveur en était persuadé. Ils avaient su où et quand le trouver. Ils l'avaient traîné à terre vers la sortie de l'établissement. Fillan criait. Le serveur avait enfin entendu au loin le moteur enroué d'une voiture démarrant et le crissement de ses pneus sur la route caillassée. Les rares clients présents dans l'hôtel étaient restés cloîtrés dans leur chambre. Mais Sir Drummond, nourri d'un sombre pressentiment, avait accouru vers le lieu du drame. Le vieux serveur accablé lui avait raconté le peu qu'il avait vu. L'Écossais était resté silencieux. Droit. Immobile. Les poings sur ses hanches. Son visage, Claude s'en souvenait encore, était un masque de cire. Aucune émotion. La police militaire avait fini par arriver, toutes sirènes hurlantes. Un officier avait pris à part Drummond. Rien n'avait transpiré de leur échange. Claude avait imaginé, et il ne devait pas être loin de la vérité, que le Président en personne lui assurait faire tout ce qui serait en son pouvoir pour récupérer son fils et châtier sans pitié les rebelles. Promesses exhibées qui ne coûtaient rien. Car si les kidnappeurs avaient fui vers la frontière poreuse et, audelà, s'étaient réfugiés dans la forêt dense où l'armée régulière ne se risquerait pas, l'affaire prenait une âpre tournure. Reverrait-on jamais le fils Drummond vivant? Monsieur Claude avait commencé discrètement à mobiliser ses propres réseaux : des officiers de nations voisines, des agents du renseignement étranger, des dignitaires haut placés dans les sphères politiques du continent. On battait le rappel de tous ceux qui seraient en mesure d'aider Drummond à sauver son unique héritier. Mais qui pouvait négocier avec une bande de rebelles isolés ?

Tout en parlant, Claude continuait d'étancher sa soif. Il buvait consciencieusement les verres de rosé qu'il n'oubliait pas de remplir une fois vidés en quelques lampées. Cette barrique était impressionnante. Je m'étais bien gardé d'ouvrir la bouche depuis le début. Mais je n'avais pas perdu une miette de son récit, incitant ma mémoire à le conserver intact. Pas question de prendre des notes. Notre compagnon du bout de la nuit aurait tout compris : on le faisait parler pour livrer son récit à une presse calomnieuse. Claude voulut à nouveau changer d'endroit. Mais, cette fois, Rupert posa son bras sur le sien et lui avoua être bien au Café de Rome. L'air était ce soir très doux. Les filles étaient ravissantes. Il serait toujours temps, un peu plus tard, d'aller explorer d'autres contrées périlleuses dans la ville bouillonnante et de se perdre, pourquoi pas ? dans les boîtes à la mode des Almadies. Claude n'insista pas. Il reprit automatiquement son récit là où il l'avait laissé, comme si plus rien ne s'opposait désormais à ce qu'il livre cette vérité. Celle sur laquelle on l'avait obligé, dix ans plus tôt, à poser une dalle scellée.

L'Écossais fut reçu le soir même au palais présidentiel, immense maison rose et blanche d'un remarquable mauvais goût, surmontée de longues et fines tourelles aux toits coniques, pareilles à celles du château de la Belle au Bois Dormant, et perchée sur une colline nue dominant la ville. Claude l'accompagnait. Le Chef de l'État l'informa d'emblée qu'il avait puni officiers et soldats incapables de tenir les postes de garde le long de la frontière. Il s'excusa platement de cette impardonnable erreur. Selon les premières informations en sa possession, on avait affaire à un petit groupe de rebelles désorganisé. Que l'on se rassure : il ne serait pas difficile de leur mettre le grappin dessus et de leur faire passer l'envie d'oser à nouveau s'attaquer à l'intègre nation qu'avait l'honneur de diriger et de protéger Son Excellence. Drummond resta muet, se contentant de serrer la main du Président avant de prendre congé. Le patron de la *D Corporation* et son responsable Afrique rentrèrent ensuite à l'hôtel. Le directeur vint à leur rencontre, fébrile. Il leur tendit un bout de papier froissé déposé par un inconnu deux heures plus tôt. Sir Romuald déplia lentement la feuille chiffonnée. La lut. Sans un mot. Il demanda à Claude de le suivre dans sa chambre. Il en verrouilla la porte à double tour. Puis il lui tendit la missive sur laquelle, d'une écriture approximative, une importante rançon en dollars américains était réclamée en échange de la vie de Fillan. Il était aussi précisé que le Groupe Révolutionnaire de Libération National n'aurait aucune pitié pour le fils d'un traître doublé d'un vendu. Monsieur Claude se leva. Prêt à donner les ordres nécessaires pour libérer les fonds. Mais Drummond le stoppa net. Il n'était pas question que l'on verse un seul sou à ces ordures. Claude en resta interdit. Le ton de la lettre ne laissait planer aucun doute : si l'on n'accédait pas à la demande des kidnappeurs, ils n'hésiteraient pas à exécuter le fils de son Président. Lequel, à cet instant précis, là devant lui, dans cette chambre sombre aux murs de crépi ocre et humides, refusait de plier par orgueil. Claude s'insurgea : ne pas verser la rançon c'était, il le savait, condamner son propre fils. Ne fallait-il pas, à tout le moins, en informer le Président? *Vous ne comprenez donc rien, Claude? maugréa Sir Romuald. Nous ne pouvons prévenir personne. Ces rebelles! Je leur ai à eux aussi vendu des armes. J'ai misé sur le rouge et le noir. Et voici où nous en sommes : ils ont tout découvert. Dieu sait* comment, *mais ils ont appris que je livrais aussi leur pire ennemi. Je suis piégé. Il est impossible de dire quoi que ce soit à qui que ce soit. Maintenant, ouvrez bien grand vos écoutilles, nom d'un chien : ces salauds n'obtiendront rien de moi. Ils ont eu leurs armes. Et ils me rendront mon fils!*

Monsieur Claude apprit alors, abasourdi, que son patron, sans passer par lui, mais avec l'aide des services secrets britannique et américain, avait clandestinement soutenu la rébellion. Une assurance-vie, en quelque sorte. On voyait depuis quelques heures où cela l'avait mené : en enfer! Là où se trouvait précisément son fils. Les États occidentaux espéraient ainsi en finir au plus vite avec le despote et négocier à terme de solides accords commerciaux avec les futurs dirigeants, qu'ils mettraient en place, de cette petite nation aux mines d'or et de cuivre convoitées. On se fichait de remplacer une dictature par une autre. L'essentiel était de s'entendre avec les hommes en place. Ceux-là ou d'autres… c'était du pareil au même. Mais ce n'était plus le cas avec l'actuel président. Il avait manifestement oublié la dette morale contractée auprès de ses soutiens occidentaux. De sorte qu'on laissa Drummond pactiser avec le diable. Mais, en échange, il aidait le camp adverse. Comme toujours, les services secrets maniaient des grenades dégoupillées. Et s'étonnaient par la suite qu'elles leur explosent au visage. Trop tard pour Drummond : il avait cru maîtriser la partie. Il s'était retrouvé dans la pire situation qui soit pour un père : avoir mis en danger la vie de son propre fils. Claude, longtemps, se demanda pourquoi le président de la *D Corporation* avait embarqué son unique héritier sur ce territoire empêtré dans une guérilla violente. Romuald Drummond, de surcroît, avait misé sur une stratégie hasardeuse sans en informer son directeur Afrique. Ça n'était jamais arrivé : Claude eût été, qui sait, en mesure de le sortir à temps de ce guêpier... Oui ! La partie était mal engagée. Et Drummond était isolé. Seul face à ses démons. Il n'imagina même pas une seconde appeler sa femme, la mère de son fils, pour l'informer du drame qui se déroulait si loin de chez eux. N'importe quel père l'aurait fait. Pas lui. Il demeurait obstinément enferré dans son abîme. Les deux hommes passèrent une nuit blanche. Chacun dans sa chambre. Claude était incapable de dire ce qu'avait fait son patron. Il sut simplement le lendemain qu'il n'avait pas fermé l'œil de la nuit. Pour autant, Sir Romuald Drummond demeurait imperturbable : il ne verserait pas un centime. Les rebelles lui rendraient son fils vivant. Il ne se laisserait pas intimider. Ces imbéciles, il en était certain, avaient encore besoin de lui et de son fichu arsenal. Monsieur Claude, seul dans son coin, en doutait…

Le lendemain, un nouveau message atterrit à la réception de l'hôtel : les ravisseurs imposaient un ultimatum de trois jours, au-delà duquel ils mettraient leur menace à exécution. Aucun délai supplémentaire ne serait accordé. Sir Drummond restait cloîtré dans sa chambre. Il refusait de céder. Dieu sait pourquoi.

Le corps de Fillan Drummond fut déposé à l'hôtel soixante-douze heures plus tard. Dans plusieurs boîtes. Découpé. À la machette. Des boîtes de carton ficelées, imprégnées de sang séché. Un camion les avait balancées au petit matin devant la porte de l'établissement. Sur un bout de papier maculé de brun, épinglé à l'un des cartons, quelques mots mal orthographiés d'une écriture irrégulière annonçaient ce verdict : *Ainci creve lé fils de pute !* Ni le directeur de l'hôtel ni son personnel ne voulurent toucher à ces paquets abandonnés sur la route poussiéreuse. Chacun savait ce qu'ils contenaient. Sir Romuald avait quitté sa chambre. Il s'approcha. Ouvrit le carton où était accrochée la sentence des rebelles. Il découvrit la tête rigide de son fils dont le visage balafré de coups de machettes s'était crispé dans un effroi encore présent. Sa bouche dessinait une grimace figée par la peur d'une mort imminente. Ses paupières fermées et sèches, cependant, pleuraient… Implorant son père de ne pas l'abandonner.

Monsieur Claude vida son verre. Cette image ne le quittait pas. Piégée dans sa mémoire. Et tout ce rosé bu chaque soir de sa vie ne changerait rien. Lui restaient aux aurores pâles de douloureuses migraines et la vision insupportable d'une tête tranchée, dont les derniers traits portaient les stigmates d'une peur atroce : cette terreur impossible à décrire si vous n'avez jamais vu se dresser devant vous une mort certaine et barbare.

Claude nous raconta encore les silences interminables de Sir Drummond. Ce visage cireux. Ces traits immobiles. Nul ne pouvait dire ce qu'il pensait. Ni ce qu'il ressentait. Quelles émotions avaient façonné cet homme ? Comment expliquer cette obstination qui avait précipité la mort de son fils unique ? Dix ans après, le responsable Afrique de la *D Corporation* ne trouvait aucune explication rationnelle à cet aveuglement. L'Écossais avait demandé audience au Président de la République, il s'agissait d'étouffer l'affaire. D'évoquer une mort accidentelle. Les responsables et tout le personnel de l'hôtel disparurent du jour au lendemain. Personne n'avait rien vu. Personne ne devait parler. On enterra à la hâte les restes du corps de Fillan dans un recoin d'une forêt aux abords de la ville. Un simple trou boueux. Pas de sépulture. *C'est là toute l'histoire, Rupert, conclut monsieur Claude d'une voix sans timbre.*

Nous étions abasourdis. Claude marqua un long silence. Il nous raconta enfin comment on vint le voir de Londres, un an plus tard, pour lui signifier son licenciement avec effet immédiat. Le sbire de Sir Romuald lui conseilla vivement de la boucler. Drummond effaçait les traces de son crime. Claude se demanda longtemps comment il avait lui-même échappé à une mort programmée : l'éliminer aurait été la garantie absolue de son silence. Il lui arrivait de se retourner dans la rue pour voir s'il n'était pas suivi. De s'attabler dans un restaurant dos au mur, face à l'entrée. Et puis, la paranoïa avait fini par s'évaporer. Subsistait le souvenir de ces heures tragiques. De ce corps fragmenté. Comment être serein quand on a de la mémoire ?

La nuit, dans ma chambre d'hôtel, j'aurais voulu reprendre en notes l'intégralité du récit que nous fit Monsieur Claude. Ne rien en perdre. Noircir fiévreusement mes carnets jusqu'à l'épuisement. J'en étais incapable. L'image de cette tête coupée, se superposant au visage impassible de l'Écossais, régentait mon insomnie. Mais enfin, à quel homme avions-nous affaire ? Était-il seulement un homme ? Cette étrange question que nous n'avions cessé de nous poser depuis son arrivée sur la presqu'île résonnait comme un air familier. Si chaque détail conté ce soir était exact, et ils l'étaient tous sans l'ombre d'un doute, la sentence que s'infligeait Drummond me paraissait bien douce. Sir Romuald, je crois, me dégoûtait : il était riche d'une richesse abjecte. Et pauvre d'un idéal absent. Il avait passé sa vie à tremper ses saletés dans l'encre de ses oublis… Nous avions abandonné Monsieur Claude vers deux heures du matin. Rupert m'avait raccompagné à mon hôtel. Nous nous étions tus durant le trajet. Mais, avant de me quitter, il me posa quand même cette surprenante question : publierais-je mon article ? J'avoue que sa demande me saisit au premier abord : j'étais venu ici dans ce but unique. Délivrer une vérité effacée. Et engendrer ma renaissance ! Mais, au bout de cette nuit poisseuse, mes certitudes se flétrirent. Écrire l'histoire vraie de l'Écossais me plaçait dans la peau d'un magistrat rendant un implacable verdict : un père était coupable d'avoir abandonné un fils à ses bourreaux. Pire : en l'obligeant à l'accompagner sur ces terres brûlées par des guérillas sanglantes, il avait offert son héritier à une mort consciente. Que pouvais-je écrire d'autre ? Vient le moment où surgissent nos culpabilités entêtées. Au Koweït, elles ne s'étaient pas imposées. Voici que se présentait à nouveau l'opportunité attendue. Et soudain, au cœur de cette nuit moite et triste, en cherchant à tout prix, de toute mon âme, la vérité que vous m'aviez demandé de traquer, monsieur Maurel, ma revanche avait perdu le goût des triomphes convoités…

20

Une décision

Combien de tasses de café froid avais-je bues ? Quelle heure était-il ? Une coriace odeur de caféine emplissait la pièce. L'aurore ne nous avait pas attendus. Une pâle lumière cherchait un passage au travers des rideaux de mon salon. Un long silence suivit le récit de Malbec. Nous savions, ou du moins nous doutions-nous, qu'un terrible secret hantait Drummond. Mais pas à ce point ! Une part de moi-même était horrifiée par le récit que je venais d'entendre. Une autre était fascinée par l'Écossais de la Pointe. Ce monstre d'égoïsme avait patiemment conçu le châtiment de son impardonnable faute. J'avais hâte d'en parler au curé et de connaître sa position, en homme de Dieu voué corps et âme au pardon. Une simple confession aurait-elle suffi à Dieu pour absoudre Sir Romuald ? J'étais perdu dans mes pensées. Fatigué, aussi. Malbec se leva. Je restai assis et le regardai l'air hagard. Je lui posai à mon tour la question que lui avait posée Rupert à Dakar : que comptait-il faire ? Malbec prit un temps avant de répondre : il attendait depuis si longtemps de favorables circonstances lui permettant de sortir enfin la tête de l'eau. La terrible histoire de l'Écossais de la Pointe en était une. Il avait accepté d'enquêter pour écrire son article. Il était temps pour lui de remettre ses idées en place. De trouver le ton adéquat pour rédiger son papier. D'être le plus honnête possible. De ne pas se muer en accusateur public. De relater les faits… et rien d'autre ! Il me quitta en esquissant un sourire :

— Je ne suis pas la conscience de l'Écossais, monsieur l'instituteur. C'est peut-être votre cas, au curé et à vous. Vous l'avez décidé. Mais moi je ne suis qu'un petit scribouillard qui continue de faire son boulot.

Je n'avais plus le temps de passer à l'église. L'école m'attendait. Je marchai vers mes élèves. Moulau m'alpagua au coin d'une rue. Il me prit par le bras, me raconta, fébrile, que les camions de l'Écossais parcouraient à nouveau la presqu'île de long en large. Tous chargés à ras bord de troncs d'arbres, de piliers de béton et de grosses pierres (il ne m'apprenait rien). « Cela n'en finira donc jamais ? », hurla-t-il. Il s'était mis en tête de créer un comité de défense contre l'Écossais et de dénoncer l'inertie du maire. Il me demanda d'en faire partie. Je lui rétorquai, exaspéré, que l'Écossais ne nous menaçait pas. Nul besoin, dès lors, de nous défendre ! Quant au maire, il ne ménageait pas sa peine. Qu'aurait-il fait de mieux, lui, le pharmacien agité ? Quel était son fabuleux programme, en dehors d'une ridicule déclaration de guerre au géant de la Pointe ? Je passai mon chemin. Moulau resta figé sur le trottoir. Il me donnait l'envie d'encourager Malbec à écrire son article, en espérant que le reporter consciencieux ne l'épargnerait pas. Je n'étais guère concentré. Je fis de mon mieux pour transmettre de maigres parcelles de savoir à ma troupe dissipée. Je comptai les secondes jusqu'à la sortie des classes. Pire qu'un cancre. La cloche de midi retentit enfin. Je me précipitai hors de l'école et courus vers l'église.

Je trouvai le Père Mirande seul dans la sacristie, qui lisait la Bible. C'était un bon et brave curé plongé dans la parole des Évangiles chaque fois qu'il en avait le temps ; du moins quand personne ne venait le quérir pour une divine urgence. Rien de revêche en lui. Pas de discours indigeste. Sa soutane n'était pas une armure contre les hérétiques, mais une inébranlable foi illuminait son âme. J'avais appris à aimer ce curé audacieux, pas le moins du monde enfermé dans le dogme. Il défendait Dieu comme un frère, quels que fussent les reproches que l'homme Lui adressait. Mirande n'opposait aucun argument aux accusations de son prochain. Il laissait aux hommes le droit d'en vouloir au Seigneur de tant d'inégalités terrestres. Mais, si on lui demandait son avis, il se contentait de répondre avec son éternel sourire doux : « Laissez Dieu vivre en vous. Pardonnez. Oubliez vos haines. » Le message pouvait paraître simpliste. Candide en des temps sournois. Mille fois rebattu. Un beau et gras poncif de prêtre. Mais il le martelait sur un tel ton, avec une telle conviction chevillée à l'âme, que ses sages paroles finissaient par panser les cœurs blessés. J'avoue avoir trouvé auprès de Mirande une sérénité teintée d'une amitié improbable née de notre alliance.

Il leva la tête. M'aperçut. Me sourit enfin. Il me proposa de m'asseoir sur une chaise en bois. Une étroite table carrée en chêne nous séparait. Il ferma son livre, le reposa doucement. Il avait espéré ce moment avec la patience d'un Roi mage cherchant une étable. Il me demanda de lui révéler sans plus attendre le secret de l'Écossais de la Pointe. Il ne douta pas une seule seconde que ce fût la raison de ma visite.

Je lui racontai le mieux possible l'histoire effarante entendue cette nuit en m'autorisant toutefois certains raccourcis utiles. Paupières closes, le curé m'écouta sans m'interrompre. Puis, après que j'eus conclu mon récit sur cette sensation d'impuissance que m'inspirait notre intervention auprès de Drummond, et à présent que nous connaissions la source du mal, Mirande se leva, fit doucement le tour de la table, s'assit sur le rebord, me demanda une cigarette qu'il alluma et dont il aspira une première bouffée. Il portait sur son visage les sombres stigmates d'un homme venant de prendre une grave décision. Ses traits bruns étaient tirés, ses sourcils soucieux en accentuaient la rudesse. Sa silhouette trapue, comme si le poids du monde écrasait ses épaules robustes, signalait une longue et pénétrante réflexion qu'il avait menée avant de se décider enfin à m'en parler. Il décréta qu'il était temps pour nous d'agir. D'aller au plus tôt à la rencontre de l'Écossais. De mettre à exécution notre plan, ou plutôt le sien, puisque désormais nous possédions suffisamment d'éléments – et quels éléments ! – sur son compte. Nous étions en mesure de l'éloigner de son destin morbide. Mirande avait en partie raison : nous en savions assez sur l'Écossais pour entreprendre au moins un dialogue équitable. Pourtant, demeurait en moi le sentiment d'une vaine tentative. D'un échec annoncé. Ne présumions-nous pas un peu trop de notre force face à la créature de la Pointe ? N'allions-nous pas nourrir le Minotaure de nos orgueils dérisoires ? Le bon prêtre tenait coûte que coûte à notre équipée, le raid de la dernière chance. Quant à moi, mon insatiable curiosité m'interdisait de l'en dissuader : je mourais d'envie de l'accompagner ! Je lui rappelai toutefois mon engagement : prévenir Malbec et lui permettre d'observer la scène. Le curé tiqua. Il avait occulté ce détail. Mais ce n'était pas négociable : Malbec avait été l'artisan nécessaire de ce fragile stratagème et de notre possible victoire. Sans son enquête fouillée, nous n'en mènerions pas large face à Drummond. Nous serions une fois de plus désarmés. Mirande préféra sagement ne pas s'attarder sur la question. La présence du journaliste ne changeait rien. Le plus important était de choisir le bon moment pour surprendre Sir Romuald, à supposer que l'Écossais fût encore homme à être surpris. « Nous irons à sa rencontre dès cette nuit, martela Mirande, à une heure idéale pour ne pas éveiller les soupçons du village sur nos expéditions secrètes. » D'un ton ne voilant pas mon ironie, je suggérai de choisir plutôt le vendredi : une tempête encore plus vigoureuse que celle de la soirée était annoncée par les météorologues. Peut-être serions-nous obligés de crapahuter plusieurs nuits d'affilée sur le terrain damné de la Pointe avant de tomber nez à nez avec le géant roux. Ou bien de tomber dans l'Océan ! Le curé persista : nous irions cette nuit et pas une autre ! L'Écossais de la Pointe n'était pas qu'une pauvre créature apparaissant avec les vents, me soutint-il gravement. Cet homme… ce monstre terriblement humain faisait souffler une trop violente tempête dans nos esprits faibles pour que nous attendions plus longtemps. Nous avions allègrement franchi la frontière du simple fait-divers, auquel Malbec tenait tant pour ravitailler sa gloire affamée. Il nous était donc offert, si je suivais bien la pensée de notre fervent curé, d'apaiser les vents enragés. De ramener la sérénité sur nos rives meurtries. De secourir un homme accablé par la douleur ! Jamais, auparavant, je n'avais entendu Mirande tenir un tel discours. Je savais certes sa foi sincère et intacte. Mais il ne m'avait pas habitué à pareils emportements. L'Écossais allait vraiment finir par nous rendre tous fous ! J'étais hermétique à cet exposé fiévreux. Mais je gardais pour notre abbé dissonant une tendresse avérée. Une inquiétude, qui n'avait rien à voir avec les questions du culte, occupait autrement mes pensées : nous nous apprêtions à revivre une épouvantable nuit de tempête semblable à celle qui avait failli nous emporter la première fois où nous avions aperçu la silhouette épaisse de l'Écossais se détachant dans la lumière provocante d'un éclair fracturant un ciel de Soulages. Il était un peu tard pour se flageller. Le curé me donna rendez-vous devant l'église à vingt-trois heures avant de conclure avec ferveur : « Nous irons, monsieur l'instituteur. Une âme est en danger… Là-bas, sur cette terre… au bout de notre village… Au bout du monde. Je n'en ai jamais douté depuis vos premières théories sur notre affaire ! Dieu n'accepterait pas que nous nous en détournions. Encore moins maintenant que nous savons : nous serions impardonnables ! Eh bien ! puisque c'est notre condition d'hommes, remonter ce douloureux rocher au sommet d'une si haute montagne avant qu'il ne retombe fatalement au sol sous nos regards impuissants, nous viendrons aider cet Écossais à la remonter, sa si lourde pierre. Nous ferons tout ce qui est en notre pouvoir pour empêcher une créature du Seigneur de se châtier sans Son consentement. Oui ! Nous ferons tout pour le sauver… Et ainsi nous sauverons aussi nos âmes ! Allez dormir un peu. Vous me semblez en avoir rudement besoin mon ami. Appelez Malbec ! Car nous irons cette nuit même… C'est une belle nuit de tempête… »

Je venais à mon tour d'être enrôlé dans l'armée du Seigneur.

21

Vaudeville

Marie-Claire de Lange vint me rendre visite en début de soirée. J'en fus pour le moins surpris. Elle ne m'avait plus donné signe de vie depuis un bon moment. Je pensais même que nos liens s'étaient distendus depuis mon agacement exprimé devant ses petites manœuvres à peine voilées. Il n'en était rien. Elle me sourit immédiatement de cet air charmeur que son âge radieux n'avait en rien altéré. Je l'invitai à entrer. Il se dégageait de ce corps menu et gracile un pouvoir d'attirance immédiat que Newton, en son temps, aurait eu à cœur d'étudier pour soutenir sa théorie de l'attraction. Elle s'assit sur mon canapé défoncé. Son corps s'affaissa dans des coussins fatigués et elle s'en amusa, avant de m'annoncer « Oui ! À vous en premier, monsieur Maurel ! » son intention de quitter le village. De fuir la presqu'île. De ne plus jamais revenir sur le Bassin ! Tout en m'informant de son dessein, elle ne se départit pas d'une gaîté infantile, comme une gamine espiègle enhardie par sa décision. Elle était, je crois, soulagée. Je me demandai néanmoins pour quelle raison, ou en vertu de quel sortilège, le village tout entier était déterminé à me prendre à témoin chaque fois qu'un évènement survenait. La libraire, certes, m'attirait. Mais ses petites manigances avaient fini par me lasser, surtout lorsqu'elle m'utilisait à mon insu pour porter un coup futile à ses ennemis de pacotille comme à ses démons intimes. Elle avait besoin, me dit-elle encore, de foutre le camp loin de cet air vicié et des imbéciles qui le respirent. Elle se refusait à finir sa vie ici comme un vieux fruit moisi, ce qu'elle devenait à force de haïr son prochain. Au fond, Moulau n'était pour elle qu'un misérable exutoire.

Soudain plus grave, elle me confia à voix basse : « Ici, désormais, des gens viennent pour mourir. Il faut donc fuir cette terre maudite pour se donner encore une chance de vivre, vous ne pensez pas ? » Elle me prit de court : son allusion à l'Écossais et ses conclusions me parurent excessives. La presqu'île exposée à la bise furieuse restait un entonnoir difficile à atteindre et à l'abri des remous du monde. À n'en point douter, l'Écossais de la Pointe avait bousculé les règles. Mais malgré les rumeurs tenaces, notre village n'était pas devenu le cimetière officiel des âmes brisées. En ce qui me concernait, le calme mortel de l'hiver me convenait. Et, à la différence de la libraire vengeresse, je n'entretenais aucune inimitié avec les habitants du coin. Je conservais toutefois l'esprit acerbe du pessimiste méticuleux épiant notre piquante comédie humaine, où l'arrivée de l'Écossais avait fait office de parfait coup de théâtre. Je n'avais pas encore eu le temps d'entretenir de pareilles haines ancestrales. Ce n'était évidemment pas le cas de Marie-Claire de Lange. Peut-être avait-elle fini par ne plus supporter le gémissement des tempêtes conviant chaque nuit ses rêves volés. Ce râle d'une mort promise résonnait dans sa tête, du crépuscule aux aurores, et la rendait, je crois, triste et un peu folle… La libraire s'empara alors de son large sac et en sortit ce qui ressemblait à un épais manuscrit. Elle me le tendit : « Prenez. Prenez donc, ça ne me servira plus à rien. Je ne l'ai pas terminé. Je ne le terminerai pas. J'ai mieux à faire. Mais peut-être prendrez-vous le temps de le lire… Et alors ces pages vous éclaireront un peu mieux sur tout ce qui nous entoure. Vous comprendrez ma décision sereine. Vous êtes ici la seule personne digne de foi. »

Par politesse, je pris le document grossièrement relié par une spirale en plastique blanc. Je ne tenais pas à connaître les méandres de la vie de Marie-Claire de Lange. Ni à m'infliger une lecture rêche. J'abandonnai le manuscrit sur le buffet du salon. En me retournant, je découvris Marie-Claire de Lange postée devant moi, comme un bon petit soldat au garde-à-vous. Elle se rapprocha, ses bras fixes le long du corps et, sans protocole, se dressant sur la pointe des pieds, déposa un délicat baiser aussi inattendu qu'exquis sur mes lèvres. Elle se recula aussitôt, satisfaite de son œuvre audacieuse, et osa cette pauvre tirade dans un éclat de rire salutaire : « Permettez à une femme au seuil de son hiver de goûter encore un peu aux chaleurs d'un été déclinant. » Puis elle tourna les talons, prit son sac à la volée et sortit de chez moi. Je ne pouvais pas vraiment l'imaginer à cet instant… mais c'est la dernière fois que je la vis. On n'entendit plus jamais parler de la libraire de la presqu'île. Personne ne sut ce qu'elle était devenue. Où l'avait menée sa course. Et si elle avait pu rattraper sa vie en cavale. Quelques semaines plus tard, le village apprit la vente des murs et du fonds de commerce de la librairie au propriétaire d'un hôtel de luxe de la grande ville. Il cherchait pour sa femme une activité… un passe-temps… Un pansement à l'ennui, en somme !

Ne me restait plus qu'à monter me coucher. Je fermai les volets au rez-de-chaussée et commençai mon ascension vers la chambre. Je me mis au lit et éteignis rapidement ma lampe de chevet… mais ne trouvai pas le sommeil. Je tournai et retournai sur le matelas, à droite, à gauche… puis à droite et à gauche encore… et restai enfin sur le dos, vaincu par l'insomnie narquoise : paupières grandes ouvertes, mains croisées sur le ventre… observant dans la pénombre la nuit vacante. J'aurais voulu convier l'Écossais à une de nos conversations clandestines. Mais je n'aurais pas su quoi lui dire. Dans mon cerveau agité s'entremêlaient des souvenirs mauvais et des lendemains anxieux. Ma fidèle amie s'était imposée dans mes songes éveillés. En camarade obstinée, la mort ne cessait de me rappeler notre lien indéfectible chaque fois que mon cerveau était inoccupé. Ainsi j'avais peur de ne pas me réveiller au petit matin. D'être fauché en pleine nuit sans m'en rendre compte. De ne plus exister sans avoir pu en ressentir les ultimes sensations. Dormir me paraissait soudain anormal et dangereux. Je voulais être conscient jusqu'au bout et, dans la mesure du possible, en accepter l'augure. Qui étaient ces prétentieux qui avaient ouvertement émis le désir de mourir dans leur sommeil, mort douce sans souffrance ni regret… J'aurais eu envie de leur tordre le cou, à ces petits penseurs ! Moi je ne désirais rien tant que d'être présent au moment de mon absence. Saluer les ombres avec révérence et espérer de toute mon âme être capable d'*entrer chez Dieu*… mais le plus tard possible. Vieux et las pour ne pas avoir à lutter. Pour accepter, à terre, la défaite promise. Le vieil Ernest, obsédé par la mort et sa pompeuse mise en scène élevée au rang d'art sublime dans les corridas gracieuses et fardées, provoquait en moi attirance et répulsion. L'envie de comprendre et de fuir. Il me paraissait de plus en plus aberrant que la mort fût souhaitée de son vivant. De sorte que mon souhait d'accompagner le curé, je m'en rendais compte à présent, était mû par une démarche orgueilleuse plus que par un acte biblique. Je ne cherchais qu'à me rassurer sur l'impérieuse nécessité de vivre. N'en déplaise à L'Écossais, je voulais vérifier que la peur panique de la mort nous liait tous ici-bas : lui, moi et toutes les autres pauvres petites créatures apeurées de l'univers. Je voulais pouvoir enfin témoigner qu'il avait renoncé parce qu'il avait été en mesure de comprendre la force de la vie… quel que fût le poids de ses erreurs… Il était minuit, impossible de dormir. Le lendemain, une journée d'école m'attendait. Quelle guigne ! Je me levai, descendis au salon sans but précis, aperçus, abandonné sur le buffet, le manuscrit de Marie-Claire de Lange. Je n'avais pas eu l'intention de le parcourir. Mais que faire au moment où mon sommeil se dérobait ? Je m'emparai sans conviction du document. Je remontai dans ma chambre. J'installai deux gros oreillers pour soutenir mon dos. L'œuvre était sobrement intitulée *La danse des mensonges*. Ce titre suait d'amertumes régurgitées. Je découvris d'abord l'acidité des portraits tracés. D'un ton agressif, la libraire réglait ses comptes. Elle s'était rassurée en écrivant sur la couverture le mot *roman*. Mais était incapable de se détacher de sa réalité désenchantée. Je n'appris rien que je ne sache déjà sur le personnage de Moulau, si astucieusement renommé Moulon et non plus pharmacien de son état, mais notaire atrabilaire : quelle imagination ! L'héroïne était décrite sous les traits d'une femme d'un certain âge pouvant encore séduire à l'aide de petites retouches matinales (elle n'avait rien perdu de sa lucidité), prénommée Marie-Christine et achetant une boutique de vêtements pour mener une vie nouvelle et oublier le fâcheux amant qui l'avait laissée choir comme un bol de Viandox froid. Je compris sans mal que cet homme long et fin aux cheveux noirs… Cet homme politique en vue dont elle avait été la maîtresse secrète était le maire en personne. Je ne m'en étais certes pas douté, mais je n'en fus pas le moins du monde surpris. On comprenait bien mieux les aigreurs de la libraire : les attentes d'une maîtresse servile espérant des nuits entières un amour égoïste et absent dans une minable chambre de motel, un enfant revendiqué comme le renforcement d'un lien rachitique, cette fuite permanente de l'amant plus préoccupé par son avenir que par les peines consentantes de sa captive ! Cette liste cruelle me renvoya l'image d'un sublime salaud parfaitement protégé derrière le paravent de ses dévotions publiques. Je commençai, du reste, à concevoir les renoncements de Madame de Lange : inutile de continuer à écrire son livre. Partir était la plus élégante façon d'achever ce désastreux chapitre de son existence. Pourquoi consacrerait-elle une minute de plus à l'inconvenant manifeste d'une vie ancienne enterrée contre sa volonté ? Marie-Claire de Lange avait ma foi du courage. Recommencer ailleurs quand d'autres à son âge auraient préféré l'enlisement confortable aux lendemains incertains. L'amertume ne l'avait pas encore complètement étouffée, contrairement à ce que je pensais. Et son charme automnal ne m'en parut que plus provocant : elle s'échappait. M'échappait. Restait sur mes lèvres la trace d'une promesse furtive…

Je trouvai ensuite ce que je cherchais désespérément depuis des heures : le sommeil. Le manuscrit de la libraire me glissa des mains et tomba à terre… Ma nuit fut parcourue de rêves brûlants et absurdes dans lesquels Marie-Claire de Lange tenait le rôle principal. Son regard de miel s'était transformé en deux buissons ardents qui irradiaient ma chambre. Elle portait désormais de courts cheveux roux. De curieux tatouages se promenaient le long de ses bras. Ses poings étaient enfoncés dans ses hanches. Elle me toisait en hurlant : *Tu finiras comme les autres : avalé par l'Océan !* Dans les images désordonnées qui suivirent, je me débattais dans un océan de draps agités qui me submergeait tel un naufragé improbable. J'étouffais. Je me réveillai en sursaut, émergeant à la surface de cette mer de coton froissée et cherchant à emplir mes poumons d'une bouffée d'air. J'eus besoin de fraîcheur. J'allai au frigo vider le quart d'une bouteille d'eau glacée. Me passai de l'eau froide sur le visage et le cou, penché au-dessus du lavabo de la salle de bain, restant prostré quelques minutes. Je m'assis dans le canapé, vêtu d'un simple caleçon blanc, les bras ballants entre mes cuisses, le corps voûté, les cheveux hirsutes, la bouche pâteuse, le nez bouché et le regard veule : une vraie gravure de mode.

Je n'avais aucune idée de l'heure qu'il pouvait être. Je m'en fichais. Tout comme la personne qui tambourinait à la porte, apparemment. J'allais ouvrir et aperçus Charlotte, emmitouflée dans une gosse parka bleu foncé. « Je n'ai pas voulu attendre que Dieu décide Seul le moment de nous revoir… et pas attendre non plus que tu te décides », me balança-t-elle en riant.

J'étais heureux de la voir.

On ne pouvait rêver mieux avant que ne tombe le rideau sur ce vaudeville.

22

L'affrontement

Deuxième round… Je me sentis plus à l'aise. Mon corps s'habituait à la présence du sien. Mon âme réclamait en silence la chaleur de son âme. J'en conçus une admirable théorie, que je n'avais pas dû être le seul idiot de la création à émettre : l'homme faisait beaucoup mieux l'amour à un corps reconnu. Pourquoi s'échiner à multiplier les conquêtes, à miser au hasard d'autres numéros à la roulette du cul – pour tout perdre – à baiser en somme comme un chien fou en long et en large pour retrouver, çà et là, le trac des premiers instants pareils à ceux d'un puceau en rodage ? J'avais passé l'âge. Faire l'amour à une seule et même femme n'excluait pas, ma foi, l'innovation et la fraîcheur de nos plaisirs. Je me disais tout cela allongé sur mon lit, affichant le sourire béat du mâle glorieux, tandis que Charlotte s'apprêtait à sombrer plus modestement dans un sommeil nécessaire. Je développais ma petite philosophie sans importance quand je sentis soudain une ombre nous observer. Serait-ce-là un nouveau spectre ? Le village tout entier était-il sur le point d'être envahi par une cohorte de fantômes farceurs se donnant rendez-vous ici, depuis que l'esprit de la Pointe avait choisi notre presqu'île comme gare de triage pour être dirigé vers l'enfer ou le paradis ? Je me redressai, prêt à chasser l'importun, être vivant ou créature revenue d'entre les morts, et ne vit que le Père Mirande qui se tenait debout près de la porte entrebâillée, la mine déconfite, n'osant faire un pas de plus, ce qui pouvait se concevoir aisément devant notre intimité entrevue. Entre la visite de la libraire, mon cauchemar et l'arrivée impromptue de la délicieuse Charlotte, je l'avais totalement oublié, celui-là. Néanmoins il entra dans ma chambre à ce moment précis et toussota comme pour s'excuser de cette intrusion incongrue. Charlotte, rougissante, glissa son corps sous le drap afin de cacher sa poitrine évadée. Le curé chassa l'embarras ambiant en déclarant, quelque peu maladroit : « Rien ne s'oppose à l'amour, mes amis. S'il est sincère ». Cela ne suffisait pas à dissiper notre contrariété. Il se tenait face à nous, portant soutane et col romain. Pas vraiment la présence idéale à cet instant précis de ma relation naissante avec Charlotte. Il s'excusa à nouveau, nous expliqua, confus, que la porte de la maison n'avait pas été verrouillée. Il est vrai que tout le monde entrait chez moi comme dans un moulin. Il tenait à me parler. Puis il marqua un silence et enfin lâcha : « Pas question d'attendre notre rendez-vous devant l'église. L'urgence s'impose : nous devons aller à la Pointe maintenant ! Cette nuit même… je vous avais prévenu… le vent se lève : ne perdons plus une minute ».

***

Décidément pensai-je, l'Écossais a le chic pour s'immiscer dans nos vies n'importe quand... Lorsque nous sortîmes de chez moi, le curé, Charlotte et moi, la tempête soufflait fort. Nous n'étions que mercredi. Une alerte orange de Météo France avait été décrétée pour la fin de la semaine. Mais les vents du large s'étaient montrés impatients. Charlotte me prit la main et m'avertit : pas question pour elle de s'en aller ! Je la comprenais, elle n'aurait voulu manquer pour rien au monde un chapitre important de l'affaire. En l'occurrence : notre tentative de la *dernière chance*, comme nous l'avait encore rappelé solennellement Mirande. Le curé estima, en comptant Malbec, que notre soi-disant et si discrète expédition s'avérait de moins en moins discrète. Mais il ne s'opposa pas à sa présence. « Après tout, dit-il de guerre lasse, nous ne serons peut-être pas trop de quatre face à ce géant obstiné. » J'avais peu avant appelé Malbec. Je lui avais expliqué ce qui s'était passé : notre curé inquiet était parti faire un tour au terrain de la Pointe à bord de son œcuménique Porsche verte et s'était retrouvé face à une armée de camions en mouvement s'activant en pleine tempête sur le chantier de l'Écossais. Et ce qui n'avait été au départ qu'un banal repérage pour s'imprégner du lieu et se préparer à la rencontre, s'était mué en une planque impromptue : Mirande avait aperçu Drummond donnant ses instructions en agitant nerveusement ses bras, comme ces policiers nord-coréens, automates aux mouvements saccadés assurant la circulation dans des avenues vides. L'Écossais surveillait de près l'évolution des travaux au milieu des projecteurs puissants qui illuminaient le terrain. À nouveau, les murs de la maison fantôme sortaient de terre. Des étages apparaissaient. Le toit en était encore absent. L'océan continuait de frapper inlassablement la côte. Les vagues se fracassaient sur la digue de l'Écossais. Mirande sentit que le moment était venu. À contrecœur, il rebroussa chemin et démarra sur les chapeaux de roues pour passer me chercher illico. On pouvait dire qu'il avait aussi choisi son moment, celui-là ! « Vous en avez de bonnes ! » éructa Malbec à l'autre bout du fil quand je l'appelai, se demandant comment il allait pouvoir trouver un gars assez fou pour lui faire traverser le Bassin à cette heure avancée de la nuit et au milieu d'un tel grain. Il n'était pas question de prendre sa voiture, il ne pourrait pas arriver à temps en venant de l'autre rive par la route. Il me raccrocha presque au nez, m'ordonnant de garder mon portable à portée de main. Dix minutes s'écoulèrent. Mon téléphone vibra. Malbec m'annonça, soulagé et plus détendu, qu'il serait *sur zone* (langage militaire d'usage) dans une vingtaine de minutes. Un ami disposant d'un gros hors-bord assez rapide et assez solide le débarquerait non loin du terrain maudit. Le curé nous demanda de monter sans plus attendre dans sa Porsche, à bord de laquelle tenir à trois relevait de l'exploit. Nous nous compressâmes à l'avant : Mirande au volant, Charlotte et moi sur l'unique siège passager. Je la pris sur mes genoux. Malgré son petit gabarit, elle fut obligée de courber la tête pour arriver à se caser dans l'habitacle. Nous ressemblions à ces contorsionnistes de cabaret tentant une performance burlesque sur une piste aux étoiles.

J'entrepris enfin de raconter à Charlotte les éléments dont nous disposions depuis peu grâce à l'enquête fulgurante de Malbec, à Londres d'abord, puis à Dakar. Je lui expliquai ce que nous avions envisagé avec lui : disposer d'informations suffisamment solides pour tenter de déstabiliser l'Écossais. C'est pourquoi nous avions eu l'idée (je disais *nous* pour ne pas vexer notre curé) de missionner le correspondant local de notre quotidien régional, un homme rompu aux enquêtes de terrain. Charlotte ne dissimula pas ses craintes : pourrions-nous vraiment empêcher Drummond d'agir simplement en connaissant son passé et son secret ? Selon elle, cela ne lui ferait ni chaud ni froid. Ce serait plutôt pour cet homme déterminé un encouragement à aller au bout de son idée folle. Le curé s'exaspéra :

— Écoutez, mademoiselle : je comprends vos doutes. Mais nous devons tenter quelque chose pour sauver cet homme. Si vous avez une meilleure idée, parlez, je vous en conjure !

Vexée, Charlotte se tut. Je pris la parole pour apaiser l'ambiance :

— Puisque nous sommes ensemble dans cette aventure, restons solidaires, mes amis ! Un miracle est encore possible…

Je fus surpris par mes propres paroles et par l'utilisation spontanée du mot *miracle*, mot magique qui reçut immédiatement la bénédiction du prêtre radouci.

— Vous vous améliorez d'heure en heure, mon fils, me balança-t-il, railleur.

Je ne relevai pas.

Le vent malmenait la voiture. L'orage s'était mis de la partie. Le ciel était parcouru d'éclairs gigantesques. Les branches immenses des pins de la presqu'île poussés par la bourrasque faisaient leur révérence. On se serait cru dans l'un de ces médiocres films d'horreur à budget limité des productions Hammer, dans les années 1950. Dans un sens, nous avions rendez-vous avec un monstre : un molosse roux tout droit sorti des landes brumeuses des Baskerville.

Le curé gara sa voiture à l'orée de la propriété de l'Écossais. La pluie creusait à nouveau dans la terre des gouffres boueux, la vieille Porsche se serait vite embourbée. Cette fois encore, nous n'étions guère équipés pour faire face à la tempête. Nous portions des chaussures de ville, Charlotte des baskets, et nos pieds ventousés à la terre soulevaient des amas de boue à chacun de nos pas. Nous nous tenions tous les trois par les bras, avançant au ralenti, têtes baissées, relevant en vain nos cols de veste et offrant une mince résistance au vent hautain. Soudain, une violente bourrasque nous projeta à terre, tous les trois en même temps ! Nous étions restés accrochés les uns aux autres. Si bien que nous nous retrouvâmes allongés dans la boue. Nous nous relevâmes tant bien que mal, glissant sur la terre meuble avant de regagner enfin une stabilité précaire. Nous donnions l'image pittoresque de patineurs débutants, incapables de tenir en équilibre sur la glace. Nous nous regardâmes et partîmes dans un fou rire inévitable : nous ressemblions à des poteries d'argile. Nous n'en menions pas large. Charlotte sortit quelques mouchoirs de sa poche, dérisoires serviettes. Je présentai ma face grise à la pluie, tentant en vain de rincer cette terre incrustée dans la peau de mon visage. C'est ainsi que nous nous montrerions à Sir Romuald Drummond. Le curé se fichait de nos apparences. Mirande savait que nous ne rebrousserions pas chemin. Et peu lui importait que notre motivation soit nourrie d'une curiosité vorace. Nous reprîmes notre pénible marche. Il aurait été imprudent de nous tenir aux troncs des grands pins, la foudre aurait pu à tout instant nous calciner sur place. Je réussis quelques secondes à lever la tête, j'aperçus d'immenses colonnes de lumière brossant le ciel. J'aurais voulu que mes compagnons puissent voir le spectacle. Mais Charlotte et le curé restèrent tête enfouie dans leurs vêtements faméliques. Nous avions du mal à trouver notre respiration face au vent accablant. Car le chemin étroit que nous empruntions, en marge de l'allée principale où circulaient habituellement les camions de Drummond, était balisé de chaque côté par une dense armée de pins, offrant un couloir favorable aux violentes rafales qui s'infiltraient et nous frappaient durement. Il nous fallait arriver au plus vite au bout de l'allée menant au chantier ouvert sur l'océan. Nous parvînmes essoufflés au terrain de la Pointe. Nous fûmes aussitôt surpris par le spectacle qui nous attendait : malgré les colonnes de lumière illuminant le terrain, pas âme qui vive ! Les poids lourds étaient garés le long des arbres, assez loin de la rive. Les grues étaient immobiles. Pas un seul ouvrier ne s'activait sur le chantier. Quel était ce sortilège ? À nouveau s'érigeait le squelette d'une maison improbable. Mon téléphone vibra. Malbec voulait savoir, hurlant à cause de la tempête, où nous étions passés. Je l'avais oublié. Je me demandai comment il avait pu traverser le Bassin dans de telles conditions. J'appris plus tard qu'il s'était assuré les services d'un marin aguerri capable de se servir habilement des courants pour naviguer sans chavirer. Il avait dégusté. S'était accroché. N'avait pas été malade. Il s'en était toutefois fallu de peu. Il avait débarqué sur un terrain voisin, plus en retrait. Il avait fini à pied et nous attendait, tapi dans la pinède, en plein orage. « Mais où voulez-vous que je me planque, à la fin ? » hurla-t-il quand je lui fis remarquer son imprudence.

Je lui suggérai de nous rejoindre en lui indiquant notre position : a priori à cinq cents mètres sur sa droite. Je vis arriver notre reporter trempé jusqu'aux os. Et, à son tour, il nous contempla, maculés de boue. Le curé commença à se diriger à découvert vers la maison en construction, désormais abandonnée. Il cherchait à faire savoir à Drummond sa présence, persuadé que l'Écossais surveillait son chantier d'un endroit dérobé. Mirande marcha de long en large, évitant soigneusement de trop s'approcher du bord. Nous étions, Charlotte et moi, ratatinés par le froid. Malbec avait retrouvé sa superbe de moine Shaolin, ne ressentant plus les effets désastreux de la tempête. Son regard concentré photographiait chaque élément de la scène. Il était en train de rédiger mentalement les derniers paragraphes de son illustre article.

Mirande revint vers nous, dépité. Pas la moindre trace de l'Écossais. Avions-nous fait tout ce chemin pour rien ? C'est alors que Malbec me tapota l'épaule et m'indiqua une direction de la main. Là-bas, à l'entrée de l'allée par laquelle nous étions arrivés quelques minutes plus tôt, apparut Moulau, accompagné d'une dizaine de personnes douchées. Il s'approcha chancelant et nous cria de toutes ses forces :

— Nous sommes le Comité de défense contre l'Écossais de la Pointe. Nous sommes ici par la volonté du village, pour lui demander de partir !

Qu'il était grotesque, ce Mirabeau de pacotille, escorté par une armée malingre recrutée à la hâte dans la remise de son officine. Il avait mis sur pied son expédition avant l'aube, alerté par les immenses lumières éclairant le ciel et l'horizon. Le curé revint sur ses pas, se posta devant le pharmacien et le pria de faire demi-tour avec sa troupe. Mirande parlerait à Drummond mais ne voulait pas de Moulau et de ses mignons dans les pattes. Le pharmacien n'en démordit pas. Il fallait agir, puisque le maire invisible et impuissant se dérobait. Il ne bougerait pas. Exaspéré par ce pitre, je m'emportai.

— Et vous pensez, bien sûr, que votre brigade va changer quoi que ce soit ? Mais bon sang ! réveillez-vous, Moulau ! (Je vins vers lui et lui pris le menton dans ma main, lui tournant la tête en direction des camions et des grues de Drummond.) Regardez autour de vous, imbécile ! Quand on peut déplacer des montagnes depuis des mois on ne plie pas devant le pharmacien du village !

La petite voix fatiguée d'une femme du comité anti-Écossais se fit timidement entendre.

— Je te l'avais dit, Gilbert. Ton affaire n'a aucun sens. Et j'ai froid.

— Oh ! Écoute, maman ! Ce n'est pas le moment de me faire des reproches.

L'insouciant avait eu l'outrecuidance d'embarquer sa propre mère pour grossir les rangs de son escadron fantôme. Un autre membre du petit groupe portait en bandoulière un appareil polaroïd – matériel de pointe – pour photographier les exploits du comité illusoire. Un troisième gardait à la main un carnet de notes aux pages ruisselantes d'eau de pluie. Nous naviguions en pleine débâcle. Le curé décida de ne plus tenir compte de la présence des importuns. Il obtint toutefois du pharmacien la promesse de ne pas intervenir. C'était à lui, messager de Dieu, de parler à l'Écossais. Et si Moulau songeait une seule seconde à faire échouer cette délicate médiation en s'en mêlant… il en aurait à répondre devant le Seigneur. C'est-à-dire à confesse, dès le lendemain ! Cette ultime menace fit reculer l'impétueux apothicaire : il préféra éviter le risque d'une humiliation œcuménique.

Voilà où nous en étions un peu avant le lever du jour : sous un orage brutal, un prêtre confiant, un reporter déchu, une caissière amoureuse, un instituteur égaré, un pharmacien arrogant et une poignée d'observateurs hébétés étaient plantés sur le terrain oublié de la Pointe qui menaçait à tout moment de s'écrouler… pour convaincre son propriétaire invisible de renoncer à mourir en s'acharnant à bâtir l'inconcevable. Chacun avait une raison bien à lui d'être là et rien ne nous permettait de penser que nous sortirions victorieux de cette confrontation pour la paix des âmes. Celle de Drummond étant, de toutes, la moins docile. J'étais loin d'imaginer tenir un rôle si important dans un drame local. J'aspirais pourtant à n'être qu'un figurant. J'avais tenté de le leur faire comprendre, à tous. Mais il avait fallu la balourdise de Moulau, le fanatisme de Marie-Claire de Lange, les piteux calculs du maire et l'ardeur du curé pour m'imposer sur le devant de la scène, moi et mes petites théories. Oui, on en était là : sous une pluie battante, tandis que les vagues grignotaient la digue artificielle de la Pointe, nous attendions frigorifiés notre spectre sans savoir s'il daignerait apparaître. J'eus bien entendu envie de foncer me mettre à l'abri chez moi… avec Charlotte, si possible. Mirande lui-même commença à douter de la suite des évènements : il avait bel et bien aperçu Drummond la veille au soir. Mais l'Écossais avait peut-être à présent quitté la presqu'île pour se replier dans l'une de ses forteresses secrètes… Nous nous serrâmes les uns contre les autres, reformant notre frêle palissade face au vent, tout en laissant en retrait Moulau et sa meute ridicule et gelée.

Soudain, un bruit sourd résonna. Devant nous, un morceau du terrain le long de la côte glissa lentement dans les flots. La partie de la maison la plus proche de la rive fut épargnée ! Drummond en serait quitte dès le lendemain pour ordonner à ses camions remplis à ras bord de pierres et de colonnes de béton de déverser leur chargement à l'endroit même où la portion de terre avait disparu. Il fallait à tout prix aller plus vite que l'océan ! C'était absurde. Nous le savions tous, l'Écossais comme nous. Nous ne discernions plus dans cet ouvrage infernal qu'un contre-la-montre aberrant. Seul l'argent que dilapidait consciencieusement le milliardaire inconsolable motivait encore ses galériens et leur permettait de tenir le coup avant une prochaine mutinerie. De hautes vagues roulaient vers la côte et se heurtaient à la digue, éclaboussant les abords du terrain. Le spectacle de ce grand mécano vivant nous fascinait en dépit des éléments déchaînés bousculant nos corps. Nous aurions dû quitter les lieux sans demander notre reste. Mais nous étions incapables de bouger, observant, magnétisés, le chantier déserté sous la lumière irréelle des sunlights. Nous fûmes d'autant plus saisis d'entendre soudain sa voix goguenarde, venue des limbes nous apostropher :

— Vous avez tous belle allure !

Puis, passées les inévitables moqueries, il nous demanda avec cet orgueil coutumier :

— N'est-ce pas impressionnant et superbe, chers compagnons, ce terrain illuminé et si seul à la fois ?

Nous nous retournâmes et le vîmes nous dépassant d'une tête, affichant son sourire fait tout autant de tristesse et de satisfaction. Mais, plus insolite, il portait à nouveau le kilt traditionnel de son clan et gardait dans ses bras sa fière cornemuse. Il tint à nous faire savoir qu'il avait congédié ses ouvriers. Les salaires mirobolants n'auraient rien changé, ses troupes auraient fini par déposer les armes. Ce n'était plus qu'une question d'heures. Il n'avait fait que devancer l'appel.

— Un grand patron doit savoir anticiper ! dit-il plein d'ironie.

Et quand bien même aucun ouvrier, aucun artisan ne se présenterait plus sur son chantier pour l'aider à continuer l'œuvre de sa pénitence, il en accepterait l'augure et poursuivrait seul, si besoin en était. Tout cela n'avait aucun sens pour le commun des mortels. Sauf pour lui, dans un monde inapte au bonheur. Il regarda son chantier inutile…

— Cette nuit sera une nuit différente des autres. Les dieux sont bien plus en colère qu'à l'ordinaire. Je jouerai donc pour eux… et ils feront de moi ce qu'ils voudront.

Le curé s'avança vers Drummond d'un pas décidé, les bras tendus vers lui comme l'aurait fait Jésus en personne. Le bas de sa soutane ramassait le sable humide. Sa tête arriva au niveau du torse imposant de l'Écossais et, tout en levant son regard vers lui, il lui parla avec la douceur d'un homme désolé. Impossible d'entendre les mots de Mirande dans la tempête. Il me fallut lui demander plus tard le contenu de leur échange pour pouvoir le reproduire ici, en faisant aveuglément confiance à la mémoire de notre curé.

— Ne parlez pas des Dieux, s'il vous plaît, Monsieur Drummond. Il n'existe qu'un seul Dieu et Il décidera Lui seul de votre jugement, le moment venu. Renoncez maintenant à provoquer la mort. Vous n'en êtes pas le propriétaire. Pas plus que vous n'êtes l'assassin de votre fils…

L'Écossais laissa passer une longue plage de

silence, fixant le curé sans ciller malgré la pluie ruisselante qui inondait son regard. Terriblement frustrés, nous observions la scène de loin, nous ne pouvions savoir ce qui se passait entre ces deux-là à ce moment précis. Mirande m'avoua plus tard s'être persuadé un instant, un court instant, avoir réussi à déstabiliser l'Écossais. La suite nous montra bien vite, hélas ! que nos efforts et l'enquête fouillée de Malbec avaient été vains. Drummond se contenta d'offrir un sourire mélancolique au prêtre.

— Ainsi, mon père, votre journaliste est parvenu au bout de ses recherches. C'est un bon élément. Je n'en doutais pas… avec un tel passé ! J'ai su pour son enquête. Je sais tout. Il a dû se présenter comme je l'avais prévu à mes bureaux. Mais il n'aura pas trouvé grand-chose au siège de mon entreprise. En revanche, c'est un reporter perspicace et tenace, deux vertus essentielles pour connaître la vérité enterrée par mes soins au fin fond du continent africain. Pas suffisamment, faut-il croire. Mais c'est bien ainsi. Maintenant, vous savez. Vous et tous ceux qui vous entourent. Je n'ai plus besoin de me justifier. Je n'ai jamais eu besoin de me justifier, mon Père. Et cette nuit moins que tout le reste de ma vie gâchée par mon aveuglement et mes dérisoires ambitions. J'ai sacrifié un fils unique et Dieu n'a pas retenu ma main comme il a retenu celle d'Abraham. Pour une bonne raison : je n'ai jamais fait le bien autour de moi. J'ai insulté ma femme, ma famille, ma réussite et le Seigneur tout-puissant, en m'estimant aussi puissant que Lui. Quelle arrogance ! Il est temps pour moi non pas d'implorer Son pardon, ne vous méprenez pas, mon père. Mais de rendre des comptes à mon fils, comprenez-vous ?

(Mirande était muet. Il aurait voulu parler mais les

mots restaient bloqués au fond de sa gorge). Vous avez raison : la mort ne m'appartient pas. Mais je lui appartiens depuis si longtemps… Rien sur cette Terre ne pourra être achevé. Rien d'abouti. Quand vous êtes en mesure de comprendre ça, mon Père, tout fait sens. C'est en tout cas gentil d'être venus, vous et vos amis, ce matin. Je vais maintenant jouer de la cornemuse. Je vais jouer pour qui voudra m'entendre : les dieux… Ou Dieu. Les courageux ouvriers envolés de ce chantier infini. Les villageois agacés de la presqu'île du bout du monde… Vous et vos aimables compagnons ici présents… Mon fils… oui, mon fils peut-être. Pour qui voudra accueillir ce qu'il me reste d'humanité après tant d'ignominies.

Nous vîmes Drummond soulever sa cornemuse, inspirer une longue bouffée d'air et insuffler le sac de l'instrument dans le porte-vent avant d'exercer de petites pressions sur la poche remplie d'air. Les premières complaintes sortirent des quatre bourdons. D'un pas martial, il marcha vers sa maison en construction. Le curé demeura immobile. Nous ne comprenions rien à ce qui se passait. Charlotte me prit le bras. Malbec noircissait sous la pluie son carnet de notes. Il sortit d'une poche extérieure de sa saharienne un petit Leica et il commença à prendre des clichés du prince roux des Highlands, se dirigeant droit vers la bâtisse, sa cornemuse à bout de bras. Que faisait l'Écossais en s'adonnant là, maintenant, à cette grotesque cérémonie en pleine tempête ? Je rejoignis Mirande qui me regarda, interdit. Puis, sortant de sa torpeur, il m'expliqua n'avoir rien pu faire… Tout cela n'avait servi à rien. Cet homme… cette créature de Dieu… cet Écossais était loin. Dans une autre dimension !

— Vous auriez dû voir son regard, Maurel… un regard de l'au-delà !

Je ne compris pas un traître mot de ce charabia ésotérique. Tout le monde semblait perdre pied dans cette affaire de fou. Le curé lui-même venait d'abandonner toute lucidité. Je me retournai et vis l'Écossais s'approcher imprudemment de sa maison en suivant les rebords défectueux de la côte. Les vagues démontées l'aspergeaient et, bien que trempé de la tête aux pieds, il ne perdait rien de son arrogante noblesse. Il entra dans sa demeure incomplète. Il se retourna dans notre direction. Il continua à jouer, imperturbable, ignorant les intempéries, dans la partie la plus exposée de la bâtisse. Je me mis à courir vers lui. Pouvais-je le retenir contre sa volonté ? Refusais-je d'admettre une mort décidée ? Je stoppai à la lisière de la maison, assez loin de la crête pour ne pas prendre le risque idiot d'être emporté par les flots… Je hurlai son nom. Je lui criai de revenir vers nous.

— Personne n'aime la mort, Drummond ! Personne ! Vous m'entendez à la fin, espèce de satané Écossais ?

Je m'égosillai en vain. Le vent empêchait mes paroles de parvenir jusqu'à lui. Soudain je sentis une présence dans mon dos… Je vis Charlotte me dépasser en marchant d'un pas déterminé, petit corps furieux perforant les rideaux de pluie compacte qui s'abattaient sur la côte. Elle se dirigea droit vers la partie la plus dangereuse du chantier, là où Drummond se dressait immobile. Il cessa de presser sa cornemuse et lui fit signe de rebrousser chemin, mais elle n'en tint pas compte. Cette folie pouvait lui coûter la vie. De quoi serait-elle capable à présent pour le convaincre de renoncer à la fatalité d'une mort désirée puisque le curé lui-même avait échoué ? Cependant une pensée d'une tout autre nature envahit à l'instant mon esprit : je n'avais surtout pas envie de la perdre et ne pouvais pas rester immobile à ne rien faire. Je n'avais pas non plus envie de crever ici cette nuit-là, c'était une évidence. Mais je me découvris capable de repousser cette sombre perspective pour la vie d'un autre… de Charlotte. Je me mis à marcher vers elle, oubliant la vulnérabilité de la terre sur laquelle je progressais. Je commençai à l'entendre s'adresser à Drummond, mais pas le moins du monde pour l'exhorter à rebrousser chemin, comme l'aurait fait en vain n'importe lequel d'entre nous ce soir-là.

— Vous voulez mourir ? lui demanda-t-elle froidement. Eh bien d'accord ! Mais vous ne mourrez pas seul ! Je ne bougerai pas, m'entendez-vous ? J'attendrai ici avec vous !

Drummond en resta stupéfait. Qui donc était cette jeune fille capable de prétendre à pareil sacrifice pour un homme qui lui était totalement étranger ? Capable de mettre sa vie en danger pour tenter coûte que coûte de sauver la sienne ? Il posa alors doucement sa cornemuse, se redressa, le poing sur la hanche et l'autre main tendue vers elle, la paume vers le ciel… et il lui asséna d'un ton ferme :

— Ne faites pas l'idiote, jeune fille. Ma vie ne vaut plus grand-chose et j'ai de légitimes raisons de le croire. Mais votre vie à vous est précieuse.

Charlotte ne le laissa pas terminer ce qu'elle considérait comme un navrant discours et lui rétorqua, piquée au vif :

— Qui vous permet de décider ainsi quelle vie mérite ou non d'être sauvée ? Si la vôtre ne vaut plus grand-chose alors la mienne ne vaut guère mieux. Car toutes nos vies sont précieuses, Monsieur Drummond. Toutes ! Sans exception. Je ne peux pas vous empêcher d'agir. Je n'ai pas votre force. Vous me terrasseriez sans difficulté. Tiens… Peut-être même me laisserez-vous mourir avec vous cette nuit. Vous avez déjà sacrifié la vie de votre propre fils, il me semble. Vous êtes sans doute habitué à laisser mourir tous ceux qui entravent vos plans, n'est-ce pas ?

Une lueur de colère enflamma les prunelles de Drummond comme si les feux de l'enfer dévastaient soudain les traits de son visage. Il aurait voulu, là, tout de suite, lui faire ravaler son insolence. Il ne pouvait, en vérité, supporter la sauvagerie d'une si perfide accusation, ce coup de poignard dans le dos. Et encore moins autoriser le verdict immonde d'une petite pisseuse qui lui avait tenu tête et devant laquelle son orgueil endormi brûlait à nouveau ses veines et gonflait ses tempes. Il n'avait de comptes à rendre qu'à Dieu, ne l'avait-il pas assez dit ? L'avait-elle oublié, cette petite garce ? Drummond maintenant animé d'une rage animale s'avança vers elle… ses mains de géant tendues en avant, il avait envie de l'empoigner par le cou… d'en finir à la fois avec la morale des hommes et l'indécence de la vie. Mais il n'en eut pas le temps : le terrain sous leurs pieds émit sa première plainte. Un sourd craquement annonça l'épuisement de la côte devant l'assaut permanent de l'océan intraitable, la terre lasse désirait se laisser aller aux flots déchaînés. Elle ne voulait plus, n'avait plus la force de lui résister. Nous demeurions tous les trois sur cette portion de crête menaçant d'un instant à l'autre de se dissoudre et de nous balancer à l'écume bouillonnante. La Pointe s'apprêtait à fondre à nouveau sous nos corps flottants, mais avait néanmoins la courtoisie de nous prévenir. Je vis alors Charlotte tituber, le bout du terrain sur lequel elle se tenait difficilement debout allait l'entraîner par le fond. Je m'avançai vers elle, lui tendant ma main et la suppliant de revenir doucement vers moi… le sol commença à glisser lentement vers les vagues hystériques. Au moment précis où elle allait tomber, une main épaisse l'agrippa, la souleva et la colla contre son corps démesuré. L'Écossais commença aussitôt à reculer prudemment, pas à pas, tel un funambule en équilibre sur deux vies fragiles pouvant se rompre à tout moment. Puis, comme si elle ne pesait rien, il posa délicatement Charlotte sur la terre, à l'écart du danger. Il la regarda tendrement un court instant, la garda encore dans ses bras puissants et il lui dit doucement ces quelques mots en fermant les paupières :

— Non ! Pas deux fois Fillan !

Sir Romuald Drummond leva alors son regard vers moi. Oubliant le gémissement de sa cornemuse… oubliant la fureur de l'orage qui avait brûlé son cœur pendant dix ans, il m'offrit le sourire d'un homme libre. Il me sembla le voir prononcer quelques mots inaudibles du bout des lèvres, aussitôt emportés au large par la tempête. Un éclair frappa le ciel au-dessus de nous et figea son visage roux de colosse magnifique. Et lorsque l'obscurité totale s'imposa à nouveau sur nos existences fragmentées, l'Écossais de la Pointe, notre fantôme de chair et de sang, avait disparu au-delà des grands pins. Alors une évidence emplit mon âme flâneuse et, je l'avoue, pinça mon cœur agité : il était peu probable que nous ne le revoyions jamais parmi nous. Un phénomène extraordinaire s'était accompli en si peu de temps ! Il ne pouvait plus rien changer à l'ordre des choses tel qu'il s'était imposé à lui cette nuit-là. Il ne pouvait plus, en somme, continuer à lutter contre son propre destin.

Je restai prudemment à bonne distance de la rive. Par un phénomène étrange, les vagues commencèrent presque instantanément à se calmer. Comme si elles avaient été repues du tribut exigé. Je me retournai et découvris un tableau ahurissant : tout semblait pétrifié. Les rares témoins de la scène encore présents ne bougeaient plus. Moulau et ses sbires avaient disparu comme les rats d'un navire en perdition. La nature s'apaisa. Les arbres étaient immobiles. La douce lumière de l'aube commença à poindre. Le père Mirande s'agenouilla et pria. Henri Malbec gardait ses mains sur son appareil photo, le regard dans le vide. Charlotte pleurait.

23

L'horizon

Et enfin, un matin, on se lève… et on respire. Et enfin, on se dit que tout ça… cette vie illusoire… impossible… que cette vie-là vaut la peine. On a pu douter. On a voulu fuir le plus loin possible. Au bord de l'océan… Au-delà des horizons instables… Mais on reste. On fera quelque chose. On verra bien si c'est utile. Peu importe. On fera quelque chose…

Henri Malbec m'appela et souhaita me rendre visite. Il était sur la presqu'île et, avant de repartir sur l'autre rive, il tenait à venir me saluer. Je n'avais pas perçu immédiatement dans ses paroles la dimension définitive de ses intentions. Nos relations avaient démarré sous de bien mauvais auspices. Il ne m'avait au départ inspiré que méfiance. J'avais fini par trouver en lui, malgré son passé peu glorieux, un homme constant et honnête. De surcroît, un journaliste consciencieux. Son comportement au Koweït avait tout gâché. Mais au moins détenait-il désormais le scoop qui le remettrait en selle. Il me faisait penser à ces prisonniers endurants inscrivant à la craie, aux murs humides de leur cellule, le nombre de semaines restant avant leur levée d'écrou. L'heure de sa revanche avait sonné. Il était sur le point de prouver à toute la profession sa valeur et son talent demeurés intacts. J'en étais heureux pour lui. Il méritait son retour en grâce. Le condamner plus longtemps se serait apparenté à un acharnement auquel je n'aurais pas voulu participer. Mais on ne me demandait rien. C'était mieux ainsi. Malbec pouvait enfin parvenir au sommet sans forcément dégringoler à nouveau… Je nous préparai du thé. Quelques cannelés. Il entra et me tendit avec fierté une bouteille.

— Un château Pavie 2010. Je sais que vous aimez ce genre de grand cru, Maurel. Et l'année est superbe !

Il s'enfonça dans mon canapé moribond. Et ajouta aussitôt :

— Je vous la devais, cette bouteille. Et plus encore que vous ne pourriez l'imaginer, monsieur l'instituteur.

Je pensais comprendre le sens de ses paroles. Sans doute son article était-il sur le point d'être publié dans un magazine en vue (il aurait sciemment évité de confier son travail au quotidien auquel il collaborait : on l'avait tellement méprisé). On lui proposerait peut-être même une collaboration sur le long terme. En tout état de cause, il s'en sortait par le haut. En le sollicitant pour partir sur les traces secrètes de Drummond, je lui avais en quelque sorte offert les clefs de sa revanche. Il venait m'en remercier… Je faisais fausse route.

— Je ne publierai rien, Maurel. J'ai voulu l'écrire, cet article, vous pouvez me croire. Mais, au bout du compte, c'est inutile. Et vous savez pourquoi ? Parce que cette histoire est aussi la nôtre. C'est notre condition d'homme. Nos erreurs et nos pardons. Et parler de soi, surtout pour un journaliste digne de ce nom, est une hérésie. Cette nuit, j'ai développé mes photos. Un grand nombre étaient voilées, figurez-vous. Restait un cliché à peu près exploitable sur lequel on devine la silhouette d'un homme immense avançant dans la nuit vers ce qui ressemble vaguement à une maison en chantier. Vous voulez mon avis ? (il en rigola) C'est un vrai fantôme, ce gars-là. Il est arrivé à disparaître jusque sur mes propres photos.

Il prit un temps, but une gorgée de thé, mordit du bout des lèvres dans un cannelé et poursuivit :

— C'est le sens même de cette affaire, Maurel. Du moins le sens que je veux lui donner. Je vais vous dire ce que j'ai vu, cette fameuse nuit : j'ai vu que je ne voulais pas passer le reste de ma vie à grimper une colline pour rien ! Vous savez quoi ? On n'est pas si mal que ça, au pied des montagnes. Les sommets sont fatigants à atteindre avec l'âge. Et, une fois arrivé là-haut, on manque tellement d'air. J'ai vu que réussir ce satané reportage était passé au second plan. J'ai vu qu'il était temps de me libérer de mes démons. J'ai vu l'Écossais accepter sa condition. J'ai décidé d'accepter la mienne et de laisser l'océan engloutir mes illusions. J'ai vu ce que pouvait être encore ma vie demain. C'est là toute la vérité de l'affaire : le terrain de la Pointe n'est rien d'autre que la métaphore du monde. Quand tout s'écroule, que nous reste-t-il ? (Il marqua encore un temps, puis se leva et me tendit la main.) Je suis venu vous dire au revoir, cher instituteur. Je vais partir. J'entends par là : quitter le Bassin. Je vais reprendre la route. Pas pour écrire. Juste pour voir…

— Alors, à l'occasion, lui répondis-je simplement, lorsque nous nous reverrons, vous me raconterez, n'est-ce pas ? Vous me direz tout ce que vous avez vu…

Nous nous quittâmes sur une solide poignée de main en nous regardant droit dans les yeux et en nous souriant comme deux vieux camarades que nous n'avions pas eu vraiment le temps de devenir. C'est la dernière image qu'il me reste de Malbec. Cette poignée de main scellant une brève amitié… ce regard traversant et se perdant vers des terres lointaines où personne ne viendrait le chercher. Malbec sortit, mais se retourna pour me demander une dernière chose :

— Le maire n'a plus donné signe de vie depuis des semaines. Personne ne sait où il est. On parle d'élections anticipées à la suite d'un abandon de poste. Vous avez appris quelque chose ?

Il mc posa la question avec les intonations du journaliste scrupuleux, ne voulant pas passer à côté d'une dernière affaire. Cette fois, pourtant, il n'attendit pas ma réponse. Il s'engouffra dans un taxi qui patientait tout en me saluant sans se retourner. Sa main formait le V churchillien de la victoire…

***

Le maire avait bel et bien disparu. Le premier adjoint assurait l'intérim avant que ne soient organisées de nouvelles élections. Malbec partait à l'autre bout de la terre. Marie-Claire de Lange s'était évanouie vers une autre vie. L'Écossais de la Pointe, vivant Dieu sait où… construisant, peut-être, une vraie maison à l'abri des colères de la nature, laisserait durablement son empreinte sur nos terres oubliées. Quelques semaines plus tard, une rumeur persistante parcourut néanmoins les ruelles du village : on prétendait l'élu parti sur un coup de tête, tout bonnement lassé par les affaires de la municipalité et surtout incapable de régler celle, empoisonnée, de l'Écossais de la Pointe. L'histoire ne tenait pas debout. C'était méconnaître la personnalité de l'édile… et sa seule raison de vivre : le pouvoir. J'aurais parié quant à moi, et sans risque de perdre une fortune, que notre maire réapparaîtrait en temps et en heure… Lorsqu'on s'apercevrait qu'aucun candidat solide ne serait en mesure de se présenter à sa place… De s'asseoir sur son trône et de coiffer sa couronne de monarque absolu.

***

J'avais, avec un réel bonheur, gardé mon amitié au père Mirande. Notre équipage avait perduré bien au-delà de notre enquête. Nous nous retrouvions parfois au café du Centre pour d'interminables échanges sur la vie, la foi et même l'amour, lequel m'avait blessé dans le passé et me comblait désormais. Nous nous croisions volontiers aux soirées improvisées des vieux pêcheurs dans les petites cabanes du bout du village que nous aimions tant fréquenter et où chacun rivalisait d'histoires et de contes fantastiques ou extravagants… Par petites touches, Mirande me livra quelques-uns de ses secrets intimes. Où il apparut qu'il n'avait jamais lui-même ressenti l'amour, qu'il s'était souvent trompé et que l'amour du Seigneur avait comblé, d'une autre façon, ce manque terrestre. Du bout des lèvres il m'avoua se demander, non pas à quoi pouvait ressembler le corps d'une femme, cela il l'avait su, il l'avait vu, il l'avait touché, me dit-il sans détour, mais à quoi pouvait ressembler une âme éperdue d'amour, brûlée par le désir de l'autre. Cela restait pour lui une énigme de sorte qu'il se gardait bien, durant les cérémonies religieuses des mariages qu'il ordonnait, de trop en dire sur les sentiments du couple. Il se ne sentait pas légitime pour donner conseils ou leçons, quand d'autres confrères aussi peu initiés que lui ne s'en privaient pas, au comble du ridicule. Il n'en était que plus admirable… Si je n'étais pas du tout disposé à revêtir à mon tour la soutane, comme l'incorrigible curé en aurait eu secrètement envie pour le plaisir infantile de proclamer sa victoire sur mes doutes, il n'en demeure pas moins que je vins plus souvent dans la maison de Dieu. On aurait pu mettre cette soudaine habitude sur le compte de ma foi ressuscitée. En vérité, je goûtais avec délices ses sermons qui s'étaient considérablement améliorés depuis la toute première fois où je l'avais entendu sans réelle passion. Je me rendais à l'église certains dimanches comme des fans se rendent au concert de leur vedette adulée. Je n'en étais certes pas à envisager Mirande comme une idole, lui-même l'aurait fermement refusé au nom des textes anciens bannissant l'adoration des divinités de pacotille en lieu et place du Seigneur, mais l'entendre me ravissait. Au cours d'un mariage précisément, auquel les parents de la mariée m'avaient gentiment invité, il conseilla vivement aux époux tout ouïe : « Aimez le Christ… Conviez-le dans vos prières. N'hésitez pas à lui demander sans crainte, sans honte, de colmater vos doutes. Mais par pitié, n'oubliez pas de vous aimer le plus longtemps possible tous les deux ! Tenez bon dans ce monde chaotique ! »

Rien que pour une telle homélie, il avait toute mon admiration.

Un samedi matin je sortis prendre l'air au bord du Bassin. Je m'assis sur un banc à proximité du manège de la plage du Centre. Je voulus prendre machinalement mon paquet de cigarettes pour en griller une. Geste inutile : j'avais tiré un trait sur la nicotine. Je me contentai d'observer les petites choses du quotidien qui régulaient nos vies incertaines : des enfants riant en galopant sur leurs chevaux de bois. Des parents pianotant fébrilement sur leur portable et répondant mécaniquement à leurs gamins, parfois sans lever la tête. Des voiliers défiant les vents paresseux. Les traînées blanches des avions se croisant dans le ciel. Le vol harmonieux et coordonné d'oiseaux migrateurs... des passants nonchalants, des nageurs hésitants, la Dune orgueilleuse... et l'eau apaisée avant d'affronter la colère des passes... Soudain, je sentis une présence : une ombre chétive s'approchait de moi. Je tournai la tête et vis Marguerite Guadet s'asseoir délicatement en posant ses mains fragiles sur sa canne. Nous nous saluâmes poliment. Nous savions que le printemps s'installait durablement lorsqu'elle revenait enfin s'asseoir sur ce banc, et pas un autre, pour assister au spectacle qu'offrait le Bassin. J'allais me lever pour rentrer chez moi lorsque je l'entendis, de sa voix fluette, s'adresser à moi sans détourner son regard de l'horizon dansant.

— Dans quelques heures, ou bien dans quelques semaines si Dieu le veut, je vais mourir. Cependant rien ne me fera renoncer à venir contempler notre Bassin, ni à sourire, vous pouvez en être certain. J'aime cette vie et tout ce qu'elle saura encore m'offrir, jeune homme. Mais je vous rassure : j'aurai moi aussi, le moment venu, à présenter un compte débiteur lorsque Marie Mère de Dieu m'accueillera. Oui... Peut-être bien que nos vies en ce bas monde sont ineptes. C'est probablement cette idée qui a guidé cet Écossais de la Pointe venu nous rendre visite. Et pourtant, nous ne voulons pas renoncer au bonheur. Vous non plus, Monsieur l'instituteur ! Quittez donc vos chambres obscures où percent vos rêves enfuis… Il est temps !

Je restai assis auprès de la vieille dame sans prononcer un mot. C'est elle qui finit par se lever la première en me disant « Ce sera assez pour aujourd'hui. Je vais en garder un peu pour demain ». Je me levai à mon tour pour la saluer d'une simple poignée de main mais, trouvant soudain ce geste si peu approprié aux émotions éprouvées, je ne pus m'empêcher de la prendre dans mes bras et de l'embrasser sur ses joues fraîches et plissées.

Nous venions souvent, Charlotte et moi, sur la plage du Bassin, au soleil couchant, regarder le dernier vol des bernaches et des sternes faisant escale sur les bancs de sable à l'entrée des passes tourmentées. Nous demandions secrètement à l'écume de nous rendre nos illusions et tous nos *rêves enfuis*, dont avait parlé Marguerite Guadet. Nous espérions ne jamais devenir, ni elle ni moi, des géants de pacotille. Ni de grands enfants inconsolables et destructeurs. Peut-être cherchions-nous dans les vents du large ces bouffées de bonheur qui nous manquaient et dont nous avions tant besoin.

Malgré la récente disparition de Sir Romuald Drummond, les marins-pêcheurs du Bassin, doublant les passes au large de la terre maudite de la Pointe, où se dressaient encore les ombres d'une maison abandonnée, prétendirent entendre nettement, certaines nuits de tempête, la complainte de l'Écossais. L'écho d'une voix éternelle emportée par l'océan. Ils entretenaient ainsi, le soir aux veillées, dans nos vieilles cabanes du village des pêcheurs, la légende d'un fantôme continuant à hanter sa dernière demeure lacérée par les vents. Quelques-uns de ces conteurs merveilleux affirmèrent que, ces nuits-là, d'étranges ballets de lumières apparaissaient à la Pointe et éclairaient le ciel, guidant les marins à l'approche de la presqu'île.

Personne ne partit vérifier de pareilles balivernes. Personne ne songea à les démentir. Les habitants de la presqu'île s'évertuèrent à transmettre la légende.

Parce que la légende était belle !

Mais cette fois, la réalité fut chez nous encore bien plus belle que la légende…

Peu de temps après les faits qui s'étaient déroulés sur la presqu'île, les pouvoirs publics constatèrent, au cours d'un banal contrôle topographique, que l'Océan avait petit à petit calmé sa mutinerie aux abords de la Pointe. Les tonnes de pierres et de béton déversés par l'Écossais à cet endroit précis des passes, au bord de son terrain, avaient réussi à ralentir l'érosion naturelle de la crête sous les attaques répétées des rouleaux. De sorte que le contour particulier de la côte, cette vaste langue de terre avançant dans l'océan, là-bas… tout au bout de la presqu'île, avait été miraculeusement préservé. Les cartes présenteraient encore longtemps ce pourtour particulier qui délimitait ainsi la partie ouest du Bassin. Offrande magnanime de la nature ou héritage présumé de l'Écossais ? Qui aurait pu le dire… Un peu des deux à la fois probablement. À n'en point douter, l'étonnant Drummond avait réussi son coup, au-delà de ce qu'il était lui-même en mesure d'espérer de cette nature réputée inflexible. Personne ne reconnut, du moins officiellement, le rôle utile qu'eut finalement Sir Romuald dans la sauvegarde du littoral. Cependant, comble de l'ironie, la Préfecture décida de poursuivre l'effort initié par l'Écossais, sans toutefois lui en accorder la paternité. Ainsi accueillit-on, cette fois pour le plus grand bonheur des habitants du coin, de nouvelles cohortes de poids lourds transportant colonnes de pierres et blocs de béton, ces matériaux à présent bénis par tous les paroissiens, que l'on déversait chaque semaine dans la houle pour cicatriser nos terres abîmées.

L'idée que des résidus de notre histoire ne se dissolvent pas totalement me plaisait. Oui, qu'il en reste, quelque part, des particules, même infimes. Tout comme il me plaisait que cet ours immense, mon *ami* l'Écossais de la Pointe, ait durablement laissé sa griffe apaisante sur nos terres et sur nos vies. Il était à la fois amusant et fabuleux d'imaginer qu'il soit en somme à l'origine de la sauvegarde de notre presqu'île dont une bonne partie, nous disait-on, était menacée de disparaître, ce qui aurait eu pour effet de réduire considérablement notre territoire au bout de quelques décennies, et de déplacer une partie de ses habitants. Toutes ces années, personne en haut lieu n'avait songé un seul instant à mobiliser une pareille énergie pour vaincre l'océan dans sa course folle. L'Écossais, lui, l'avait accompli.

J'ose à peine l'avouer maintenant... Mais un matin, alors que j'étais seul assis sur un banc à l'église, cherchant un peu de quiétude ou peut-être encore une présence, je me mis à songer, en laissant mon âme se faire doucement bercer par une foi timide, qu'après tout, la rédemption de Sir Romuald Drummond avait commencé à l'instant même où notre presqu'île avait été sauvée grâce à lui. Tel que l'avait décidé Dieu...

...Je ne préfère ne pas m'en ouvrir au Père Mirande, pour une seule et bonne raison : tout en m'approuvant, je l'entends déjà me dire, non sans se moquer de mes doutes : « Enfin Guillaume… Vous le savez bien : les voies du Seigneur sont impénétrables. »

Remerciements

Huguette MAURE : pour ses conseils et sa bienveillance.

Benoît BARTHEROTTE : pour ses encouragements.

Juan MILHAU et Benjamin JUGIEAU de Terres de l'Ouest pour leur travail précis.

Retrouvez notre catalogue complet sur :
https://www.terresdelouest-editions.fr/

Commande possible au format papier ou en version numérique sur notre site internet.

Éditions Terres de l'Ouest

ISBN : 979-10-97150-74-7

Dépôt légal Juin 2021
Ré-impression en France en avril 2022
sur les presses de l'imprimerie Laballery
Numéro d'impression : 203508